중국의 상징주의
시문학

중국의 상징주의 시문학

정수국

KSI 한국학술정보㈜

서 문

중국 현대문학은 5·4 초기에 현실주의와 낭만주의, 현대주의가 3대 주요 유파를 이루어 신문학 발전의 전체적인 추세를 좌우했고, 그중에서 현대주의는 1930년대까지도 현대파(現代派)를 모체로 하여 중국시가회(中國詩歌會)의 신시가파(新詩歌派) 및 신월시파(新月詩派)와 더불어 신시의 부흥기를 주도한다.

그럼에도 불구하고 현대주의는 줄곧 정치적인 측면에서 현대주의의 계급적인 본질을 분석한 현실주의 이론가들에 의해 공허하고 퇴폐적이며 몰락한 자본주의 문화의 쓰레기로 인식되어 중국 현대문학사에서 거의 배제되다시피 했다. 현대주의에 대한 체계적인 연구나 객관적인 가치 평가가 이루어지지 못한 것도 바로 그 때문이다.

같은 현대주의 문학 내에서도 상징파(象徵派)는 특히 많은 편견과 부정적인 매도로 일관되어 왔다. 당도(唐弢)는 ≪중국현대문학사(中國現代文學史)≫에서 현대파에 대해서 "시의 내용이 비교적 명확하고 이해하기 쉬워, 확실히 좋은 시도 몇 수 있었다."라고 지적한 반면에, 상징파에 대해서는 "우리나라의 신시가 발전해 나가는 과정 속에서 상징파가 일으킨 역할은 반동적이다."라고 평가했다. 이처럼 상징파를 포함한 현대주의 문학은 현실주의 문학에 대한 지나친 평가로 인해 정당한 평가를 받지 못한 것이 사실이며, 그중에서도 상징주의에 대한 평가는 더더욱 부정적이었다.

이는 문학사가들이 현대문학사를 서술함에 있어서 가치 평가의 기준으로 삼았던 획일적인 현실주의 사고의 틀에서 벗어나지 못했기 때문이다. 따라서 당도나 왕요(王瑤) 등 문학사가들이 현실주의적 관점에 입각한 문학사관을 문학사에 적용시킨 결과로 인해 상징파를 비롯한 현대주의는 줄곧 중국 현대문학사에서 신시가 발전해 나가는 데 있어서의 한 줄기 역류로 취급되어 왔다.

물론 거기에는 정치적인 이유가 자리잡고 있음을 부인할 수 없다. '시언지(詩言志)' 설이 제기된 선진(先秦) 이래, 문학의 공용적인 역할을 강조했던 현실주의 문학 전통은 1942년 5월 2일부터 연안(延安)에서 개최된 연안문예좌담회를 통해 정치적인 표준이 문예비평의 첫째 표준으로 확인되면서 '문예는 정치를 위해 봉사해야 한다.'라는 극단적인 경향으로 전환했고, 이는 곧바로 1943년 10월 19일자 ≪해방일보(解放日報)≫에 <연안문예좌담회상의 강화(在延安文藝座談會上的講話)>라는 글로 구체화되면서, 이후 중국공산당의 기본적인 문예정책으로 확립되었다. 이러한 경직된 문예정책은 이후 반우파투쟁과 대약진운동, 문화대혁명 등 일련의 정치적 사건들을 거쳐 중국 사회가 급속하게 좌경화되면서 문학을 정치를 위한 도구로 전락시켰다.

이러한 상황 속에서 군중보다는 개인을, 사회의 보편적 인식보다는 인간의 내면적 가치를, 현실보다는 비현실적인 세계를 추구하고, 누구나 이해하기 쉬운 명확한 묘사보다는 난해하고 상징적인 암시를 표현방법으로 삼았던 현대주의, 그중에서도 특히 상징파는 자연히 비판의 대상이 될 수밖에 없었다.

그럼에도 불구하고 1920년대 상징파 시는 1930년대의 현대파, 1940년대의 구엽시파(九葉詩派), 1980년대의 몽롱시파(朦朧詩派)로 이어지는 중국 현대주의 시의 첫 출발점이라는 데 그 의의가 있다.

이러한 시사적(詩史的) 의의에도 불구하고 상징파를 포함한 현대주의 문학에 대한 연구는 1980년대에 들어와서야 비로소 조금씩 관심을 보이기 시작했다. 이러한 관심은 1978년부터 일부 외국문학의 연구에 종사하던 작가들에 의해 제기된 몽롱시(朦朧詩) 논쟁으로 시작되었으며, 이 논쟁은 현대주의 문예사조에 대한 새로운 평가를 요구하게 되었다. 그중에서 손소진(孫紹振)은 <새로운 미학원칙의 재등장(新的美學原則再蹶起)>에서 문학이 시대정신을 위한 나팔이 되거나 자신의 감정세계를 표현하는 것 이외의 위대한 공적이라는 것은 가치가 없으며, 인간이 사회를 창조했으므로 사회의 이익 때문에 개인의 이익을 부정할 수는 없다고 하여 과거 30여 년 동안의 완고한 현실주의 창작 습관에서 벗어나 자아의 표현을 중심으로 한 신시기 문학의 새로운 미학원칙을 제시했다.

서지(徐遲)가 1982년 ≪외국문학연구(外國文學硏究)≫에 발표한 <현대화와 현대파(現代化與現代派)>와 서경아(徐敬亞)가 1983년 1월 ≪당대문학사조(當代文藝思潮)≫에 발표한 <궐기하는 시군—우리나라 시가의 현대화 경향을 평함(崛起的詩群—評我國詩歌的現代傾向)>에서도 현대주의에 대한 긍정적인 견해를 견지하고 있다. 서지는 <현대화와 현대파>에서 현대파의 사상관점과 예술수법을 사회주의 사회에 응용하여 반드시 중국에 현대주의 문예를 건립해야 하며, 현대주의를 중국 사회주의 문예가 발전해 가는 데 있어서 방향을 잡는 길로 삼을 것을 제창했다. 서경아 역시 "1950년대의 목가식 노래에서부터 1960년대 이성의 선언과 유사한 열광적인 서정시까지, 또 문화대혁명 10년 중의 종교식의 기도문에 이르기까지 시는 철저하게 한 갈래의 점점 좁아지는 길을 걸었다."라는 냉소적인 입장을 취하여 중국의 신시가 걸어온 사회주의 이념 아래서의 현실주의 시 전통을 부정했으며, "현대 경향이 우리나라 신시의 주류가 되도록 발전시켜야 한다.”라고 말하여, 신시가 나아가야 할 길은 바로 현대주의 경향을 발전시키는 데 있다고 분명하게 밝혔다.

　이처럼 1980년대의 몽롱시 논쟁을 계기로 중국 문단에서는 현대주의에 대한 재조명과 더불어 제한적이기는 하지만 현대주의 시의 표현수법과 기교를 빌리는 것이 현대시의 표현영역을 풍부하게 하고 발전시키는 데 유익하다는 견해가 받아들여지면서 점차 현대주의 문학에 대한 관심의 폭이 넓어지고 있는 상황이다.

　이러한 주장들은 모두 중국 사회가 문화를 개방하는 단계로 접어들면서 부딪히게 된 문화 현상의 변화와 관계가 있다. 중국이 개혁과 개방을 통해 현대화된 사회로 발전해 갈수록 거기에는 일찍이 그들이 경험하지 못한 복잡하고 다원화된 세계가 건설될 것이며, 그 안에서 인간의 내면의식도 다양해질 수밖에 없다. 따라서 복잡하고도 미묘한 인간의 내면의식을 기존의 현실주의적인 분석방법만으로 파악한다는 것은 불가능해 보이며, 그 대안의 하나로서 현대주의가 요구되고 있는 것이다.

　끝으로 이 거칠고 투박한 글의 출판을 선뜻 결정해 주신 한국학술정보(주) 채종준 사장님, 출판기획팀의 김상희 선생님 그리고 보이지 않는 곳에서 이 글이 하나의 작은 결실을 맺도록 수고해 주신 직원 여러분께 진심으로 감사를 드린다.

2008년 5월
푸르른 불암산 아래서
정 수 국

목 차

Ⅰ. 상징주의 시문학의 출발

1. 상징주의 사조의 중국 유입

(1) 신시의 출현과 시단 상황

신시(新詩)는 청말(淸末)부터 시작된 서구 열강의 침략으로 인한 사회적 변혁에 적응하기 위해 5·4신문화운동 중에 생겨난 신체시로서, 전통과 구시(舊詩)에 대한 반대로 그 성격을 규정할 수 있다. 신시는 내용적으로는 새로운 시대와 생활 그리고 새로운 사상 감정을 표현했고, 형식적으로는 구어에 가까운 백화(白話)를 사용하는 동시에 고전시의 정제된 형식과 격률의 구속에서 벗어나고자 했다. 때문에 당시는 신시를 '백화시'라고 불렀으며, 이외에도 '백화 운문'·'국어의 운문' 등 명칭으로도 사용되었다.

중국 고전시는 청말에 이르러 이미 고정된 형식과 엄격한 격률에 얽매여 서구로부터 밀려드는 새로운 근대적 의식과 사상 내용을 전달하는 데 한계를 드러내기 시작했다. 시에 사용된 언어 역시 일상적인 생활 언어와는 동떨어진 문언(文言)을 사용하여 점차 구어로부터 멀어져 갔다.

이처럼 고전시가 근대적 의식과 현실 생활을 묘사하는 데 적합하지 못한 한계를 극복하기 위해 황준헌(黃遵憲)과 양계초(梁啓超) 등 청말의 일부 계몽가를 중심으로 문학의 형식과 내용을 개혁하는 문제가 제기되었다. 이들은 먼저 시의 언어를 혁신하기 위해 알기 쉬운 언어를 사용하고, 격률의 구속에서 벗어나며, 시대적 흐름에 부응하는 새로운 신체시를 쓰자고 주장했다. 황준헌은 "내 입에서 나오는 대로 내 손이 써야지, 어찌 옛것에 얽매이랴!"라고 하면서 문체의 개혁을 주장했다. 또 그는 "옛사람이 아직 가져 보지 못했던 사물이나 아직 개척하지 못했던 경지를 우리가 듣고 본 대로 모두

기록하는 것이다."라고 하면서 새로운 사물과 새로운 사상을 시험적
으로 써 보자고 하여 문학 내용의 개혁을 주장했다.

양계초 역시 황준헌과 함께 변법유신 운동을 통한 중국 근대화의
일환으로 1896년 상해에서 ≪시무보(時務報)≫를 창간하여 서양의
신사상을 소개하면서 문체개혁 운동에 앞장섰다. 이에 힘입어 같은
해에 담사동(譚嗣同)과 하증우(夏曾佑)는 적극적으로 시계혁명(詩界
革命)을 제창했다. 그들의 견해에 따르면 중국 고전시의 풍격을 개
혁하여 누구나 쉽게 이해할 수 있는 신체시를 창작하는 것이야말로
새로운 시대적 변화에 적응하는 셈이었다.

시계혁명이 비록 변법유신 운동을 통한 정치적 개혁을 목적으로
발생했고, 주자청(朱自淸)도 당시에 쓴 신시가 본래 의도했던 목적
에 부합하지 못하고 오히려 "새로운 명사(名詞)를 찾아 다르게 표현
한 것에 불과하다."라고 하여 그 한계점을 지적했지만, 시계혁명은
이후 호적(胡適)을 중심으로 한 신시 운동의 방법상에 있어서가 아
니라, 관념상에 있어서 매우 커다란 영향을 끼쳤으며 신시 창작에
이론적 기초를 마련했다.

1917년 2월, 호적은 ≪신청년(新靑年)≫ 제2권 제6호에 자신이 창
작한 8수의 백화시를 <백화시 8수(白話詩八首)>라는 제목으로 발표
했다. 이 <백화시 8수>에는 <친구(朋友)>,1) <주경농에게(贈朱經農)>,
<달(月)>, <달·2(月·其二)>, <달·3(月·其三)>, <그(他)>, <강 위에서
(江上)>, <공자(孔丘)> 등이 포함되어 있다. 이 8수의 백화시는 시체
에서도 사실상 5·7언 절구나 율시의 형식을 사용했고, 문장에서도
여전히 문언의 형태를 벗어나지 못했다. 때문에 호적이 '백화시'라

---

1) <백화시 8수(白話詩八首)> 가운데 <친구(朋友)>는 호적이 1916년 8월 23
   일에 창작하여 ≪신청년≫에 발표했는데, 1920년 3월에 출판한 ≪상시집
   (嘗試集)≫에서는 <나비(蝴蝶)>로 제목을 고쳐서 게재했다.

는 명칭을 사용하기는 했지만, 실질적으로 <백화시 8수>를 중국 최초의 신시 형식으로 보기에는 무리이며, 중국 고전시에서 신시로 넘어가는 과도기적 형태로 보는 것이 타당하다. 호적의 <백화시 8수> 가운데 가장 먼저 쓰인 시는 <친구>이다.

> 兩個黃蝴蝶, 雙雙飛上天   노랑나비 두 마리 쌍쌍이 하늘로 올라
> 不知爲甚麼, 一個忽飛還   한 마리는 웬일인지 그냥 돌아서 온다.
> 剩下那一個, 孤單怪可憐   남은 나비 한 마리는 얼마나 쓸쓸한지
> 也無心上天, 天上太孤單   외로운 하늘 향해 무작정 올라만 가네.
> <朋友>   <친구>

호적은 <친구>에서 5언 율시의 형식을 사용했고, 시체에 있어서도 고전시에서 사용한 전통적인 문언을 벗어나지 못했지만, 문언을 구어로 대치하려고 노력한 흔적이 역력히 나타난다. '天(tian)'과 '憐(lian)', '還(huan)'과 '單(dan)'을 운으로 삼기는 했지만, 전통적인 압운과 평측의 형식적인 구속에서 탈피하려고 한 것이 바로 그것이다.

이처럼 <친구>를 비롯한 이들 백화시는 여전히 고전시의 전통적인 격조의 흔적을 가지고 있고, 또 어떤 시는 고전시의 기본적인 틀 속에서 백화 서정을 운용하기도 했지만, 그러나 이들 신시에서 사용한 언어는 현대적인 구어에 가까웠고, 내용에 있어서도 현대인의 민주와 자유정신을 자유롭게 토로하고 개성 해방과 더불어 지식인의 각성을 표현했다. 이들의 민주와 자유정신 그리고 개성해방 사상은 내용과 형식에서 모두 전통적인 고전시와의 철저한 단절을 의미하는 첫 시도였다.

1918년 1월, 호적의 신시 창작에 영향을 받아 심윤묵(沈尹默)과 유

반농(劉半農)은 호적과 함께 ≪신청년≫ 제4권 제1호에 중국 최초의 신시로 여겨지는 백화시 9수를 발표했는데, 그 9수는 심윤묵의 <달밤(月夜)>과 <인력거꾼(人力車夫)>, <비둘기(鴿子)>, 유반농의 <종이 한 장 사이에 두고(相隔一層紙)>와 <딸아이 소혜의 돌날에 부쳐(題女兒小蕙周歲日造像)>, 호적(胡適)의 <비둘기(鴿子)>, <인력거꾼(人力車夫)>, <일념(一念)>, <옮겨가지 않는 그림자(景不徒)>이다.

> 雲淡天高, 好一片晚秋天氣!
> 有一羣鴿子, 在空中遊戲.
> 看他們, 三三兩兩,
> 廻環來往,
> 夷猶如意,―
> 忽地裏, 翻身映日, 白羽襯靑天, 鮮明無比!
> 胡適 <鴿子>

> 높은 하늘 엷은 구름, 아름다운 늦가을!
> 한 무리의 비둘기들, 공중에서 노니네.
> 그들은 둘 셋씩 짝지어,
> 왔다갔다,
> 마음껏 즐기네,―
> 홀연 몸 돌려 햇빛에 비치니, 흰 깃이 푸른 하늘과 어울려 선명하네!
> 호적 <비둘기(鴿子)>

호적의 <비둘기>는 전체 시가 6구로 이루어졌고, 매 구의 글자 수도 서로 같지 않으며, 음절 수 역시 일정하지 않다. 그럼에도 불

구하고 시의 음절이 자연스럽게 조화를 이루고 있으며, 구어를 사
용하여 자유롭게 작가의 사상을 전달하고 있다. 또한 시의 압운을
중시하여 '氣(qi)'·'戲(xi)'·'意(yi)'·'比(bi)'처럼 전체가 'i운'을 사용하
고 있지만, 현대적 시운을 사용하여 평측의 제한에서 벗어났다. 비
록 이 시가 '운담천고(雲淡天高)'나 '이유여의(夷猶如意)'와 같은 고
투에서 완전히 벗어나지는 못했지만, 이미 고전시가 가지고 있던
격률의 구속을 탈피했음은 부인할 수 없다. <일념> 역시 시체가 해
방되고 음절도 자연스럽게 조화를 이루며 현대의 과학적인 용어도
대담하게 사용하고 있다. 문체도 구어화되고 산문화된 격식 중에서
시의 강렬한 음악적 리듬감을 포함하고 있다.

호적이 백화로 시를 쓰자고 하여 시체의 해방에 공헌했다면, 유
반농은 시의 정신적인 혁신을 강조했다. <종이 한 장 사이에 두고>
는 두 사람이 처한 대조적인 상황의 묘사를 통해 사회의 불평등한
현상과 극심한 빈부의 차이라는 사회 현안을 폭로하고 있다. 심윤
묵은 <달밤>에서 강렬한 자아의식을 가지고 5·4운동 이전에 중국
이 처한 사회의 한 측면, 즉 반(半)봉건·반식민지였던 중국의 사회
속에서 개성의 소생과 자주 정신의 성장을 표현했다.

이들 작품들도 5·7언이라는 고전시의 격률 형식을 벗어났다고는
하지만 여전히 고투에서 벗어나지는 못했다. 그러나 오랜 전통의
틀 속에 갇혀 있던 시의 형식과 내용을 해방시켰다는 데 큰 의의가
있었다. 이들 세 사람은 모두 형식과 내용적인 면에서 전통적인 고
전시와는 다른 신시를 창작함으로써 5·4문학혁명의 선구자 역할을
했다. 때문에 이들이 창작한 백화시 9수는 호적의 <백화시 8수>보
다 그 형식이나 내용 면에서 혁신성을 드러냄으로써 중국에서 본격
적인 신시 창작을 주도하게 된다.

이러한 신시 창작의 조류 속에서 호적이 1920년 3월에 신시집 ≪상

시집(嘗試集)≫을 발표하고, 곽말약(郭沫若)도 1921년에 ≪여신(女神)≫을 발표했다. ≪여신≫의 등장과 동시에 주작인(周作人)은 소시(小詩) 운동을 전개했고, 1922년에는 중국 최초의 현대적 시 전문지인 ≪시(詩)≫월간이 창간되는 등 중국 시단에서의 신시 창작은 매우 활발하게 진행되었다.

그러나 1923년부터 신시 창작의 활기는 점차 감소되기 시작한다. 신시 운동 초기에 시체의 해방을 강조하면서 시의 형식미와 음악미를 배제한 신시가 중국의 전통적인 고전시가 지니고 있는 자구의 정제와 음운의 조화에 익숙해진 독자들에게서 점차 흥미를 잃게 된 것이 주요 원인이었다. 그로 인해 중국의 신시단 역시 침체되기 시작했다.

(2) 상징시의 발생원인

신시의 창작이 부진하던 1920년대 중반 중국 시단에서는 형식미와 음악미를 배제함으로써 초래된 신시 운동의 침체에서 벗어나고자 하는 노력이 두 갈래로 진행된다. 한 갈래는 신월파(新月派)를 중심으로 한 격률시 운동이고, 다른 한 갈래는 상징파(象徵派)를 중심으로 한 상징시 운동이었다. 신월파가 주로 시의 격률 방면에서 시적인 미감을 추구했다면, 상징파는 시의 의상(意象) 방면에서 시적인 미감을 추구했다.

주자청(朱自淸)은 ≪중국신문학대계(中國新文學大係)≫에서 "만약 무리해서 명칭을 부여한다면 십 년간의 시단은 자유시파와 격률시파, 상징시파의 세 파로 나눌 수 있다."라고 1920년대 중국 시단을 분석했다. 즉 그는 최초로 신시가 창작된 1918년부터 1920년대 말까지의 중국 시단을 호적(胡適), 심윤묵(沈尹默), 유반농(劉半農), 유평백(兪平

伯), 강백정(康白情), 곽말약(郭沫若) 등이 중심이 되어 신시 초기에 시험적으로 백화시를 썼던 자유시파, 문일다(聞一多)와 서지마(徐志摩) 등 시의 격률을 중시했던 격률시파, 이금발(李金髮), 목목천(穆木天), 왕독청(王獨淸), 풍내초(馮乃超) 등 프랑스 상징주의에 영향을 받아 상징수법으로 시를 쓴 상징시파로 분류했다. 특히 그는 이 세 유파들의 발전 단계를 자유시파, 격률시파, 상징시파의 순서로 이야기하면서 그중에서도 상징시파가 가장 발전적인 단계에 위치하고 있음을 지적했다.

조경심(趙景深)도 "신시 방면에 있어서 나는 일찍이 1. 사(詞)화된 시, 2. 자유시, 3. 소시, 4. 서양체 시 네 시기로 말한 바 있다. 그러나 지금은 마땅히 제5시기인 상징시를 추가해야만 한다."라고 말했다. 이와 같이 이금발 등 상징파를 중심으로 창작된 상징시는 서지마와 문일다 등을 중심으로 한 격률시와 함께 1923년부터 침체되기 시작한 신시 중흥의 기틀을 마련했을 뿐만 아니라, 이후 1930년대 현대파와 1940년대의 구엽시인을 통해 1980년대 몽롱시까지 이어지는 현대주의 계열의 최초 형태였다는 데 그 의의가 있다.

그러면 1920년대 중국에서 상징시가 발생하게 된 원인을 살펴보기로 하자.

첫째는 1920년대 초기 시단의 산문화 경향에 대한 반발이다. 일반적으로 중국 문학사에 있어서 하나의 문예사조는 그 이전 시대의 문학이 지닌 부정적인 요인에 대한 불만으로부터 출발해 왔다. 중국에서 상징시가 출현한 것은 횡적으로는 서구시의 영향이 있었지만, 근본적으로는 호적과 곽말약으로 대표되는 1920년대 초기 자유시의 산문화 경향에 대한 반발에서 비롯되었다.

호적을 비롯한 초창기 신시 작가들은 5·4신문화운동의 반봉건·반전통의 구호에 호응하여 구시사(舊詩詞)의 전통적인 속박에서 벗어나고자 노력했다. 본래 중국의 고전시는 평측과 압운을 통한 음악미를 강조했는데, 이들 5·4 초기 신시 작가들은 중국의 구시사가 가지는 평측과 구운(舊韻)을 깨뜨려 음운의 구속에서 벗어나는 것이야말로 신시가 구시사로부터 벗어나는 길이라고 여겼다. 이 과정에서 신시 작가들은 중국의 고전시가 가지는 음악미를 무시한 채, 사상해방과 개성해방에 대한 자신들의 생각을 신시를 통해 거침없이 써 내려갔다. 당시의 상황을 양실추(梁實秋)는 다음과 같이 밝혔다.

> 신시 운동의 처음 몇 년간, 모두가 치중한 것은 '백화'였지 '시'가 아니었고, 모두가 노력한 것은 어떻게 하면 구시의 울타리에서 벗어날 수 있느냐는 것이었지 어떻게 신시의 토대를 세우려는 것인지는 아니었다. 양실추 <신시의 격조와 기타(新詩的格調及其他)>

이와 같은 감정의 직접적이고도 무절제한 노출은 결과적으로 초기 신시의 산문화 경향을 띠게 했다. 호적 자신도 "시를 쓰는 것은 문장을 쓰는 것과 같아야 한다."라고 말했듯이, 초기 신시의 산문화 경향은 시가 가지고 있던 예술적 특징을 무시하는 결과를 가져왔다. 때문에 목목천은 "나는 중국의 신시 운동에 있어서 호적이 가장 큰 죄인이라고 생각한다. 호적은 시를 쓰는 것은 문장을 쓰는 것과 같아야 한다고 말했는데, 이것은 그의 잘못이다."라고 하여 신시의 산문화 경향을 비판하기도 했다.

곽말약 역시 시에 있어서 개성의 절대적 자유를 강조했다. 그래서 그는 시란 격정이 폭발할 때 생명의 떨림과 영혼의 부르짖음에 따라 거침없이 써 내려가는 것이지, 정밀하고 세밀하게 조각하는 것이 아니라는 관점에서 "시란 '쓰는' 것이지, '만드는' 것이 아니

다."라고 강조했다. 그러나 이와 같은 곽말약의 견해 역시 ≪여신≫
에서처럼 화산이 폭발하는 듯한 자신의 감정을 너무 지나치게 노출
시켜 시가 가지는 함축적인 요소를 빼앗음으로써 신시의 산문화 경
향을 초래했다.

　이처럼 중국 고전시가 가지고 있는 본질적인 음악미를 무시한 산문
화 경향은 많은 사람들에게 불만을 가지게 했다. 노신(魯迅)도 ≪신조
(新潮)≫에 실린 초기 신시가 "서경이나 서사가 많았고, 서정은 적었
다. 그래서 다소 단조롭다."라는 평가를 내려 신시의 산문화에 대한
독자들의 불만적인 시각을 반영했다.

　때문에 많은 사람들이 무절제한 감정의 직접적인 노출보다는 감
정의 억제와 시인이 표현해 내고자 하는 의경(意境)의 함축과 음악
미를 요구하게 되었다. 이러한 요구는 내용의 함축, 감정의 절제 및
암시를 강조한 상징시의 특징과 부합되어 마침내 중국에서 상징시
가 발생하게 되었다.

　둘째는 5 · 4운동 이후 중국 사회에 만연되기 시작한 청년 지식인
들의 좌절감이다. 1919년에 발생한 5 · 4운동은 중국이 전근대적인
사회에서 근대적인 사회로 발전해 가는 기폭제 역할을 했다. 그러
나 1920년대에 접어들면서 군벌들 간의 갈등이 더욱 심화되었고,
동시에 중국 사회도 혼란한 정국으로 빠져들었다. 5 · 4운동에 참가
하여 강렬한 혁명의지를 보였던 일부 청년 지식인들은 불과 몇 년
도 되지 않는 짧은 기간에 혁명에 대한 실망을 맛보게 된다. 혁명
에 대한 열기가 갑자기 냉각되기 시작한 이들은 상대적으로 강한
좌절감에 빠졌고, 이에 따라 고민하고 방황하는 분위기가 문단 전
체를 지배했다. 당시 문단에 퍼지기 시작한 이러한 비관주의 사조
에 대해 구추백(瞿秋白)은 다음과 같이 설명했다.

노을 그림자 속의 신기루가 고독하고 처량한 나그네의 유일한 위안일 뿐이다. 그러나 그는 갈증을 해갈하지 못한다. 사막에서 수초는 진귀한 물건, 나는 어디에서 물을 구하나? 황량한 사막은 끝이 없다! 노신 선생이 비록 고독하게 혼자서 '외치고 있지만' 광활한 곳에 메아리만 있을 뿐…… 구추백 <황량한 사막에서— 1923년의 중국 문학(荒漠裏— 一九二三年之中國文學)>

위에서 구추백이 5·4운동 이후 중국 문단에 만연된 혁명에 대한 공허하고 적막한 상실감을 묘사했듯이, 이 상실감은 한 걸음 더 나아가 감상적이고 퇴폐적인 정서로 빠져들었다. 이들의 비관적이고 퇴폐적인 정서는 서구 전체에 만연되었던 프랑스 상징시의 퇴폐적인 정서와 공감을 불러일으키기 쉬웠다. 초현실적이고 초자연적인 자아내면을 중점적으로 표현한 프랑스 상징시의 특징이 바로 중국의 지식인들이 현실에서 벗어나고자 하는 요구와 부합한 셈이다. 특히 1925년에 발생한 5·30사건에서 1927년 국민혁명의 실패에 이르는 일련의 정치적 불안은 중국의 지식인들에게 사회현실에 대한 환멸감을 가지게 했고, 그들로 하여금 상징주의 영역 속으로 빠져들게 했다. 이러한 과정은 보·불전쟁의 참패로 인한 프랑스인의 정신적 타격이 프랑스에서 상징시가 발생하게 된 사회적 요인으로 등장한 것과 일맥상통한다.

셋째는 5·4운동 시기에 가져오기 주의[拿來主義]2)를 통해 받아들인 서구 상징주의 문예사조의 영향이다. 중국이 5·4운동을 통해 반제·반봉건 투쟁의 열기가 고조되고 있을 때, 중국의 지식인들에

---

2) 가져오기 주의[拿來主義]는 일종의 문화수용 방법으로서 노신이 처음 사용했다. 외래의 문화유산을 무조건적으로 받아들이지 않고, 자신의 입장에서 취사선택하여 수용 계승하려는 사고방식을 말한다.

게는 과거를 청산하기 위한 새로운 시대정신과 거기에 부합하는 새로운 문예의 등장이 절실했다. 때문에 그들은 민주와 과학의 기치 하에서 서구의 각종 정치·철학 사상과 과학기술 지식을 들여오는 동시에 서구의 각종 문예사조를 흡수했고, 상징주의 역시 이러한 맥락에서 사실주의·낭만주의·자연주의 등 문예사조와 함께 중국에 유입되었다. 5·4운동의 열기와 함께 중국에 유입된 서구의 상징주의 문예사조는 ≪신청년(新靑年)≫, ≪신조≫, ≪소년중국(少年中國)≫, ≪소설월보(小說月報)≫ 등 잡지를 통해 번역되어 소개되었고, 이들 문장들은 1920년대 중국 상징시의 탄생에 그 토대를 형성했다.

5·4시기를 전후하여 '가져오기 주의'를 통해 사실주의·낭만주의 등과 함께 중국에 유입된 상징주의는 이들 두 문예사조보다는 뒤늦게 사람들의 주목을 받았다. 즉 현실주의나 낭만주의가 5·4운동의 열기가 한창일 때 일반인의 주목을 받았던 반면에, 상징주의는 5·4운동의 열기가 식어 갈 무렵에야 주목받기 시작한다. 이처럼 상징주의가 현실주의나 낭만주의 사조에 비해 늦게 중국에서 주목받게 된 원인에 대해 손옥석(孫玉石)은 다음과 같이 지적했다.

5·4문학혁명 초기에는 봉건사상과 전통세력에 대한 투쟁의 필요로 인해 시험단계의 신시는 주로 문언문을 반대하고 백화문을 제창하며, 구도덕을 반대하고 신도덕을 제창하는 전투임무를 지게 되었다. 이러한 상황에서 외국의 예술 자양분을 흡수한 것은 주로 반항적이고 반역적인 낭만주의와 현실인생을 직시하는 현실주의 시에 편중되었다. ……형식상에 있어서는 주로 구체시를 타파하고 구체시의 구속에서 해방되어야 했다. 이러한 혁명적 요구는 신시가 처음부터 지나치게 난해한 암시를 추구하고 지나치게 형식적인 길을 추구하도록 허락하지 않았다. 손옥석 <초기 상징파 시의 평가문제(初期象徵派詩歌的評價問題)>

그의 지적대로 5·4시기 신문학은 주로 사상해방이라는 배경 아래서 탄생되었다. 당시 호적과 진독수(陳獨秀)를 비롯한 신문학 초기 작가들은 신문학을 제창하기 위해서는 중국의 고전문학을 신문학과 대립적인 개념으로 설정하여 의도적으로 이를 부정해야만 했다. 진독수의 <문학혁명론(文學革命論)>을 살펴보자.

조탁적이고 아첨하는 귀족문학을 타도하고, 평이하고 서정적인 국민문학을 건설하자. 진부하고 포장적인 고전문학을 타도하고, 신선하고 성실한 사실문학을 건설하자. 우회적이고 난삽한 산림문학을 타도하고, 명료하고 통속적인 사회문학을 건설하자. 진독수 <문학혁명론(文學革命論)>

때문에 이들은 과거 중국 고전문학이 가지고 있던 우수한 전통을 철저하게 부정했다. 봉건사상과 구문학에 대한 부정은 주로 두 가지로 진행되었다. 한 가지는 봉건사상과 구문학의 폐해에 대해 냉철하게 문제를 제기하여 그 문제를 깊이 있게 성찰하는 현실주의 방법이고, 또 한 가지는 뜨거운 열정으로 새로운 시대의 도래를 소리높이 찬양하는 낭만주의 방법이었다. 현실주의와 낭만주의는 모두 5·4문학혁명 초기에 구문학을 타파하고 신문학을 제창하는 역할을 담당하면서 중국 문단을 주도했다.

이처럼 신시의 발전은 중국의 구시사가 가지는 내용과 형식에 대한 반발로부터 시작되었기 때문에, 신문학 초기부터 암시를 주된 수사방법으로 사용하여 내용이 몽롱하며 지나치게 형식을 추구한 상징주의가 신시 작가들에 의해 관심을 끌기에는 다소 무리였다. 이 점이 바로 상징주의가 현실주의나 낭만주의에 비해 사람들에게

늦게 주목을 끌게 된 원인이었다.

(3) 상징시의 번역소개

5 · 4신문화운동을 전후하여 서구 상징주의 문예사조가 본격적으로 중국에 도입되기 시작했지만, 그 시작은 1915년으로 거슬러 올라간다. 중국에서 처음으로 상징주의 작가를 정기간행물에서 언급한 사람은 진독수였다. 그는 1915년 11월 ≪청년잡지(靑年雜誌)≫ 제1권 제3호에 <현대 유럽의 문예사 이야기(現代歐洲文藝史譚)>를 발표하여 서구 문예사상의 변천과정과 자연주의에 대해 간략하게 소개하면서 메테를링크와 안드레예프, 하우프트만 등 주로 상징주의 희곡 방면에서 활동한 작가들의 이름을 거론했다. 그는 서구의 문예사상이 고전주의에서 이상주의, 사실주의, 자연주의의 순서로 발전해 갔으며, 동시에 당시 서구의 문예는 모두 자연주의의 영향을 받았다고 분석했다.

현대 서구의 문예는 어느 파를 막론하고 다 자연주의의 감화를 받아 차례로 작가가 배출되었는데 역시 전대를 훨씬 뛰어넘었다. 세상에서 대표적 작가라고 거론되는 러시아의 톨스토이, 프랑스의 졸라, 노르웨이의 입센을 세계 3대 문호라고 부르며 혹은 입센과 러시아의 투르게네프, 영국의 와일드, 벨기에의 메테를링크를 근대 4대 대표작가라고 부른다. ……노르웨이의 입센, 러시아의 안드레예프, 영국의 와일드, 버나드 쇼우, 골쯔 워어디, 독일의 하우프트만, 프랑스의 브리외, 벨기에의 메테를링크가 모두 그 나라의 대표작가로, 희곡으로써 세계에 이름을 날린 사람들이다. 진독수 <현대 유럽의 문예사 이야기(現代歐洲文藝史譚)>

　　그러나 진독수는 당시 서구 문단에서 자연주의의 반동으로 새로
나타난 상징주의에 대한 인식이 부족했을 뿐만 아니라, 자연주의와
사실주의에 대한 개념상의 구분 역시 그다지 명확하지 못했다. 그는
이 글에서 러시아의 사실주의 작가인 톨스토이와 투르게네프, 벨기에
의 상징주의 작가인 메테를링크를 자연주의의 영향을 받은 작가로
소개하고 있으며, 희곡 작가를 소개할 때에도 메테를링크나 독일의
하우프트만 그리고 러시아의 안드레예프와 같은 대표적인 상징주의
작가를 자연주의 작가들 가운데 함께 포함시켜 소개하고 있다. 이와
같은 사실은 진독수가 당시의 서구 문예사조나 유파에 대한 전문적
인 지식이 부족했을 뿐만 아니라, 상징주의에 대한 그의 인식 자체도
모호했음을 보여준다. 특히 그는 이들 작가들이 "서양에서 대문호라
고 불리거나 대표적 작가라고 불리는 까닭은 오직 그 문장이 탁월해
서가 아니라, 그 사상으로 한 세상을 좌우했기 때문이다."라고 하여,
이들 작가들이 가지고 있는 문학적인 재능이나 업적보다는 그들이
가지고 있는 사상적인 역할에만 관심을 표시했다.

　　다만 무의식적이기는 하지만 지면을 통해서 메테를링크나 하우프
트만 그리고 안드레예프와 같은 상징주의 작가들의 이름이 중국의
독자들에게 처음으로 언급되었다는 데서, 적으나마 그 의의를 찾을
수 있다.

　　유반농(劉半農)도 1918년 5월 ≪신청년≫ 제4권 제5호에 산문시
<내가 눈 속을 거니네(我行雪中)>를 게재했다. 이 시는 인도의 스리
파바마하샤가 쓰고 라탄 드뷔가 곡을 붙인 노래 가사를 유반농이
번역한 것으로서, 그가 2년 전 미국에 있을 때 월간지에서 이 원고
를 구해서 시험 삼아 번역했다[3]고 말했다. 비록 이 시가 직접적으

---

3) 유반농이 구입한 월간지에는 이 시의 제목이 나오지 않아 시의 첫 구절
　　인 'I WALKED through Manhattan in the snow'를 따서 <我行雪中>이라고

로 서구 상징주의 문예사조의 영향을 받아 쓴 것은 아니지만, 그 내용은 상징성이 매우 강하다고 할 수 있다.

　도이공(陶履恭) 역시 1918년 5월 ≪신청년≫ 제4권 제5호에 <프랑스와 벨기에 두 문호의 단편적 인상(法比二大文豪之片影)>이라는 짧은 글을 발표하여 메테를링크의 사자관(死者觀)을 소개했다. 그는 이 글에서 벨기에의 메테를링크를 금세기 문학계의 표상주의(Symbolism)의 제일인자라고 말해, 상징주의 작가에 대한 개인적인 평가를 내렸다. 동시에 그는 메테를링크의 극본 <막달라 마리아> 중의 일부분을 번역하면서 메테를링크가 이미 달관한 인생관을 가지고 있으며, 사람이 죽은 후의 생활을 깊게 믿고 있다고 소개했다. 그러나 이 글은 메테를링크의 희곡과 그의 사상에 대한 단편적인 소개일 뿐이며, 상징주의 시에 대한 소개는 아니었다.

　포국보(鮑國寶)는 1918년 5월 ≪동방잡지(東方雜誌)≫에 <메테를링크의 인생관(梅特林克之人生觀)>을 발표했는데, 메테를링크의 논문인 <죽음론>을 번역하여 해설한 것이다.

　주작인(周作人)은 1919년 2월 ≪신청년≫ 제6권 제2호에 <작은 시내(小河)>라는 산문시를 발표했는데, 그 서문에서 다음과 같이 말했다.

> 어떤 사람이 나에게 이 시가 무슨 체인지를 물었지만 나 자신도 대답할 수가 없었다. 프랑스 보들레르가 제창하기 시작한 산문시와 대체로 비슷하지만 그는 산문 격식을 사용했고, 지금은 오히려 한 행씩 띄어 썼다. 내용은 대체로 서구의 속가(俗歌)와 비슷하지만, 속가는 본래 협운(協韻)을 가장 중시했는데, 지금은 오히려 무운(無韻)이다. 혹자는 시도 아니라고 하는데 나도 잘 모르겠다. 그러나 그런 것은 아무 상관없다. 주작인 <작은 시내 · 서(小河 · 序)>

제목을 붙였다고 함.

그는 자신의 <작은 시내>가 보들레르의 산문시와 비슷하다고 말하면서 상징주의 시인 보들레르의 이름을 언급했다. 그는 또 1920년 9월 에스페란토 모임에서 에스페란토어로 된 몇 권의 책을 빌려 읽은 뒤, 그 가운데서 흥미를 느껴 번역한 몇 편의 시와 그 후에 다른 곳에서 번역한 시를 합하여 모두 23수의 번역시를 1920년 11월 ≪신청년≫에 <잡역시 23수(雜譯詩二十三首)>라는 제목으로 발표했다. 이 23수의 번역시 가운데는 프랑스 상징파 시인 구르몽의 시 <낙엽>을 번역한 <낙엽(死葉)>이 한 수 실려 있는데, 시의 끝 부분에 "구르몽이 시문과 소설을 많이 썼지만, 특히 ≪시몽느≫ 1권이 가장 아름답다. 1900년에 출판되었는데, 모두 11편이다."라고 소개했다. 이 외에도 그는 1921년 11월 ≪신보부간(晨報副刊)≫에 보들레르의 산문 소시를 번역하여 발표하기도 했다.

주작인이 비록 <작은 시내>를 통해서 보들레르를 언급하고, 구르몽의 <낙엽>을 번역하기도 했지만, 상징주의에 대한 그의 관심은 그다지 깊지 못했다. 그는 이 23수의 시를 번역하게 된 동기를 "다만 이 시에 담긴 사상이 아름답고 오묘하며, 그들에 대한 관심이 일반적이고, 비교적 번역하기 쉬웠기 때문에" 이 시들을 골라 번역했다고 했다. 이것으로 보아 주작인이 <잡역시 23수>에 구르몽의 <낙엽>을 포함시킨 것도 그가 서구 상징주의 시를 중국에 소개하고자 하는 의도나 목적이 있어서라기보다는 주작인의 보편적인 관심으로 인한 우연적인 선택으로 보아야 할 것이다. 또한 그는 "상징은 시의 최신 수법이기는 하지만, 가장 오래된 수법이기도 하여 중국에서는 예로부터 그것이 있었다. 우리가 위로 국풍(國風)을 보고 아래로 민요를 살펴보면 중국의 시가 대부분 흥(興)을 많이 사용했으며, 부(賦)와 비(比)보다 일반적이고 성과도 더 좋았다는 것을 알 수 있다."라고 하여 상징주의를 서구 문예사의 한 조류로서 이해하기보다는 일종의 문학적 수사의 수단 정도로 인식했던 것 같다.

그러나 주작인이 ≪시경(詩經)≫을 대표로 하는 중국 고전시의 전통적인 표현수법인 '부·비·흥' 가운데 '흥'을 상징의 의미와 연관시켜 이해한 점은 서구에서 유입된 낯선 상징주의 시가 중국에 수용되는 과정 속에서 비교적 자연스럽게 중국인들에게 접근할 수 있는 여건을 마련해 주었다. 또한 서구에서 유입된 상징이라는 표현수법을 통해 중국 고전시의 전통적인 흥의 표현수법을 현대적으로 실현했다고 볼 수 있다.

진군(陳群)은 1919년 11월 6일부터 8일까지 ≪민국일보·각오(民國日報·覺悟)≫에 <유럽 19세기 문예사조 일별(歐洲十九世紀文藝思潮一瞥)>이라는 글을 발표하여 "상징주의 문학은 전적으로 우주 및 인생의 실상을 표상으로 삼아 사상·감정·시간을 표시하며, 오로지 심리분석 방식을 사용하여 그가 묘사하는 수단으로 삼는다."라고 하여, 중국인의 시각으로 상징주의에 대한 정의를 내리려는 시도가 엿보인다. 그러나 그의 정의는 상징주의 이론의 본질과는 다소 동떨어진, 오히려 자연주의 이론에 접근하는 견해라고 볼 수 있다.

이처럼 상징주의에 대한 대부분의 소개가 작가에 대한 간략한 언급이나 단순히 한두 작품의 번역으로 그친 반면, 모순(茅盾)은 적극적으로 상징주의 문학을 중국에 소개할 것을 주장했다. 그는 1920년 1월 ≪소설월보(小說月報)≫ 제11권 제1호에 <'소설신조'란 선언('小說新潮'欄宣言)>을 발표하여 "서양의 소설은 이미 낭만주의에서 사실주의, 표상주의(Symbolism), 신낭만주의로 나아갔지만, 우리나라는 여전히 사실주의 앞에서 멈춰 있다. ……그래서 지금으로서는 새로운 유파의 소설 소개가 가장 절실하다."라고 하여 상징주의를 비롯한 현대주의 계열의 각종 서구 문학을 중국에 소개할 것을 주장했다. 그는 또 같은 해에 <우리는 현재 표상주의 문학을 제창할

수 있는가?(我們現在可以提倡表象主義的文學麽?)>를 발표하여 중국
에서 상징주의 사조를 제창해야 하는 이유를 다음과 같이 설명했다.

> 현재 사회 인심의 미약함은 한 가지 약으로 치료될 수 있는 것이
> 아니며, 반드시 병행해서 몇 가지 길을 걸어야 된다는 것을 안다.
> 그래서 표상을 제창했다. ……사실주의 문학의 결점은 사람으로
> 하여금 낙담하고 실망시키며 사람의 감정을 너무 자극하여 정신
> 상에서도 절제함이 없다는 것이다. 우리가 표상을 제창하는 까닭
> 은 바로 이러한 절제함을 얻으려고 생각하기 때문이다.
> 게다가 신낭만파의 기세가 날로 왕성해지는데, 그들은 확실히 사
> 람들에게 정확한 길을 가르쳐 줄 수 있으며 사람들을 실망시키지
> 않게 하는 능력이 있다. 우리는 반드시 이 길을 걸어야 한다. 그
> 러나 이 길을 가기 전에 준비를 해야 한다. 우리는 반드시 준비를
> 해야 한다. 표상주의는 사실을 계승한 다음 신낭만으로 가는 하나
> 의 과정이다. 그래서 우리는 부득불 먼저 제창하는 것이다. 모순
> <우리는 현재 표상주의 문학을 제창할 수 있는가?(我們現在可以提
> 倡表象主義的文學麽?)>

모순은 이미 상징주의가 함축하고 있는 감정의 절제를 이해하고
있는 듯하다. 그러나 당시 모순이 가지고 있던 서구 문예사조에 대
한 기본적인 시각은 순수문학적인 차원에서의 접근과 수용이 아니
라, 5·4운동 시기에 정확한 인생관을 표현할 수 있는 수단으로 인
식하고 있었다. 때문에 그가 비록 상징주의 사조를 제창하기는 했지
만, 사회의 각종 병폐를 제거하기 위한 사상적 수단으로서의 경향이
강했고, 자신의 말처럼 상징주의를 다만 사실주의에서 신낭만주의로
발전하기 위해 어쩔 수 없이 지나야 할 과도기적인 문예사조 정도
로 인식하고 있었다. 이러한 태도는 당시 모순의 관심이 상징주의

문학에 대한 이론적 체계를 세우고자 하는 데 있던 것이 아니라, 공리적인 입장, 즉 상징주의를 사회개혁의 한 방편으로 생각한 데서 기인했다. 모순의 이러한 공리적인 입장은 당시 서구 상징주의 문예사조에 대한 중국 문단의 일반적인 인식이 매우 편향적이고 모호했음을 반영하고 있다. 때문에 상징주의 문예사조를 제창한 그의 공로는 인정할 수 있지만, 상징주의에 대한 인식의 한계로 인해 그의 주장이 당시의 중국 문단에서 폭넓은 영향을 끼치지는 못했다.

이 외에도 모순은 1919년에 메테를링크의 희곡 <팅타지르의 죽음>을 번역하고, 또 <근대 희극가전(近代戲劇家傳)>을 발표하여 상징주의 희곡 작가를 소개하면서 상징주의 작가들에 대한 그의 관심을 표시했다. 또 1920년 1월 6일 ≪시사신보(時事新報)·학등(學燈)≫에 <표상주의의 희곡(表象主義的戲曲)>을 발표했고, 1922년에는 <하우프트만의 상징주의 작품(霍普特曼的象徵主義作品)>을 발표했지만, 이 두 편의 글도 5·4운동의 쇠퇴를 맞이하고 있던 중국의 사상과 문학 혁명을 촉진할 목적으로 발표한 것이었다.

이처럼 진독수와 유반농, 주작인과 모순 등이 상징주의 문예사조에 대한 소개를 시도했지만, 상징주의 작가와 작품에 대한 그들의 소개는 일시적이고 단편적이며 그 분량에 있어서도 불과 몇 페이지밖에 되지 않는 짤막한 것이었으며, 체계적이거나 전문적인 성격을 띤 것은 더욱 아니었다. 다만 보들레르나 메테를링크 등 몇 명의 중요한 상징주의 작가들의 이름만 거론되는 정도였고, 상징주의 이론에 대한 체계적인 소개는 찾아보기가 힘들다. 중국에서 서구 상징주의와 그 시에 대한 본격적이고 체계적인 이론 소개는 바로 주무(周無)를 비롯한 소년중국학회의 시인들에 의해서 시작되었다.

그들은 1920년 3월에서 1921년 12월까지 불과 2년도 되지 않는 짧은 기간에 ≪소년중국≫을 중심으로 각종 서구 문예이론과 작품을 소개하면서 이전의 개론적인 성격을 벗어나 상징주의 문예사조 가운데서도 특히 상징주의 시에 대한 체계적이고도 전문적인 연구를 시도했다.

1920년에 오약남(吳弱男)이 <근대 프랑스 벨기에의 여섯 시인(近代法比六詩人)>을 발표한 것을 시작으로 역가월(易家鉞)의 <시인 메테를링크(詩人梅德林)>, 전한(田漢)의 <신낭만주의 및 기타 ― 황일계 선생에게 보내는 편지 한 통(新羅曼主義及其他―復黃日葵兄一封長信)>이 ≪소년중국≫에 발표되어 서구 상징주의 시인들에 대한 전문적인 연구가 시도되었다.

1921년에는 주무가 <프랑스 근세문학의 추세(法蘭西近世文學的趨勢)>를 발표하는 동시에 프랑스 시인 데팍스의 <행복>, 베를렌느의 <가을의 노래>와 <그가 내 마음속에서 울고 있네>를 번역했다. 그는 <프랑스 근세문학의 추세>에서 상징주의의 출현이 프랑스문학에 있어서 일종의 진정한 해방이라고 여긴 동시에 이들 상징주의 시가 "한편으로는 비록 상징의 방법을 빌려서 무궁한 아름다움을 표현했지만, 한편으로는 매번 이 무궁한 아름다움이 끝도 없고 길도 없는 환상 속에 있음을 스스로 증명했다. 그래서 상징주의는 마지막에는 늘 사람들로 하여금 처음과 같은 불만을 느끼게 했다."라고 말하여, 상징주의 시가 포함하고 있는 신비주의적인 경향을 비평하기도 했다.

이황(李璜)도 1921년에 <프랑스 시의 격률 및 해방(法蘭西詩的格律及其解放)>을 발표했고, 1923년에는 ≪프랑스문학사(法國文學史)≫를 써서 소년중국총서로 출판했다. 그는 이 책의 제1장 '시가편'에서 프랑스 상징주의의 형성과 발전과정을 중점적으로 소개했다.

이사순(李思純)은 ≪소년중국≫에 <서정 소시의 성질 및 작용(抒情小詩的性德及作用)>을 발표했다. 또한 자신이 1919년 프랑스에 있으면서 번역해 두었던 시를 모아 1925년에 ≪선하집(仙河集)≫이라는 번역시집을 출판했다. 이 번역시집에는 모두 24명의 프랑스 시인들의 시 69수가 실렸는데, 그 가운데에는 보들레르와 베를렌느의 시가 각각 한 수씩 실려 있으며, 그들의 생년월일과 인격 그리고 시풍이 간략하게 소개되었다. 그러나 ≪선하집≫에 쓰인 문체가 모두 문언이어서 일반 독자들의 주목을 끌지는 못했다.

이 외에도 황중소(黃仲蘇)의 <1820년 이래 프랑스 서정시 일별(一八二○年以來法國敍情詩之一斑)>, 전한의 <악마시인 보들레르의 백주년 추도제(惡魔詩人波陀雷爾的百年祭)>가 ≪소년중국≫에 발표되었다. 특히 전한은 자신의 글에서 스팀의 말을 인용하여, 보들레르의 시가 지나치게 퇴폐적이고 썩은 냄새가 나지만 예술은 마치 진주와 같아, 병적인 아름다움의 산물이라고 평가했다.

소년중국학회의 시인들은 이러한 글을 통해 상징주의 시를 중심으로 프랑스 상징파 시인인 보들레르, 베를렌느, 말라르메, 자므, 앙리 드 레니에, 데팍스 및 벨기에의 메테를링크와 베라랭 등을 소개했을 뿐만 아니라, 그들의 작품을 번역하는 동시에 창작 특징과 지위 그리고 영향에 대해서도 자신의 관점을 가지고 평가를 내렸다. 특히 이들의 서구 상징주의 시에 대한 이론 소개는 1920년대 중·후기에 이금발(李金髮), 목목천(穆木天), 왕독청(王獨淸), 풍내초(馮乃超) 등 중국의 상징파 시인들이 상징시를 창작하는 과정 속에서 이론적인 뒷받침을 했을 뿐만 아니라, 중국에서 상징시가 정착하는 데 기초 역할을 했다. 때문에 서구 상징주의 시를 중국에 수용하는 과정 속에서 이들 소년중국학회 시인들의 역할은 결코 적지 않다고 할 수 있다.

≪소년중국≫ 외에도 단편적이기는 하지만 신조사의 ≪신조≫와 문학연구회의 ≪소설월보≫와 ≪시≫, 창조사의 ≪창조계간(創造季刊)≫과 ≪창조주보(創造週報)≫, 어사사의 ≪어사(語絲)≫ 등 잡지에서도 상징주의 문예사조에 대한 소개 및 작품 번역이 이루어졌다.

≪신조≫에서는 상징주의 시에 대한 소개보다는 주로 상징주의 극작가들의 희곡 작품이 번역되어 중국에 소개되었다. 조승역(趙承易)은 1920년 4월 ≪신조≫ 제2권 제3호에 메테를링크의 대표적인 희곡 가운데 하나인 <펠레아스와 멜리장드>를 번역하여 게재했고, 손복원(孫伏園)은 1921년 10월 ≪신조≫ 제3권 제1호에 프랑스 상징파의 영향을 받은 유태인 시얼스반의 단막 희곡 <어둠 속>을 번역하여 소개했다.

모순과 정진탁은 1924년 ≪소설월보≫ 제15권 제1호 <현대 세계 문학가 약전·1(現代世界文學者略傳(一)>에서 프랑스의 상징파 시인 클로델, 앙리 드 레니에, 폴 포르, 자므 등을 간략하게 소개했고, 동시에 프랑스 19세기 상징주의 시의 변천과정을 기술하면서 상징주의를 제창했던 서구의 시인들이 여러 가지 이유로 인해 이미 상징주의 운동에서 멀어졌고, 그로 인해 서구에서의 상징주의 사조가 이미 쇠퇴하고 있다고 그 궤적을 분석했다.

> 보들레르와 베를렌느는 일찍이 세상을 떠났고, 말라르메도 1898년에 세상을 떠났다. 비교적 청년이라고 생각되는 베라랭 역시 세계의 커다란 참극이 일어나던 그해(1915년)에 전란과 더불어 세상을 떠나고 말았다. 다만 앙리 드 레니에만이 지금까지 살아 있다. 상징파의 옛 동지들은 대부분 죽고, 상징파 운동도 이미 역사상의 흔적이 되어 버렸다. 그해에 카페에서 말라르메 등과 함께 이 운동을 발기한 앙리 드 레니에조차도 이미 고전주의로 발길을 돌리고 말았다. 심안빙·정진탁 <현대 세계 문학가 약전·1(現代世界文學者略傳(一)>

그러나 이들은 1920년대 이후에도 상징주의 계보의 위대한 시인으로 추앙받았던 발레리나 클로델을 중심으로 한 제2기 상징주의에

대해서는 제대로 파악하지 못하여, 서구에서의 상징주의 문예사조
가 제1기 상징주의에서 종결되었다고 여겼다.

문학연구회는 1924년 ≪소설월보≫ 제15권에 별도로 프랑스문학
연구 특집호를 발간하여 프랑스문학을 중점적으로 소개하면서 보들
레르와 베를렌느, 말라르메 등과 같은 상징주의 시인에 대한 소개
를 병행했다.

유연릉(劉延陵)은 1924년 ≪소설월보≫ 제15권 프랑스문학 연구 특
집호에 <19세기 프랑스문학 개관(十九世紀法國文學槪觀)>을 발표했
다. 그는 여기에서 주로 낭만주의와 자연주의가 주류를 이룬 19세기
프랑스문학을 소개하면서 뒷부분에서 상징주의의 개략적인 의미를
설명했다. 그는 또 섭성도(葉聖陶)와 주자청(朱自淸) 등과 함께 편집
한 ≪시(詩)≫ 제1권 4호에 <프랑스 시의 상징주의와 자유시(法國詩
之象徵主義與自由詩)>를 써서 프랑스 상징주의의 전반적인 동향과
보들레르의 시를 중점적으로 소개했다. 그러나 이 글에서 그가 상징
주의를 긍정한 까닭은 상징주의가 자유정신의 표현이라고 여겼기 때
문인데, 5·4운동 이후 자유를 추구하던 당시의 시대적 분위기를 옹
호하기 위해 이론적 기초를 세우기 위한 것으로 여겨진다.

사육일(謝六逸)은 1920년 5월 ≪소설월보≫에 <문학상의 표상주의
는 무엇인가?(文學上的表象主義是甚麼?)>를 발표했고, 1924년에는
≪소설월보≫ '프랑스문학 연구 특집호'에 프랑스 근대문학을 소개
한 일본의 <근대문학 12강좌(近代文學十二講)>를 번역하여 서구 문
예의 2대 경향을 소개하면서 보들레르, 베를렌느, 말라르메, 메테를
링크, 베라랭 등 상징파 시인에 대한 개별적인 소개도 병행했다.

군언(君彦)도 1924년 ≪소설월보≫ 제15권 '프랑스문학 연구 특집
호'에 <프랑스 근대시 개관(法國近代詩槪觀)>을 발표하여 상징시를
중심으로 발전한 프랑스 근대시에 대한 연구를 중점적으로 소개했다.

그는 상징파에 대한 영향 면에서는 보들레르보다 베를렌느가 더 크다고 주장하여 베를렌느를 상징파의 선구자 혹은 창시자로 보고 있으며, 특히 시의 형식 방면에 기울인 베를렌느의 개혁을 높이 평가했다. 말라르메에 대해서는 공인된 상징파의 창시자라고 분석했으며, 랭보에 대해서도 시의 새로운 정신에 새로운 형식을 부여하는 데 커다란 공을 세웠다고 평가했다. 그는 또 베라랭의 시풍은 "안개가 겹겹이 싸인 해안 같고, 커다란 비바람이 내린 평원 같으며, 비에 젖은 성 같다."라고 하여 그의 상징시가 가지는 어둡고 관능적이며 신비적인 면을 지적한 반면에, 앙리 드 레니에의 시풍은 "밝고 아름다운 봄날의 산 같고, 꽃과 풀이 무성한 깊은 계곡 같다."라고 하여 사물의 움직이는 생명에 대한 강렬한 감각을 지적하여 두 사람의 시풍이 서로 대조적임을 밝혔다. 이 외에도 같은 상징파 시인이면서도 별로 중국에 소개되지 않은 모레아스, 비엘 그래판, 스튜어트 메릴, 사멩, 구르몽에 대해서도 간략하게 소개했다. 그는 글 마지막에서 프랑스 상징파가 지니고 있는 핵심적인 이론을 바로 비물질주의로 파악했다. 그는 이미 상징주의 시학의 본질이 물질적 객체로서의 일체의 대상을 배제한 순수시임을 꿰뚫고 있었다.

결론적으로 프랑스 근대 시인들이 각기 독자적인 특성을 지니고 있지만, 하나의 공통점이 있다면 그것은 객관성을 배척하고 주관성을 중시했다는 점이다. 그들은 대부분 비물질적이며 비세상적이었다. 그들이 추구한 아름다움은 몽상적인 아름다움이다. 이것은 모두 자연주의에 대한 반동이다. ……그래서 우리가 만약 근대 프랑스 시를 대신할 표어 한 구절을 찾으려고 한다면 그것은 바로 '비물질주의'이다. 상징파는 바로 그들의 주요한 대표였다. 군언 <프랑스 근대시 개관(法國近代詩槪觀)>

장문천(張聞天)도 1924년 ≪소설월보≫ 제15권 프랑스문학 연구 특집호에 스텀이 쓴 <보들레르 연구>를 번역하여 게재했다. 이 글에는 보들레르의 생애 및 그의 시풍에 대해 매우 자세하게 소개되어 있는데, 당시 중국에 소개되었던 상징주의 작가에 대한 어떤 글보다도 뛰어난 역작이라고 볼 수 있다.

전한(田漢)은 1922년 8월 ≪창조계간≫에 <가련한 렐리양(可憐的侶離雁)4)>이라는 평론을 통해 베를렌느의 유년시절과 그의 처녀시집 ≪토성인의 시≫ 및 제2시집 ≪화려한 축제≫를 소개하면서 그 가운데 <가을의 노래>, <자주 꾸는 꿈>, <만돌린>, <3년 지난 뒤>, <도시의 차가운 비>, <감상적인 대화> 등을 번역하여 게재했다.

왕독청(王獨淸)도 프랑스에서 1921년 12월 13일자로 정백기(鄭伯奇)에게 쓴 편지를 그다음 해 ≪창조계간≫에 실었다. 이 글에서 왕독청은 베를렌느의 ≪토성인의 시≫ 중의 <가을의 노래>를 번역한 글을 읽은 적이 있는데, 번역이 잘못되었고 특히 첫 번째 구절은 완전히 잘못 번역했다고 지적하면서 자신이 직접 번역한 시를 실었다. 또 1923년 5월 18일 정백기에게 보낸 <남부 유럽 소식(南歐消息)>이라는 글이 ≪창조계간≫ 제2권 제2호에 실렸는데, 왕독청은 거기에서 베를렌느의 시집 ≪예지≫ 가운데 자신이 감동 깊게 읽었던 시 한 수를 번역하여 소개하기도 했다.

성방오(成仿吾)는 1923년 ≪창조주보≫ 제18호에 베를렌느의 <흰달>을 예로 들어 외국 시를 번역하는 방법을 설명했다. 그는 이 글에서 곽말약과 함께 <흰 달>을 번역하여 <밝은 달(月明)>이라는 제목으로 게재했다. 또 같은 해 베를렌느의 <가을의 노래>를 번역해 ≪창조주보≫ 제21호에 <가을의 시(秋的詩歌)>라는 제목으로 소개

---

4) 폴 베를렌느(Paul Verlaine)는 말년에 자기 이름의 철자를 바꾸어 '가련한 렐리양'이라는 뜻의 'Pauvre Lelian'이라는 이름을 자주 사용했음.

하기도 했다.

서지마(徐志摩)는 1924년 12월 《어사》에 보들레르의 《악의 꽃》 중의 <썩은 시체> 한 수를 번역하여 발표했다. 그는 이 시의 장편 서문에서 "시의 진짜 오묘한 곳은 그 글자의 뜻에 있는 것이 아니라, 헤아릴 수 없는 음절에 있다."라고 하여 보들레르 시의 음악성에 대해 강조했다. 특히 서지마의 이 서문은 노신(魯迅)과 유반농(劉半農) 등에 의해서 상징시의 음악성 논쟁으로 전개되기도 했다.

장정황(張定璜)도 1925년 2월 《어사》에 <보들레르 산문시초 (Baudelare散文詩鈔)>를 발표하여 보들레르의 산문시 <거울>, <어느 것이 진짜인가?>, <창>, <달의 은혜>, <개와 향수병> 등을 번역하여 소개했다.

노신과 위소원(韋素園) 등 미명사(未名社)의 작가들도 상징주의 문학에 대한 소개가 적지 않았다. 노신은 일본 쿠리야가와 하쿠손 (廚川白村)의 《고민의 상징(苦悶の象徵)》과 시마자키 도손(島崎藤村)의 <연한 풀밭의 물결(淺草潮)>을 번역했는데, 그는 이 두 작품에서 상징주의 및 그 대표시인 보들레르의 작품을 언급하고 있다. 이 외에도 그는 1921년에 안드레예프의 소설 <암담한 연기 속에서>를 번역한 후 후기에서 이 작품이 "상징주의와 사실주의를 결합한 특징을 가지고 있다."라고 설명했다.

위소원 역시 1925년 2월 《어사》 제15기에 러시아의 상징주의 작가이자 미래주의 시인 드레체코프 방문기 <저녁 길에 ― 드레체코프 방문 이후(晚道上 ― 訪俄特列捷闊夫以後)>를 발표했다. 그는 이 글에서 1890년대부터 시작하여 제1차세계대전까지 약 20년간의 러시아의 상징주의는 퇴폐파와 상징파가 가장 성행했고, 그들은 주로 찰나를 노래하고 아름다움과 죽음 그리고 여성을 찬송했으며, 음운도 매우 강구하여 시를 읽을 때는 마치 은은한 음악소리 같다고 소개했다.

이 외에도 1924년에 노기야(盧冀野)가 <프랑스 19세기 데카당파 초기 시인 보들레르(法蘭西十九世紀狄伴耽派先遠詩人波德萊爾)>를 썼고, 같은 해 계지인(季志仁)은 베르나르드 페이의 글을 번역한 <1880년 이후 프랑스문학의 원경(一八八○年後法國文學的遠景)>을 발표했다.

이상을 통해 진독수가 <현대 유럽의 문예사 이야기>를 발표한 1915년부터 5·4신문화운동을 거쳐 서구 상징주의 작가와 작품 및 그 이론이 중국에 소개된 과정을 살펴보았다. 서구의 상징주의 문예사조는 ≪신청년≫을 통해 진독수와 유반농, 주작인에 의해서 희곡을 중심으로 중국에 처음 소개되기 시작했고, 모순(茅盾)에 의해서 상징주의 문예사조가 제창되었지만, 이들은 주로 상징주의를 사회 개량의 한 방법으로서 사상적인 측면에 치중하는 경향을 나타냈다. 순수문학적인 측면에서 상징주의 문예사조를 본격적으로 중국에 소개한 것은 소년중국학회의 ≪소년중국≫과 문학연구회의 ≪소설월보≫ 제15권 프랑스문학 연구 특집호이다. 이들을 통해 소개된 상징주의 작가로는 프랑스 상징주의의 선구자인 보들레르를 비롯하여, 그 이론 체계를 세운 베를렌느, 랭보, 말라르메 그리고 모레아스, 앙리 드 레니에, 베라랭, 자므, 클로델, 구르몽과 벨기에의 메테를링크, 러시아의 안드레예프 등 상징주의 작가들이 모두 골고루 소개되었는데, 그 가운데서도 보들레르와 베를렌느, 메테를링크가 다른 작가들보다 비교적 중점적으로 소개되었다. 그러나 이 세 사람 가운데서 메테를링크는 주로 희곡을 중심으로 소개되었기 때문에 시 방면에서는 보들레르와 베를렌느 두 사람이 주로 언급되었다.

전반적으로 5·4시기를 전후하여 중국에 밀려들어오던 서구 상징주의 문예사조는 수용 과정에 다소 맹목적이고 무질서한 경향을 나타냈을 뿐만 아니라, 상징주의에 대한 인식의 오류도 드러냈다. 즉

5·4운동 초기의 문학혁명 제창자들은 상징주의 이론 자체에 대한 관심보다는 오히려 상징주의 문예사조가 고답파(高踏派)를 대체하게 된 기성 문단에 대한 반항적인 성격에 더 비중을 두었다. 그로 인해 이들은 상징주의 이론에 대해 정확하게 파악하지 못해 다른 문예사조와 혼동하거나 혹은 상징주의 작가들을 자연주의나 다른 문예사조의 작가에 포함시키는 오류를 범하기도 했다.

이러한 오류와 인식의 제약은 소년중국학회 시인들에 의해 어느 정도 극복되지만, 그들 역시 상징주의 이론만을 소개했을 뿐이지, 직접 그 이론에 따라 상징시를 창작하지는 못했다. 그러나 이들이 비록 직접적으로 상징시를 창작하지는 않았다고 하더라도, 이들에 의한 상징주의 소개가 1925년 이후 이금발(李金髮), 목목천(穆木天), 왕독청(王獨淸), 풍내초(馮乃超) 등을 통해 중국에서 상징시가 꽃피게 되는데 밑거름 역할을 했다는 공만은 인정해야 할 것이다.

2. 상징시의 출현과 발전

(1) 상징시의 출현

중국에서 상징시의 본격적인 출발은 이금발(李金髮)이 1925년에 자신의 최초 시집인 ≪가랑비(微雨)≫를 발표한 때를 기점으로 삼는 것이 일반적인 견해이다. 그러나 '상징(象徵)'이라는 개념은 이미 중국 고전문학 속에서 명칭만 달리할 뿐, 다양한 형태로 존재하여 시인들 사이에서 어떤 일을 제3의 사물에 의탁하는 수사방법으로 인식되어 왔다.

중국 고전문학에서는 '흥(興)'이 상징의 개념과 유사하여, 그 문학적 기능을 대신하여 왔다. ≪주례(周禮)≫의 <춘관종백하(春官宗伯下)>에서는 "태사가……육시(六詩)를 가르치는데, 풍(風)·부(賦)·비(比)·흥·아(雅)·송(頌)이다."라고 했는데, 흥의 구체적인 개념은 나타나 있지 않지만, 흥이라는 용어가 처음 나타난다. 유협(劉勰)은 ≪문심조룡(文心雕龍)≫의 <비흥(比興)> 편에서 "흥이란 일으킨다는 뜻이다. ……정을 일으키기 때문에 흥이 생긴다."라고 하여 감정을 불러일으키는 예술 수단으로 이해했다. 공영달(孔穎達)도 ≪모시정의(毛詩正義)≫에서 "흥이란 사물에 일을 의탁하는 것이다. ……흥이란 유사한 것을 취하고 사물을 끌어들여 마음을 불러일으키는 것이다."라고 했는데, 여기서 흥은 전달하고자 하는 일이나 이치를 사물에 기탁하고, 유사한 사물을 사용하여 내면의 느낌을 끌어내는 수사법의 개념을 지닌다. 주희(朱熹)도 ≪시집전(詩集傳)≫에서 "흥이란 먼저 다른 사물을 말하여 이로써 노래하고자 하는 의미를 불러일으킨다."라고 했다. 이들이 말한 '감정을 일으킨다(起情)', '마음을 불러일으킨다(起發己心)', '노래하고자 하는 의미를 불러일으킨다(引起所咏之詞)'는 말은 한결같이 어떤 하나의 사물을 통해 내면의 감정을 밖으로 끌어내는 표현을 가리키며, 이러한 현상은 바로 '상징'의 본래 기능과 매우 비슷하여 상징의 범위에 포함시킬 수도 있다.

그러나 상징은 원관념의 본질적인 의미를 지향하며, 보조관념과 그것이 암시하고 있는 원관념과의 사이에도 본질적인 연계가 존재한다. 즉 상징은 이미 분명한 지향점을 내포하고 있지만, 흥에서는 이러한 지향점이 잘 드러나지 않으며, 보조관념과 원관념 사이의 관계도 상대적으로 긴밀하지 못하고 모호하다는 차이가 있다.

구체적인 문학작품 가운데서는 ≪시경≫의 육의(六義) 가운데 '흥'이 비교적 상징에 가까우며, 당대(唐代) 이하(李賀)와 이상은(李商隱)의 시도 비교적 상징적인 색채가 짙다. 이하의 시에는 귀신이 많이

나오고 분위기가 신비스럽고 음풍이 부는 듯하며, 깎고 다듬어 풍부한 함축을 지닌 시어들을 썼다. 때문에 그의 시는 주(注)가 없이는 읽기 어려울 정도로 난해하기로 유명하다. 시의 상징적인 수법은 시어뿐만 아니라 시의 구성에서도 그것을 응용하여 시의 각 구절 또는 각 부분이 고립된 듯이 보이는 게 많다. 문장 논리의 단절뿐만 아니라 시간과 공간도 초월하며, 비유도 주관적인 경우가 많다. 이상은 역시 지나치게 함축적인 상징수법으로 암시와 연상 작용을 확대시켜, 이미 현대의 상징파 시가 내세웠던 특징들을 구비하고 있었다.

그러나 위에서 살펴본 상징의 개념은 문학적인 표현수단의 하나로서 인식되었던 것이지, 하나의 독립적인 문학 유파 내지는 문예사조적인 측면에서 고려된 개념은 아니다. 따라서 상징이라는 개념이 중국에서 이미 전통적으로 사용되어 왔지만, 문예사조적인 측면에서 상징주의가 정식으로 문학 유파의 형태로 출현한 것은 바로 1920년대 상징파에서 비롯되었으며, 이것은 당시 프랑스 상징주의의 직접적인 영향으로 인한 것이었다. 즉 1920년대 중국 상징파는 상징적인 색채를 띤 중국 고전시의 전통을 수용한 종적 계승의 결과라기보다는, 5·4시기를 전후한 서구 상징주의의 유입으로 인한 횡적 이식의 결과였다.

이처럼 중국 문단에서 서구 문예사조의 직접적인 영향을 받아 상징주의 시를 쓰기 시작한 것은 5·4를 전후한 때이며, 이때부터 중국 현대시의 영역에서는 서구 상징주의 시가 유입되기 시작했다.

《신조(新潮)》의 편집자 나가륜(羅家倫)은 《가랑비》가 발표되기 이전부터 《신청년》에 게재된 일부 백화시들이 "서양의 심볼리즘 방법을 사용했다."라고 하여 이미 《신청년》의 일부 작가들이 상징주의 경향을 띤 작품의 창작을 시도하고 있음을 지적했다. 또한 나가륜이 지적한 《신청년》에 발표된 시 외에도 곽말약(郭沫若), 노신(魯迅), 주작

인, 종백화(宗白華), 전한(田漢) 등이 5·4 초기에 쓴 일부 시들도 정도
는 다르지만 모두 상징주의의 영향을 받았다고 볼 수 있다. 이들 초기
의 신시 작가들이 쓴 상징주의 색채를 띤 작품들은 주로 ≪신청년≫과
≪소년중국≫을 중심으로 발표되었다.

1918년 1월 ≪신청년≫ 제4권 제1호에 발표된 중국 최초의 신시
인 백화시 9수 가운데 심윤묵(沈尹默)의 <달밤(月夜)>은 상징주의
색채가 짙다고 여겨지는 작품이다.

　　　서릿바람 휙휙 불고
　　　달빛은 밝게 비추고 있네.
　　　나는 한 그루 키 큰 나무와 나란히 섰지만
　　　기대서지는 않았네.
　　　심윤묵 <달밤(月夜)>

겨울밤에 북풍이 불고, 차가운 서리가 짙고, 밝은 달이 높이서 비
추고, 냉기가 사람을 에워싼다. 이처럼 고독하고 음산한 화자의 주
변 환경은 바로 5·4운동을 전후한 반봉건적인 중국 사회의 일면을
상징하고 있다.

나가륜도 "심윤묵 선생의 <달밤>은 '상징주의(Symbolism)'를 대표
하기에 충분하다."라고 말했듯이, 이 시는 겨울밤 북풍이 몰아치는
혹독한 환경 속에서도 한 그루의 높은 나무에 기대지 않고 나란히
서 있는 '나'를 통해 5·4시기 개성해방의 조류 속에 서 있는 시인
의 독립적이고도 강인한 성격과 정신을 상징적으로 암시하고 있다.

노신의 신시는 잘 알려져 있지 않지만 ≪집외집(集外集)≫에는 그
의 신시가 몇 수 실려 있다. 당사(唐俟)라는 필명으로 쓴 <꿈(夢)>,

<사랑의 신(愛之神)>, <도화(桃花)>, <그들의 화원(他們的花園)>, <사람과 시간(人與時)>, <그(他)>는 모두 1918년에서 1919년 사이에 ≪신청년≫을 통해 발표되었는데 암시와 상징수법을 사용했다. 노신이 1918년에서 1919년까지 ≪국민공보(國民公報)≫에 발표한 연작 산문시 <자언자어(自言自語)> 역시 상징 색채가 농후한데, 그 가운데 <옛성(古城)>은 상징성이 강한 고사를 썼고, <불의 얼음(火的冰)>은 그 의경과 형상이 완전히 상징화되었다. 이들 작품은 이미 상징적인 형상을 통해 개인의 정서를 비유하고 암시하여 중국 현대 산문시 가운데 상징주의 경향의 효시를 열었다고 말할 수 있다. 이 외에도 비록 시는 아니지만 중국 최초의 현대소설이라고 일컬어지는 <광인일기(狂人日記)>에 대해 모순은 "함축적이어서 말을 할 듯 말 듯한 의미와 담담한 상징주의 색채는 색다른 풍격을 구성했다."라고 지적했다. 특히 주자청(朱自淸)이 "≪들풀(野草)≫은 <광인일기>에 비해 더 많은 상징을 사용했다."라고 했듯이, 노신의 대표적인 산문시 ≪들풀≫은 상징성이 강한 작품으로 평가된다.

주작인(周作人)이 1919년 2월 ≪신청년≫ 제6권 제2호에 발표한 <작은 시내(小河)> 역시 유명한 장편 상징시로 알려져 있다.

한 줄기 작은 시내 힘차게 앞으로 흐르네.
지나가는 곳 양쪽에는 새까만 흙
붉은 꽃 질푸른 잎 누런 열매 가득 났다.
한 농부가 괭이를 들고 시내 중간에 방죽을 쌓네.
하류가 마르고 상류의 물은 방죽에 막혀 하류로 못 흐르네.
전진하지도 되돌아갈 수도 없어 물은 방죽에서 돌기만 하네.
물이 생명을 보존하려면 흘러야 하는데 방죽에서 돌기만 할 뿐.
......

방죽아래 흙은 점차 퍼내져 깊은 못이 된다.
물은 방죽을 원망치 않고 흐르길 바랄 뿐
예전처럼 힘차게 앞으로 흐르길 바랄 뿐.
……
나는 한 포기 벼, 한 포기 불쌍한 풀,
나는 나를 윤택하게 해주는 물을 좋아하지만
오히려 그가 내 몸 위를 흘러갈 까 두렵네.
주작인 <작은 시내(小河)>

이 시는 농부가 방죽을 만들어 시내가 막히자 시냇가의 나무와 벼
등이 모두 시냇물에 의해 잠길까 봐 걱정하는 심정을 묘사하고 있다.
시인은 여기에서 인성에 대한 속박을 반대하고 개성의 자연스런 발
전을 요구하는 사상을 시냇물이라고 하는 상징물을 사용해서 암시하
고 있다. 주작인 자신도 <작은 시내> 서문에서 이 시가 "프랑스 보들
레르가 제창하기 시작한 산문시와 서로 비슷하다."라고 하여 보들레
르의 상징시에 영향을 받아 지었음을 분명히 밝히고 있다.

≪소년중국(少年中國)≫에 시를 발표한 시인들 가운데는 프랑스에
서 유학한 경험을 가진 사람들이 여러 명 있었다. 그 가운데 주무
(周無)는 프랑스에 유학하면서 직접적으로 프랑스 상징주의의 영향
을 받았던 사람 중 한 명이다. 그가 1920년 파리에서 쓴 <한 가지
사건(一件事)>은 번화한 도시 한복판에 있는 개 한 마리의 운명을
묘사했고, ≪소년중국≫ 제1권 제9기에 발표된 <꿀벌(黃蜂兒)>은 꿀
벌이 물속에서 몸부림치다가 죽게 되는 장면을 통해 사회 현실 속
에서 몸부림치는 노동자의 비극적인 삶을 상징했는데, 모두 상징주
의 색채를 띤 작품이다.

전한은 프랑스 상징파 시인을 소개하는 글을 썼을 뿐만 아니라,
자신이 직접 <황혼(黃昏)>과 같은 상징시를 쓰기도 했다. <황혼>에

서는 시인이 자신의 시각과 청각을 통해 해질 무렵 한순간의 자연
경물과 시간의 흐름에 따른 색채의 변화 그리고 각종 소리를 포착
하여 한 폭의 그림으로 그려냄으로써 아름다운 생활을 추구하는 이
상을 상징했다.

이 외에도 곽말약의 ≪여신(女神)≫ 가운데 <죽음의 유혹(死的誘
惑)>과 <비너스(Venus)>, <화장터(火葬場)>와 종백화의 ≪떠도는 구
름(流雲)≫ 중의 적지 않은 영물시가 몽롱하고 암시적인 수법을 사
용하여 상징적인 색채를 띠고 있다.

(2) 상징시의 발전

그러나 이상의 시들은 대부분 상징시의 초보적인 단계일 뿐, 중
국에서 진정으로 서구 상징주의 시론을 수용하여 그에 상응하는 관
점을 제시하면서 창작에 임한 사람은 이금발(李金髮)이다. 그러므로
중국에서 상징시의 창작이 본격적으로 이루어진 때는 이금발이 ≪가
랑비(微雨)≫와 ≪행복을 위한 노래(爲幸福而歌)≫, ≪식객과 흉년(食
客與凶年)≫을 발표한 1920년대 중・후기이다.

이금발은 1920년에 프랑스로 유학을 떠났고, 그때부터 서구 상징
주의 문학의 발생지였던 프랑스에 유학하면서 보들레르와 베를렌느
의 영향을 받아 상징시를 습작하기 시작했다. 그는 1920년에서 1923
년 사이 왕성한 창작열을 가지고 상징시를 쓰기 시작하여 1923년
봄 독일의 베를린에서 ≪가랑비≫와 ≪식객과 흉년≫을 완성했다.
그 가운데 ≪가랑비≫는 시가 완성되자 곧바로 베를린에서 중국에
있던 주작인(周作人)에게 보내졌다. 주작인은 그 시집을 북신서국
(北新書局)에 추천했고, 북신서국에서는 1925년 11월에 신조사 총서
의 하나로 출판했다.

≪가랑비≫는 5 · 4 당시 중국 문단에서 유행하던 현실주의나 낭만주의 계열의 작품과는 그 성격이 다른 독특한 예술특징을 가짐으로써 중국에 상징파의 탄생을 선포했다. 중국 최초의 상징시집 ≪가랑비≫는 이금발이 프랑스와 독일에 있던 1920년에서 1923년 사이에 쓴 99수의 창작시를 수록하고 있으며, 바이런, 보들레르, 베를렌느 등 서구 시인 8명의 시를 번역하여 부록으로 실었다. ≪가랑비≫에 실린 시들이 비록 1920년부터 1923년 사이에 창작되었지만, 1923년 2월 베를린에서 쓴 <가랑비 · 시작하는 말(微雨 · 導言)>에서 "1920년과 1921년에 쓴 몇 편의 시를 제외하면 그 나머지는 근래 7, 8개월 동안에 썼다."라고 한 것을 보면 ≪가랑비≫에 실린 시를 창작한 기간이 매우 짧았음을 알 수 있다.

≪가랑비≫의 대표작인 <버림받은 여인(棄婦)>을 비롯한 대다수의 시들은 모두 고국을 떠난 청년 시인의 고독과 우울, 슬픔의 심정을 표현했다. 이 시집이 출판되자 중국 문단에서의 반응은 다양했다. 사실 ≪가랑비≫가 출판되기 전에 <버림받은 여인>과 <초인종에게(給蜂鳴)>가 이미 ≪어사(語絲)≫를 통해 발표되기는 했지만, ≪가랑비≫의 완성된 원고를 가장 처음 읽은 사람은 이황(李璜)과 주작인(周作人), 종백화(宗白華)였다. 이들 가운데 어떤 사람은 이금발과 그의 시를 빅토르 위고의 초기 작품이나 베를렌느의 성조와 비교했고, 어떤 사람은 중국 시계(詩界)의 샛별이라고 감탄했으며, 심지어 어떤 사람은 그를 동방의 보들레르라고 부르기까지 했다.

≪가랑비≫의 최초 평론자인 종경문(鍾敬文)은 "시단의 공기가 착 가라앉았을 때…… 이금발 선생의 <버림받은 여인>과 <초인종에게> 등 시를 읽자, 갑자기 내 마음속에서 신기한 느낌이 일어났다."라고 했지만, 그 역시 이금발의 시에 대한 이해가 쉽지 않았다고 털어놓아 그 난해한 면을 지적했다.

황참도(黃參島)도 "이금발 선생이 ≪가랑비≫ 한 권을 우리에게 보여 주면서 우리의 마음속에 생명욕에 대한 조소적 신비와 비애의 아름다움을 심었다."라고 평가했지만, 그 역시 이 시집이 너무 신비적이고 서구화되었다고 하는 당시 독자들의 반응을 인용하면서 그 단점을 지적했다.

이금발은 ≪가랑비≫와 ≪식객과 흉년≫을 창작한 지 약 6개월이 지나서 ≪행복을 위한 노래≫를 완성했다. 비록 ≪행복을 위한 노래≫가 ≪식객과 흉년≫보다 나중에 창작되었지만, 1926년 11월에 문학연구회 총서 가운데 하나로 포함되어 상무인서관(商務印書館)에서 먼저 출판되었다. 이 시집에는 모두 110수의 시가 실렸는데, 이 시집의 대부분이 인생의 고달픔을 슬피 탄식하고 아득한 앞날을 슬퍼하는 등 우울하고 처량한 정서와 퇴폐적인 분위기가 매우 짙다.

≪식객과 흉년≫은 ≪가랑비≫가 완성된 뒤 약 2개월 지나서 완성된 시집으로서 1927년 5월에 신조사 문예총서의 하나로 북신서국에서 출판되었다. 모두 89수가 실린 이 시집은 대부분 암시와 생략 그리고 비약 등의 수법을 사용하여 근심하고 고뇌하는 심정과 유랑하는 자신의 신세를 표현했다.

이금발은 이 세 권의 상징시집으로써 일약 중국 상징파의 창시자로서의 지위를 굳게 다졌다. 이들 시집에는 약 300여 수의 상징시가 실려 있지만 그 창작 기간은 아주 짧았다. ≪가랑비≫ 가운데 1920년에서 1921년 사이 프랑스 디종(Dijon)에서 쓴 일부 시를 제외하고는 세 권의 시집에 실려 있는 작품의 대부분이 1922년에서 1924년 사이에 써서 1925년에서 1927년 사이에 출판되어 중국의 일반 독자들에게 소개된 것이었다. 따라서 그가 중국으로 돌아온 때가 1925년임을 감안한다면, 그의 시집에 실린 대부분의 상징시는 대략 2, 3년이라는 짧은 기간에 창작되었고, 그 시에 사용된 모티브는 주로 프랑스와 독일을 중심으로 한 서구세계에서 형성되었다고 볼 수 있다.

이금발은 이 세 권의 시집을 통해 인생과 운명의 비애, 사망과 몽환, 애정의 환락과 실연의 고통, 자연경물과 고향에 대한 정을 표현했는데, 프랑스 상징파 시인들의 시에 비해 오히려 더 난해하다는 평가를 받았다.

사실 이금발의 시가 어렵다는 평은 이미 잘 알려진 사실이다. 설사 시에 있어서의 암시와 생략 그리고 비약 등 표현수법의 문제는 논외로 하더라도, 그의 시가 어려운 이유는 바로 어법 문제에 있었다. 즉 그는 광동성 매현(梅縣)의 화교 출신으로 일찍부터 외국에서 생활하여 중국어를 그다지 잘 구사하지 못했을 뿐만 아니라, 자신의 시에 문언과 구어를 함께 결합시키고 구법이 서구화되었으며 곳곳에서 외국의 문자를 남용하는 등 언어의 표현형식에 문제가 있었다. 애청(艾靑)도 "그의 시는 대부분 외국에서 쓰였는데, 마치 외국인이 쓴 것 같았다. 그는 자유시를 쓸 때 문언(文言)을 사용해 쓰기를 좋아했는데, 심지어 중국의 고시(古詩)보다도 더 이해하기 어렵다."라고 털어놓았듯이, 이금발은 중국어에 대한 감각이 부족했으며, 이는 결국 이금발의 시가 난해하게 된 원인이 되었다.

이와 같이 이금발의 ≪가랑비≫를 비롯한 그의 상징시에 대한 당시 반응은 너무 난해하고 서구화되었다는 부정적인 평가와 더불어 ≪어사(語絲)≫에 게재된 광고 문구처럼 그 체재와 풍격, 정조가 모두 현실에서 유행하고 있는 시와 다르기 때문에 시단에 새로운 국면을 연 작품이라는 평가가 함께 공존한다.

이금발은 귀국 후 잠시 문학연구회(文學硏究會)에서 활동한 것을 제외하고는 대부분의 시간을 강의와 조각 등으로 보냈기 때문에, 당시 문단에서의 활동은 그다지 활발하지 못했다. 때문에 낭만주의에서 상징주의로 전향했던 왕독청(王獨淸)을 비롯한 후기 창조사(創

造社)의 상징시인들과의 접촉도 별로 없었다.

이금발과 비슷한 시기에 서구 상징주의의 영향을 받아 본격적으로 상징시를 쓰기 시작한 사람으로는 주자청(朱自淸)이 후기 창조사 시인 가운데 프랑스 상징파의 경향을 띠고 있다고 지적한 일부 청년 시인들이 있었다. 그들은 바로 낭만주의에서 상징주의로 전향한 왕독청과 목목천(穆木天), 풍내초(馮乃超)이다.

왕독청은 1916년부터 1925년 겨울에 귀국하기 전까지 일본, 프랑스, 이탈리아, 독일 등지에서 생활했다. 특히 그는 1920년부터 1925년 12월에 귀국하기 전까지 프랑스에서 퇴폐적이고 방탕한 생활을 했다. 자신도 스스로를 정신적으로 불건전한 사람이라고 했듯이, 그는 외국 생활에서 오는 자신의 고독과 비애에서 벗어나기 위해 파리의 카페와 술집을 전전하면서 정신적인 위안을 얻고자 했다. 이러한 퇴폐적이고 감상적인 정서는 그를 상징주의의 영역으로 접근하게 했다. 왕독청은 자신의 전기 작품이 낭만주의에서 상징주의의 감상적인 경향으로 전환하게 된 과정에 대해 다음과 같이 밝히고 있다.

> 그때 중국은 '질풍노도'의 시대이며, 중국 자산계급 사상혁명('오사운동') 이후 낭만운동이 일어나던 시기였다고 생각된다. 내 문학 생애는 내가 이 운동의 일원이 되면서 시작되었다. 그러나 나 자신이 서구에 머무르고 있었기 때문에, 말하자면 대전 후 자본주의의 파산 현상이 가장 뚜렷했던 곳에 머무르고 있었기 때문에 곧 감상주의의 색채에 물들게 되었다. 왕독청 <내 문학 생활의 회고(我文學生活的回顧)>

왕독청이 5·4운동을 전후한 시기에 프랑스에 머물고 있어서 5·4

운동의 직접적인 영향은 받지 않았지만, 그 열기가 식어 버린 조국의 소식에 대한 간접적인 영향과 제1차세계대전 후 그가 프랑스에서 경험한 자본주의의 파산으로 인한 정신적인 충격은 그를 상징주의로 향하게 했다. 때문에 1922년에 처음으로 시를 쓰기 시작했을 때 창작한 <로마를 애도함(弔羅馬)>과 <슬픈 노래(哀歌)> 등과 같은 바이런이나 위고 식의 낭만주의에서 상징주의로의 전향은 그가 프랑스에 머물고 있을 때부터 진행되었고, 귀국 후 후기 창조사에 들어와서도 이러한 경향이 지속되었다고 볼 수 있다.

왕독청은 1924년부터 자신이 쓴 상징시를 모은 ≪성모상 앞에서(聖母像前)≫를 1926년 12월에 창조사 총서 제18종으로 상해의 창조사출판부에서 출판했다. ≪성모상 앞에서≫에 실린 시 역시 그가 프랑스에 있을 때 쓴 것이다. 때문에 그의 시는 주로 몰락한 계급이 가지는 슬픈 탄식과 현대 도시 생활에서의 퇴폐적이고 향락적인 도취와 비애를 표현했다. 이 외에도 ≪베니스(威尼市)≫와 ≪죽기 전(死前)≫ 등의 시집이 있으며, 그 가운데 ≪베니스≫에는 10수의 단가(短歌)가 수록되어 있는데, 모두 애정시로서 감상적 향락주의자의 생활을 표현한 전형적인 상징주의 작품이다.

그는 프랑스에서 줄곧 머물렀던 까닭에 귀국하기 전까지는 같은 후기 창조사의 구성원이었던 목목천이나 풍내초와의 직접적인 교류는 없었고, 다만 상징시에 대한 자신들의 견해를 밝히는 글을 통한 간접적인 방법으로 서로 교류가 이루어졌다.

목목천은 일본에서 유학하면서 상징주의에 대한 접근이 이루어진다. 그는 <나의 문예 생활(我的文藝生活)>에서 당시를 다음과 같이 회고했다.

일본에 도착한 뒤 곧바로 낭만주의 분위기에 사로잡혔다. 그러나 나 자신도 낭만주의 안에서 하루하루 생활하는 것을 달가워하지 않았고, 또한 생활할 수도 없었다. 그래서 나는 맹목적으로 사회를 돌아볼 겨를도 없이 프랑스문학의 조류를 향해 나아갔고 결국 상징권 안으로 들어섰다. 목목천 <나의 문예 생활(我的文藝生活)>

목목천은 1923년 일본의 동경제국대학에서 프랑스문학을 공부하면서 프랑스 낭만주의 작가인 아나톨 프랑스에 대한 특별한 관심을 가졌다. 그러나 점차 그의 관심은 상징주의로 향하기 시작했다. 1926년 ≪창조월간(創造月刊)≫이 창간되자 목목천은 일본에서 <거지의 노래(乞丐之歌)> 등 11편의 시를 중국으로 보냈고, 그 시들은 곧바로 창간호에 게재되었다. 귀국 후 그는 1925년에서 1926년 사이에 일본에서 창작한 ≪나그네의 마음(旅心)≫을 1927년 4월에 출판했다. 이 시집에는 <헌시(獻詩)> 한 수와 산문시 <부활일(復活日)>을 포함하여 모두 32수의 시가 실려 있다. 그 가운데 몇 편을 제외하고는 대부분이 1925년에서 1926년 사이에 일본에서 쓴 것이다. ≪나그네의 마음≫에 실린 시들은 주로 일본에서 유학하면서 느낀 작자의 유랑자적 고민과 내면의 몽롱한 적막감을 표현했다. 목목천 자신도 "나는 상징파의 시 분위기에 포위된 채 ≪나그네의 마음≫을 썼다."라고 말했듯이, 그는 이 시집이 낭만주의 작품과는 다른 경향의 작품임을 분명히 밝혔다.

태어나면서부터 일본에서 생활한 풍내초 역시 <나의 문예 생활(我的文藝生活)>에서 "나는 나이가 들수록 점점 고답적인 것을 좋아하게 되었다. 메테를링크-상징주의-미끼 로후우(三木露風)……"라고 했듯이 그는 일본에 있으면서 일본어로 번역된 베를렌느의 시집이나 메테를링크의 극본 <파랑새>, 미끼 로후우와 기따하라 하꾸슈우(北原白秋) 등을 중심으로 한 일본의 상징파와 고답파의 작품을 관심 있게 읽었다. 때문에 그가 성방오(成仿吾)의 요청으로 1927년 10월 일본에서 상해로 돌아와 후기 창조사에 참여했을 무렵, 그의 시는 이미 상징주의 경향을 띠고 있었다.

그는 1928년 4월에 ≪홍사등(紅紗燈)≫을 창조사 총서 제20종으로 창조사출판부에서 출판했다. 이 시집에는 모두 43수의 시가 실려 있는데 대부분 1926년 무렵에 쓴 것들이다. 43수의 시는 다시 1. 애창집(哀唱集, 2수), 2. 환상의 창(幻窗, 7수), 3. 마치(好像, 5수), 4. 죽음의 자장가(死的搖籃曲, 4수), 5. 홍사등(紅紗燈, 5수), 6. 시들은 장미(凋殘的薔薇, 10수), 7. 고병집(古瓶集, 7수), 8. 일요일(禮拜日, 3수) 8집으로 나누어진다. 이 시들은 주로 몽롱한 애정과 무겁고 가라앉은 우울을 노래하여 방황하는 당시 청년들의 마음의 소리를 반영했다. 아울러 형식적으로는 시의 음률과 색채를 강조했다.

이렇게 볼 때 이금발과 후기 창조사에 참여했던 왕독청, 목목천, 풍내초 등은 모두 감수성이 예민한 시기에 외국에서 생활하면서 상징주의의 영향을 받아 상징시를 창작했다는 공통점을 가지고 있었다. 때문에 이러한 점은 이들의 상징시에 어쩔 수 없이 이국의 정서가 담기게 된 공통적인 요인이 된다.

이금발이 외재적인 음악성과 형식미를 무시하고 지나친 생략과 비약 그리고 암시로 시의 형식이 고르지 않고 내용이 지나치게 난해한 반면, 후기 창조사에 참여했던 세 명의 상징시인들은 공통적으로 음악성과 형식미를 추구했고, 낭만주의와 상징주의를 융합하고자 했다.

특히 이 세 명의 시인들은 모두 낭만주의와 상징주의의 이중적인 경향을 가진 시인들이다. 이들은 모두 처음 시를 창작할 때에는 낭만주의적 성향을 띠었으나, 곧바로 상징주의로 전향한 공통점을 가

지고 있었다. 때문에 이들의 시에는 소극적인 낭만주의와 거기에서
발전한 퇴폐적이고 감상적인 상징주의 시풍이 함께 존재했다.

　주로 외국에서 생활하면서 상징시를 창작한 이금발이나 후기 창
조사 시인들과는 달리 국내에서 상징시를 창작한 시인들도 있었다.
1920년대 중·후기에 이금발로부터 직접 혹은 간접적인 영향을 받
아 상징시를 쓴 봉자(蓬子)와 호야빈(胡也頻), 석민(石民) 등이 바로
그들이다.

　봉자는 1929년 3월 수말서점(水沫書店)에서 ≪은방울(銀鈴)≫을 출
판했는데, 서문에서 이미 이 시집이 보들레르의 영향을 받아 세기말
적 경향이 짙다고 밝히고 있다. 따라서 그의 시는 절망적인 번민과
우울한 색채가 가득하다. 그가 비록 목목천 등 후기 창조사 시인들과
비슷한 시기에 상징시를 창작했지만, 시의 형식적인 측면에서는 추
구하는 바가 서로 달랐다. 즉 그는 시에 있어서의 음악미를 중시하
지 않았고, 자신의 시적인 감정을 정제된 형식에 꿰어 맞추는 것에
반대했다. 그의 시는 완전히 시인 자신의 감정을 자유롭게 표현했다.
이 점에 있어서 봉자의 상징시는 이금발의 영향을 받고 있었다.

　호야빈의 상징시가 이금발 시풍의 영향을 받았다는 사실도 이미
알려진 바이다. 호야빈의 ≪야빈시선(也頻詩選)≫은 그가 살아 있을
때 출판되었던 유일한 시집으로 1929년 1월 홍흑출판사(紅黑出版社)
에서 출판되었다. 이 시집에는 모두 22수의 시가 실려 있고, 그의
아내 정령(丁玲)이 서문을 썼다. 그는 여기에서 몽환과 죽음을 제재
로 상징 의경의 심원한 암시를 추구했다. 아울러 문자상에 있어서
는 문언과 허사(虛辭)를 자주 사용했다.

　심종문(沈從文)은 "호야빈의 시는 방법상 이금발에게서 공감을 찾
았지만, 그 형식은 이금발에 비해 더 순수했다."라고 하여 호야빈이
비록 이금발의 상징시에서 그 형식적인 방법을 모색했지만, 오히려

이금발의 상징시가 가지고 있는 한계를 극복하고 있음을 지적했다. 그의 상징시에서 나타나는 인생의 고난과 사회의 암흑에 대한 반영은 이금발 등이 빠졌던 개인적인 비애와 절망을 극복할 수 있음은 물론이고, 생소한 언어와 괴벽한 형상에서도 벗어날 수 있었던 것이다.

석민은 북경대학 영문과에서 공부하면서 상징주의와 접촉했다. 그는 ≪어사≫에 보들레르의 ≪악의 꽃≫ 제43과 자신이 좋아하는 보들레르의 산문시 <어릿광대와 비너스>, <노파의 절망>, <새벽 한 시>, <위조지폐>, <사격장과 묘지>, <야만적인 여인과 귀여운 임>, <가난한 아이의 장난감>, <못된 유리 장수> 등 모두 8편과 에필로 그 1편을 번역하여 소개했고, 보들레르의 산문시집인 ≪파리의 우울≫을 번역하여 출판했다.

석민의 ≪좋은 밤과 악몽(良夜與惡夢)≫ 역시 ≪야빈시선≫과 더불어 이금발의 상징시와 같은 부류에 포함시킬 수 있다. ≪좋은 밤과 악몽≫은 1929년 1월에 출판되었는데, 대부분이 1925년에서 1926년 사이에 창작된 시들이다. 이 시집에는 단시 21수와 산문시 8수 그리고 번역시 9수가 실려 있다. 석민의 이 시집에는 애정에 대한 읊조림, 시대적 상황에 대한 감개, 환상적인 경지에 대한 추구 등이 내포되어 있지만, 당시 일부 상징파 시인들이 지니고 있던 퇴폐적이고 환락적인 색채는 드물다.

석민이 비록 시의 형식 면에서 이금발의 영향을 받기는 했지만, 이금발과는 달리 형식의 완벽함을 추구하고 시어의 선택에도 주의를 기울였다. 그는 시구나 음운의 정제에 주의하여 이금발에 비해 음악성이 강하다는 평가를 받고 있으며, 반면에 시적인 의경이 이금발보다 덜 감추어져 있어, 의미를 지나치게 직접적으로 드러내고 있다는 지적도 받았다.

　이처럼 상징파 시인들은 상징시를 썼던 시기와 장소 그리고 활동
영역이 서로 달랐다. 이금발이 주로 1922년에서 1924년 사이에 자
신의 상징시 대부분을 창작한 반면에, 왕독청과 목목천, 풍내초는
1924년에서 1926년 사이에 창작했고, 호야빈과 석민 등은 주로 1920
년대 후반에 와서야 상징시의 창작에 종사했다. 또한 상징시를 쓴
장소도 서로 달라서 이금발이 프랑스와 독일에서, 왕독청이 프랑스
에서 주로 상징시를 창작한 반면에 목목천과 풍내초는 일본에서 창
작했고, 봉자와 호야빈, 석민 등은 중국이 창작의 주된 무대였다.

　또 이들이 문단에서 활동한 주된 영역도 서로 달랐다. 이금발은
귀국 후 잠시 문학연구회에 참가한 것을 제외하면 대부분의 시간을
강의와 조각 활동에 전념했다. 왕독청과 목목천, 풍내초 등도 비록
창조사에서 함께 활동했지만, 활동 시기에 있어서는 다소 차이가
있다. 목목천이 1921년 일본에서 성립된 창조사의 발기인으로 활동
했지만, 왕독청과 풍내초가 후기 창조사에 참여했을 무렵에는 이미
천진(天津)의 중국학원(中國學院)에서 학생들을 가르치는 데만 몰두
했다. 그 외 호야빈이나 석민 등도 좌련(左聯)에 가입하기 전까지는
서로 개별적으로 활동했다. 때문에 이들은 하나의 조직적인 문학단
체로 결성되지 못했고, 자신들의 상징시를 게재할 만한 고정적인
기관지도 없었다. 이러한 이유로 인해 상징파를 하나의 문학 유파
로 규정하기 힘들다는 일부 지적도 있다.

　그러나 문학 유파라고 하는 것은 일종의 사상경향, 생활경험, 문
학주장, 심미관점과 창작방법이 기본적으로 일치하는 작가가 의식
적 혹은 무의식적으로 서로 결합되어 창작실천 중에서 형성된 예술
풍격이 서로 비슷하여 문학사상에 어느 정도의 영향을 발생시킨 문
학파별을 지칭한다. 여기에는 하나의 문학 유파가 형성되기 위한
세 가지 조건이 포함되어 있다. 첫째는 작가의 사상과 예술 경향의

일치성이며, 둘째는 한 유파 내의 작가들이 지니고 있는 예술 풍격의 일치성이며, 셋째는 이 유파의 창작이 당시 혹은 그 이후의 문학 발전에 어느 정도의 영향을 미쳐야 한다는 점이다.

이단초(李旦初)는 하나의 문학 유파가 형성될 수 있는 상황을 세 가지로 분류했다. 첫째는 의식적인 형성으로서, 비슷한 예술적 경향을 가진 작가들이 모여 일정한 문학단체를 건립하고, 공동의 문학주장을 발표하며, 자신들의 문학적 특색을 갖춘 간행물을 출판하는 것이다. 둘째는 반(半)의식적인 형성으로서 일정한 조직과 간행물은 없지만 공통적인 문학주장과 창작이론에 따라 창작활동을 전개하는 것이다. 셋째는 무의식적인 형성으로서, 고정적인 문학단체도 없고 공동의 이론적 주장도 없지만, 창작 풍격에 있어서 공통의 특징을 갖추어 자연스럽게 하나의 유파로 형성되는 것이다.

이 견해에 따라 1920년대 상징파의 문학 유파로서의 경향을 살펴보면 세 번째 상황에 해당한다고 하겠다. 1920년대 상징파 작가들은 일정한 문학단체로 조직되지 못하고, 기관지도 없으며, 공통적인 문학주장도 없지만, 1920년대에 상징기법을 표현수단으로 하는 상징시라는 창작 풍격에 있어서의 공통적인 특징으로 인해 자연스럽게 문학조류를 형성한 유파라고 볼 수 있다. 이처럼 1920년대 상징파 시인들은 모두가 서구의 상징주의를 수용하고 그들의 표현수법을 본받아 순수시의 성격을 띤 상징시를 창작했다는 공통된 특징을 지니고 있다.

3. 상징시의 새로운 모색

1928년 이금발(李金髮)이 채원배(蔡元培)의 도움으로 국립항주예

전(國立杭州藝專)의 조각 교수로 전직하는 동시에 본격적으로 ≪미육잡지(美育雜誌)≫의 편집을 맡게 되면서 1920년대 상징파는 전환시기로 접어든다. 상징파의 창시자인 이금발은 이때부터 안휘(安徽)의 군벌 마상빈(馬祥斌)과 이평서(李平書)의 동상을 주조하고, 남경희원(南京戲院) 문 앞의 45치 길이의 부조에 몰두하는 등 상징시에 대한 흥미를 잃은 채 조각에만 전념했다.

왕독청(王獨淸)은 프랑스에서 귀국한 뒤 후기 창조사에서 곽말약(郭沫若), 욱달부(郁達夫) 등과 혁명문학 활동에 몰두하면서 시풍의 변화를 가져온다. 혁명문학의 영향으로 대중들이 이해하기 쉬운 시를 창작해야 한다는 그의 문예대중화 주장은 "시는 설명을 가장 피해야 하며, 시인은 사람들에게 이해를 구하는 것을 가장 피해야 한다! 사람들에게 이해를 구하는 시인은 다만 여성과 어린아이들에게까지 영합하여 길거리에서 노래로 돈을 버는 사람일 뿐, 순수한 시인이라고는 말할 수 없다."라고 말한 자신의 기존 견해를 정면으로 부정함으로써 1920년대에 자신이 가지고 있던 창작 경향과 시론에 변화를 발생시켰다. 특히 왕독청은 1934년 4월에 ≪시가월보(詩歌月報)≫의 편집자인 맹종(孟宗) 등에게 보낸 편지에서 "현재 우리에게 필요한 것은 대중적이고 사회적인 시이다."라고 한 것은 그 자신이 이미 상징시를 창작하던 경향에서 벗어나 현실주의적인 경향으로 완전히 돌아섰음을 말해 준다. 그는 1930년 7월에 트로츠키 파의 정기간행물인 ≪전개(展開)≫의 편집 책임을 맡으면서 봉자(蓬子)와 함께 트로츠키 파에 가담함으로써 중국 문단에서 의도적으로 배제되었고, 이는 이후 왕독청에 대한 연구와 평가가 지극히 적고 부정적이었던 요인으로 작용했다.

목목천(穆木天)은 1929년에 자신의 고향인 길림(吉林)의 길림대학 교수로 부임한다. 길림에서 일 년 반을 생활한 그는 거기에서 일본

군에 의해 침략당한 동북 지역의 비참한 사회현실을 목격하게 되고, 이는 그가 상징주의에서 현실주의 시풍으로 전향하게 되는 결정적인 계기가 된다. 1931년 좌련에 가입하여 정치활동을 하고, ≪현대(現代)≫의 창간과 더불어 현대파에서 잠시 활동하기도 한다. 그러나 그는 곧바로 1932년 9월에 포풍(蒲風), 임균(任鈞) 등과 함께 좌련 계열의 중국시가회(中國詩歌會)를 창립한다. 다음 해인 1933년 2월에는 중국시가회의 시 전문지인 ≪신시가(新詩歌)≫를 창간하고, 그 발간시 <우리는 새로운 시가를 노래해야 한다(我們要唱新的詩歌)>에서 "우리는 현실을 포착하고 새로운 세기의 의식을 노래해야 한다."라고 하여 중국시가회와 자신이 지향해야 할 문학의 방향이 현실주의에 바탕을 두고 있음을 밝혔다. 이후 그는 중국시가회의 핵심 멤버로 활동하면서 시의 대중화운동을 전개하여 이전까지의 상징시 창작에서 현실주의 경향의 시로 완전히 전향하게 된다.

풍내초(馮乃超)도 1927년 국민혁명의 실패에 자극을 받아 1928년 중국공산당에 가입했고, 이때부터 시풍의 변화를 가져오기 시작한다. 아울러 그는 ≪창조월간(創造月刊)≫, ≪문화비판(文化批判)≫에 <예술과 사회생활(藝術與社會生活)>과 <냉정한 두뇌(冷靜的頭腦)> 등 글을 발표하여 문학은 사회를 반영하고 계급성을 갖추어야 한다는 혁명문학 관점을 제시했다. 1932년 3월 2일에 창립된 좌련(左聯)에서 상무위원으로 선출되었고, 이후 주로 각종 정치단체에서 활동하면서 상징시와는 거리가 멀어졌다. 특히 ≪홍사등(紅紗燈)≫이 출판된 1928년 말에 편집한 자신의 또 다른 시집인 ≪오늘의 노래(今日的歌)≫는 비록 출판사가 문을 닫아 출판이 되지는 못했지만, 그동안 자신이 창작했던 상징시와는 창작 경향이 전혀 다른 혁명시집으로서, 풍내초의 시풍상의 변화를 엿볼 수 있다.

이 외에도 봉자(蓬子)는 1930년에 좌익 문예활동에 참가하고, 나중에 트로츠키 파에 가담하여 상징시와는 완전히 결별했다. 호야빈(胡也頻)도 좌련에 가입하여 활동하다가, 1931년 2월 7일 용화(龍華) 경비사령부에 의해 살해되었다. 석민(石民) 역시 1930년대 중반에 무창(武昌)의 무한대학(武漢大學) 교수로 재직하다가 항전 폭발 후 무한대학이 사천(四川)으로 옮겨 감에 따라 사천으로 이주했다가 거기에서 죽었다.

이처럼 이금발이 현대파(現代派)에 들어가 잠시나마 기존의 상징시 창작을 유지한 것을 제외하고는, 왕독청을 비롯한 대부분의 상징파 시인들이 반(反)상징주의 경향을 보이면서 1920년대 상징시는 그 한계를 드러내기 시작했다. 이와 같이 1920년대 말에 상징시가 쇠퇴하기 시작한 원인을 살펴보면 다음 몇 가지 요인으로 분석된다.

첫째는 상징시가 가지고 있는 난해함이다. 이들 상징파 시인들은 시로써 표현하고자 하는 대상을 직접적으로 선명하게 드러내면 독자가 느끼는 만족의 4분의 3이 감소된다고 한 말라르메의 견해에 동의하고 있었다. 때문에 시는 그 대상을 드러내지 말아야 하며, 몽롱해야 아름답다는 이론을 바탕으로 시의 내재적인 선율과 몽롱한 아름다움을 추구했다. 이와 같은 몽롱함은 상징시가 처음 소개된 초창기에는 독자들에게서 참신하다는 평가를 받기도 했지만, 차츰 그 난해함을 지적받았다. 게다가 생소한 언어와 난해하고 신비한 표현방법 그리고 의미 전달에 있어서의 비약 등은 결국 상징시에 대한 독자들의 이해를 더욱 어렵게 만들었다.

중국 상징시의 창시자라고 말할 수 있는 이금발 자신도 세 권의 시집을 발표한 이후 창작 활동이 극히 부진했던 이유에 대해 "시체에 대한 회의가 일기 시작했다."라고 밝혔듯이, 상징시가 추구한 기이한 표현수법은 일반 독자뿐만 아니라 정작 일부 상징파 시인들에게조차 적지 않은 회의를 불러일으켰던 것이다.

둘째는 고정적인 조직 단체나 그들만의 전문적인 간행물이 없었다. 이들이 주로 활동한 단체를 살펴보면, 이금발은 1926년 무렵에 잠시 문학연구회에서 활동했고, 왕독청과 목목천, 풍내초와 봉자 등은 창조사에서 활동했다. 비록 이금발을 제외한 왕독청과 목목천, 풍내초 등이 창조사에서 활동했지만, 그들도 창조사에서 활동한 시기가 서로 달랐기 때문에 하나의 조직적인 단체로 형성되지 못했다. 그 밖에 다른 사람들도 대부분 당시 문학단체에서의 활동이 거의 미미하여 유파로서의 조직적인 활동을 전개하지는 못했다.

또한 이들에게 고정적인 문학단체가 없다 보니 상징시를 게재할 그들만의 전문적인 간행물도 없었다. 이금발은 ≪가랑비(微雨)≫ 중의 <버림받은 여인(棄婦)>과 <초인종에게(給蜂鳴)>, ≪식객과 흉년(食客與凶年)≫ 중의 <마음의 소원(心願)>과 <시간의 표현(時之表現)>을 ≪어사(語絲)≫에 발표했고, 왕독청은 <상모상 앞에서(聖母像前)>를 ≪창조계간(創造季刊)≫에 발표했다. 목목천은 <마음의 욕심(心欲)>을 ≪창조일(創造日)≫에 발표하고, <들판의 사당(野廟)>과 <비 온 뒤(雨後)>, <나그네의 마음(旅心)> 등을 ≪창조월간≫에 발표했고, 이 외에 ≪창조계간≫과 ≪창조주보(創造週報)≫, ≪홍수(洪水)≫ 등에도 자신의 상징시를 발표했다. 풍내초는 <홍사등(紅紗燈)>을 ≪창조월간≫에 발표했고, ≪홍수≫에도 자신의 상징시를 발표했다. 봉자는 <가을의 노래(秋歌)>를 ≪어사≫에 발표했고, ≪망원(莽原)≫에도 몇 편의 상징시를 발표했다. 호야빈(胡也頻)은 ≪신보부간(晨報副刊)≫에, 석민은 ≪어사≫와 ≪망원≫ 그리고 ≪분류(奔流)≫ 등에 각각 자신의 상징시를 발표했다.

이와 같이 상징파 시인들은 고정적인 조직 단체나 그들만의 전문적인 간행물이 없었기 때문에 그들의 세력을 조직적으로 결집시킬 수 없었고, 동시에 그들 공동의 심미추구와 예술경향을 지속적으로 추구할 수도 없었다.

셋째는 1930년대 초부터 중국 사회에 급격한 변화를 발생시킨 시대적 요인이다. 일본이 1931년 9월 18일에 만주사변을 일으켜 중국의 동북 지역을 침략하면서 중국 사회는 점차 항전 분위기로 접어들었다. 특히 1937년 7월 7일 노구교사건을 계기로 전면 항전이 시작되면서 중국 문단에서는 일치 항전의 분위기와 더불어 민족주의와 현실주의 조류가 문단 전체를 주도했다. 이 시기 국가와 민족의 위기에 직면한 시인들은 분노하고 격앙된 선율로 민족의 전투의지를 표현했다. 그러나 상징시는 사상 특징상 시대와 현실에서 벗어난 개인의 내면적 공허와 적막 등 농후한 퇴폐적 정서와 개인적 감정을 담고 있어서 항전 현실을 표현하기에는 부족했다. 때문에 위기에 처한 중국 사회에서 개인주의적이고 유미주의적인 순수시를 주장한 상징시는 점차 흥미를 잃게 되었다.

이상의 이유로 인해 1920년대 이금발을 중심으로 활동하던 상징파는 점점 쇠퇴하기 시작했다.

상징파의 쇠퇴와 동시에 문단에는 1932년 5월 대망서(戴望舒)와 시칩존(施蟄存)을 주축으로 한 ≪현대(現代)≫가 창간되면서 새로이 현대주의 계열의 현대파가 성립되었다. 대망서가 중심이 된 현대파는 사실상 상징파의 계승인 동시에 새로운 모색이다. 현대파는 예술상 여전히 프랑스 상징주의의 영향을 받았으며, 시의 표현을 생명으로 보고 시가 추구해야 할 궁극적인 지향이 순수시라고 여긴 측면에서 그들은 1920년대 상징파의 계승이다. 그러나 그들은 이금발 식의 난해함과 괴탄함을 버리고 몽롱함과 명랑함을 서로 융합하여 상징과 낭만 서정을 적절하게 결합했다. 또한 프랑스 상징주의 표현수법을 배우는 동시에 더 많은 중국 고전시의 우아함과 의경을 섭취하여 사람들에게 비교적 진실하고 명철한 미감을 전달하여 독자들이 상징시를 쉽게 감상하고 받아들이게 했다. 이렇게 볼 때 1930년대 현대파는 1920년대 상징파의 시론에 대한 계승인 동시에 상징파의 한계에 대한 새로운 모색이라고 하겠다.

　때문에 상징주의를 주요한 표현수법으로 삼았던 상징파의 이금발과 목목천은 현대파의 성립과 동시에 거기에 흡수되었고, 왕독청과 풍내초는 시 창작보다는 정치적 활동에 전념하게 된다. 현대파에 가입한 이금발도 ≪현대≫에 자신이 창작한 시를 싣기 시작하면서 ≪가랑비(微雨)≫를 비롯한 기존의 시에서 보이던 난해함과 생소한 언어의 사용을 버렸지만, 이미 예전과 같은 상징시를 쓰는 흥미가 사라진 뒤였기 때문에 1920년대에 썼던 상징시만큼 좋은 시는 나오지 못했다. 그 자신도 "상징파가 위세를 떨치던 때는 이미 지나갔다. 나 스스로도 이전에 쓴 시에 흥미를 잃어버렸다."라고 하여 이미 그의 관심이 상징시에서 멀어졌음을 분명히 밝혔다. 목목천도 현대파에서 잠시 활동하기는 했지만, 1933년 2월 중국시가회에 가입하면서부터 기존의 상징시를 쓰던 경향에서 완전히 벗어났다. 때문에 이들 상징파 시인들의 상징주의 이탈은 결국 1920년대 중국 상징파의 와해를 가져왔다. 그러나 이들에 의해서 시작된 상징시의 현대주의 경향은 1930년대의 현대파를 통해 1940년대 구엽시인(九葉詩人)에 의해 계승되고, 1980년대의 몽롱시(朦朧詩)까지 이어졌다. 때문에 1920년대 중국 상징시는 서구의 상징주의를 수용하여 중국에 이식하고자 노력한 동시에 1980년대까지 이어지는 중국 현대주의 시의 첫걸음이었다는 데 그 문학사적 의미가 있다고 하겠다.

Ⅱ. 상징주의 작가와 활동

1. 개척자 이금발

　이금발(李金髮: 1900~1976)의 자(字)는 우안(遇安)이고, 이름은 숙량(淑良)이다. 1900년 11월 20일, 광동성 매현(梅縣)에서 태어났다. 이금발의 부친은 남양(南洋)에서 장사를 하던 상인으로서, 자신의 아들이 장성한 뒤에 장사를 하여 재산을 많이 버는 것이 그의 희망이었기 때문에 아들의 이름을 '금발(金發)'이라고 지었다. 그래서 이금발도 어린 시절에는 자신이 장성하면 부친과 함께 바다에서 장사를 하려고 생각했다.

　시골에서 초등학교를 마친 이금발은 1916년 매현성 매주중학(梅州中學)에 입학했다. 그는 학교에서 교육을 받으면서 화학자나 비행기 조종사가 되고자 했다. 1917년, 이금발은 홍콩의 로마대학에서 서구식 문화교육을 받았고, 1919년 여름에 다시 상해로 돌아와 대통로(大統路) 신강리(新康里)에 머물면서 프랑스 유학 예비반에 들어갔다. 같은 해 가을, 그는 다른 67명의 청년들과 함께 영국으로 가는 화물선을 타고 프랑스 유학길에 오른다. 1922년 여름, 이금발은 파리 상원의회 앞거리에서 허름한 방 한 칸을 빌려 머물면서 여름방학 동안 화방을 둘러보거나 박물관을 찾아다녔고, 톨스토이나 로망 롤랑의 소설을 읽기도 했다.

　하루는 그가 몇몇 친구들과 함께 밖에서 산보를 하던 중 갑자기 현기증이 나면서 거의 기절할 뻔한 적이 있었다. 여관에 돌아와 그날 하루 종일 의식불명 상태로 지내다가 하얀 옷을 입은 금발의 천사가 그를 데리고 우주를 유람하는 꿈을 꾸었는데, 그 뒤로 병이 씻은 듯이 다 나았다. 이금발은 그때 자신이 병으로 죽지 않은 것은 바로 그 천사가 자신을 구해 주었기 때문이라고 여겼다. 그래서 이금발은 글을 쓸 때면 그녀를 기념하기 위해 일부러 '금발(金髮)'

이라는 필명을 사용하게 되었다.

1921년 늦봄에서 초여름 사이, 이금발은 미술을 공부하고자 프랑스 중부에 위치한 디종(Dijon)으로 떠난다. 하지만 그는 생각을 바꾸어 디종 국립미술전문학교에서 조각 예술의 길을 걷기로 결심하고, 미술과 더불어 조각도 함께 공부했다.

나중에 그는 파리 국립예술학원 조각과에 입학하여 세느강변의 오래된 여관에 머물면서 청빈한 생활을 한다. 겨울에는 방에 난로가 없어 수업이 끝나면 학교에서 한 움큼의 진흙을 가지고 와서 방에다 놓고 조각 재료로 사용하기도 했다. 한 번은 대리석을 조각하던 교수가 그의 작품을 보려고 예고도 없이 방문하여 문을 열다가 깜짝 놀라 뒷걸음을 치고 만 적이 있었다. 그의 조각에는 인류가 신음하고 고통받는 모습이 가득했는데, 보는 사람들로 하여금 마치 악마의 소굴에 들어간 것 같은 느낌을 주었기 때문이다.

이러한 환경 속에서 그의 사상은 자연히 퇴폐적으로 물들게 되었다. 한때 그는 실연의 고통 속에 처하기도 했는데, 이 실연의 상처는 그의 정신과 창작에 커다란 영향을 끼치게 된다. 1922년 봄, 각고의 노력으로 이금발은 자신의 작품을 파리 춘계 미술전시회에 출품하게 되고, 며칠 뒤 출품한 석고상 두 개가 입선했다는 통지를 받는다. 이 석고상은 중국인이 파리에서 선보인 최초의 작품이었다.

이금발은 1920년부터 신시 창작을 시작한다. 1922년 겨울, 독일로 간 그는 베를린에 머물면서 박물관과 미술관을 관람하며, 동시에 신시 창작에 종사하게 된다. 1923년 2월, 그는 1920년 이후부터 쓰기 시작한 99수의 시와 일부 번역시를 모아 첫 번째 시집 ≪가랑비(微雨)≫와 ≪식객과 흉년(食客與凶年)≫을 당시 북경대학 교수로 재직하던 주작인(周作人)에게 부쳐 출판을 부탁했다.

1924년, 이금발은 프랑스 여자와 결혼한다. 그녀 역시 화가로서,

이금발의 시집 ≪식객과 흉년≫에 4폭의 삽화를 그려 넣기도 했다.

이금발이 유학하던 프랑스는 상징주의 시의 고향이었다. 그는 보들레르의 ≪악의 꽃≫을 부지런히 읽는 동시에 베를렌느를 숭배하여 스스로를 베를렌느의 제자라고 여겼다. 그 외에도 그는 상징파의 영수인 말라르메의 시를 번역하여 소개하면서 그를 문단의 대가라고 평가했다. 이처럼 이금발이 프랑스 상징주의 시의 영향을 받아 창작한 작품이 바로 1925년 11월에 출판된 ≪가랑비≫이다. 그 뒤 잇따라 1926년과 1927년에 시집 ≪행복을 위한 노래(爲幸福而歌)≫와 ≪식객과 흉년≫을 출판했다. 이 시집 세 권의 출판은 1920년대 중국 시단에 커다란 파란을 불러일으켜 그 반응 역시 칭찬과 비난이 함께 공존했다. 호적(胡適)은 이금발의 상징시가 이해하기 어렵다고 비평하면서 사람이 맞추기 어려운 수수께끼라고 불렀다. 황참도(黃參島)는 그에게 '시괴(詩怪)'라는 별명을 붙이고 "사랑이 가득한 가운데 증오와 슬픔을 함께 품고 있어서 어디에서 눈물이 흘러나오는지 모르겠다." 라고 하면서 "≪가랑비≫는 유동적이고 다원적이며, 가변적인데다가 신비화, 개성화, 천재화된 시이기 때문에 일반적인 시처럼 그렇게 일목요연하지는 못하다."라고 평가했다.

1925년 6월, 이금발은 파리에서 이태리를 거쳐 귀국하여 상해 미술전문학교의 교수로 부임한다. 1927년 가을, 국민당이 중앙대학원을 설립하고 채원배(蔡元培)를 원장으로 초빙했고, 이금발은 채원배의 초빙으로 대학원 비서로 임명되어 그와 긴밀한 관계를 유지하게 된다.

1928년 봄, 항주(杭州) 국립서호예술원이 설립되자 이금발은 조소과 주임교수로 임명되어 조각을 강의하면서 동시에 ≪미육(美育)≫ 잡지를 창간하여 3기까지 출판했다. ≪미육≫은 당시 문단에서 권위 있는 잡지로 평가받았으며, 주로 문예, 희극, 음악, 무용, 서법,

회화 등 감상 예술과 건축, 조각, 도안(인쇄, 염색, 도자기, 장식 포함) 등 실용 예술을 소개했다. ≪미육≫에는 이금발이 편찬하고 번역한 시문과 조각 작품 및 로댕 등의 조각 이론과 작품을 소개했다. 그가 편집한 ≪미육≫ 잡지는 출판된 뒤 해외 인사들로부터 폭넓은 반향을 불러일으켰다.

1929년, 이금발은 프랑스 국적의 아내와 이혼하고, 고향으로 돌아와 양지인(梁智因)과 재혼했다. 1932년에 다시 ≪현대(現代)≫ 잡지에 시를 발표하면서 현대파의 주요 시인이 된다. 항전(抗戰)이 발생하기 직전, 이금발은 광주시립미술학교 원장으로 부임하고, 1937년 1월 ≪미육≫ 제4기 복간호를 편집했다. 이 복간호에는 노신(魯迅)이 1928년에 그에게 보낸 친필 편지도 함께 발표되었다. 그러나 이금발은 상징시 창작의 길을 따르지 않았고, 조각 창작을 평생의 직업으로 삼지도 않았다. 그는 중도에 정치에 뛰어들어 외교관이 되지만, 그리 오래 지속되지는 못했다.

항전이 폭발하자 이금발은 국민당 외교부 비서에 임명되었고, 1938년 10월, 광주가 함락하자 베트남 해방시(海防市)로 피난 가서 거기에서 군사위원회 서남지역 물자수출입 총경리처 해방분처 문화전시위원에 임명되었다. 1940년, 일본이 베트남 정부에 압력을 가해 중국인의 물자수송을 끊게 되자, 이금발은 가족과 함께 그곳을 떠나 광동 소관(韶關)으로 돌아왔다.

1941년 여름, 이금발은 광동성 혁명박물관 관장으로 임명되었고, 동시에 ≪문단(文壇)≫이라는 잡지를 창간했다. 같은 해 8월, 중경(重慶) 외교부로 옮겼고, 1942년 11월 외교부에 의해 유주(柳州)로 파견되었다가 1년 뒤 다시 중경으로 돌아왔다.

1945년 이금발은 외교부에 의해 주 이란대사관 1등 비서로 파견된다. 부임한 지 얼마 되지 않아 대사가 귀국하는 바람에 대사관 업무를 대신 집행했다.

1946년 6월, 이금발은 이라크 대사관 1등 비서로 옮겨 4년간 대사관 업무를 도맡았으며, 그 뒤로 다시는 귀국하지 않고 해외에서 4년간 떠돌이 생활을 해야 했다.

1951년, 이금발은 이라크를 떠나 미국으로 건너가 뉴욕에서 70㎞나 떨어진 뉴저지주에서 8년간 농장을 경영한다. 하지만 1960년에 농장이 파산하자 뉴욕에 머물면서 조각으로 생활을 영위했다. 1971년에 일선에서 은퇴하여 미국 정부로부터 양로연금을 받아 다시 일본으로 건너갔다. 말년에 출판한 회고록 ≪표령한필(飄零閑筆)≫에 그간의 상황이 상세하게 기록되어 있다.

1976년 12월 25일, 그는 뉴욕에서 심장 발작으로 향년 76세를 일기로 세상을 떠났다.

2. 창조사의 세 시인

왕독청(王獨淸: 1898~1940)은 본명이 왕성(王誠)이고, 호는 독청(篤淸)으로 섬서(陝西) 장안(長安) 사람이다. 일찍이 섬서의 한 신문사에서 편집을 맡았으나, 그의 논조가 너무 과격했기 때문에 당국에 의해 신문사가 문을 닫게 되자 곧 일본으로 유학을 떠났다. 이때 그는 정백기(鄭伯奇)와 함께 외국의 문학작품을 접하면서 문학에 관심을 가지게 된다. 1919년 5·4운동이 일어나자, 당시 20세가량의 왕독청은 상해(上海)로 돌아와 신문과 정치문화 방면에서 활약하게 된다. 1920년에 다시 프랑스로 유학하여 서구 낭만주의 문학의 영향을 받아 문학창작을 시작한다. 5·30운동 이후에 귀국해서 정백기(鄭伯奇)의 권유로 1926년에 창조사(創造社)에 가입한다. 창조사

가입과 동시에 그는 ≪창조월간(創造月刊)≫의 편집을 맡으며 창조
사의 주요한 구성원으로 활동하기 시작한다.

그의 창작 활동은 1922년 9월 ≪창조계간(創造季刊)≫에 몇 편의
시를 발표하면서 시작되었다. 그의 대표시 <성모상 앞에서(聖母像
前)>는 1924년 2월에 출판된 ≪창조계간(創造季刊)≫에 발표되었고,
그의 최초 시집인 ≪성모상 앞에서≫는 1926년 2월에 출판되었다. 나
중에 트로츠키 파에 가입하면서 창조사 작가들과는 사이가 멀어졌고,
가난과 병이 겹쳐 1940년 8월 서안에서 병으로 세상을 떠났다.

왕독청의 대표 작품인 ≪성모상 앞에서≫, ≪죽기 전(死前)≫, ≪베
니스(威尼市)≫ 등은 대부분 몰락한 계급의 유랑자가 방황하면서 느
끼는 내면의 심정을 감상적인 정조로 표현하고 있다. 특히 그의 시는
과거 몰락한 귀족적 세계에 대한 추모와 현대 도시생활의 퇴폐적이
고 향락적인 도취와 비애를 드러내고 있다.

목목천(穆木天: 1900~1971)은 본명이 목경희(穆敬熙)로서 길림성
(吉林省) 이통현(伊通縣) 사람이다. 본래 부유한 가정에서 태어나 어
려서부터 민간문예에 대한 교육을 받았고, 자라서는 길림중학에 입학
했다. 1915년, 천진(天津)의 남개중학(南開中學)으로 옮긴 다음 1918
년에 일본으로 유학을 떠난다. 1921년에 창조사(創造社) 발기인의 한
사람으로 참여하며, 1923년에 동경제국대학에 입학하여 프랑스문학
을 전공한다. 1926년, 대학을 졸업한 뒤 귀국하여 광주(廣州)의 중산
대학(中山大學) 교수가 되었고, 같은 해 북평(北平)의 공덕대학(孔德
大學)을 거쳐 천진의 중국학원(中國學院)에서 학생들을 가르쳤다.
1929년, 고향인 길림으로 다시 돌아온 목목천은 새로 설립된 길림대
학 교수가 되었다. 1931년, 상해에서 좌익작가연맹(左翼作家聯盟)에
참가했다. 1932년 9월에 중국시가회(中國詩歌會)를 만들어 시가 대중
화운동을 전개했다. 항전이 폭발하자, 시가는 현실을 반영해야 한다

는 주장을 제기하며 문예를 통한 항전운동을 계속했다. 1939년 이후
에는 줄곧 교육사업에 종사했고, 외국문학 작품을 번역하는 일에 심
취했다. 1949년 중화인민공화국이 수립된 뒤에는 고향으로 돌아와 동
북사대에서 학생들을 가르쳤고, 1952년에는 북경사범대학으로 옮겼
다. 1957년, 우파(右派)로 몰려 고생하면서도 시를 쓰고 연구하는 일
에 몰두했다. 문화대혁명 때는 반(反)혁명적 인물로 지목되어 모진
고초를 당하다가, 결국 1971년 10월에 세상을 떠났다.

풍내초(馮乃超: 1901~1983)는 1901년 10월 일본의 요코하마[橫浜]
에서 태어났다. 그의 집안은 화교 출신으로서 일본에서 생활했는데,
비교적 재산이 넉넉한 편이었다. 1908년 봄에 요코하마의 화교들이
설립한 대동소학(大同小學)에서 공부하다가, 그해 가을에 어머니를
따라 고향인 광동으로 가서 ≪삼자경(三字經)≫ 등 중국 고전을 공부
했다. 당시 중국은 신해혁명(辛亥革命)을 전후하여 사회적으로 몹시
혼란했는데, 고통받는 국민과 혁명 선구자들의 의로운 행동은 어린
풍내초에게 깊은 영향을 끼치게 된다. 1911년, 시국의 변화에 따라
그의 가족들은 다시 일본으로 돌아갔다. 1918년, 18세의 나이로 대동
소학을 졸업한 풍내초는 일본의 지성중학(志成中學)에 입학하지만,
중국인에 대한 일본인의 민족적 질시를 경험하면서 부국강병(富國强
兵)의 사상을 받아들인다. 동시에 ≪신청년(新青年)≫ 등 잡지를 읽으
면서 중국 신문화운동과 접촉하기 시작했다. 1920년 9월, 동경 제일
고등학교 예과에 입학하여 다음 해 9월에 졸업한 뒤 다시 나고야[名
古屋] 제8고등학교 본과에 입학했다. 1923년 9월, 일본 간토[關東]에
지진이 일어나 집안의 모든 재산을 잃게 되자, 부국강병 사상도 타격
을 받게 되었다. 결국 이공계에 대한 흥미를 잃고, 문학과 철학으로
관심을 돌리게 된다. 1924년 교토제국대학[京都帝國大學] 문학부 철
학과에 입학한 그는 니시다(西傳) 박사의 수업을 듣는 동시에 문학과

철학 작품들을 폭넓게 읽었으며, 이때부터 베를렌느나 메테를링크, 미끼 로후우(三木露風)와 기따하라 하꾸슈우(北原白秋) 등이 지은 상징주의 작품을 읽기 시작했다. 1925년에 교토를 떠나 동경제국대학 문학부 사회학과로 전학을 하게 되고, 다음 해 1월에 다시 미학과 미술사를 전공하게 된다. 이때부터 ≪창조월간(創造月刊)≫이나 ≪홍수(洪水)≫ 등에 상징시를 게재하기 시작했다. 1927년 10월, 상해로 돌아온 풍내초는 이듬해 4월에 ≪홍사등(紅紗燈)≫을 출판하지만, 이미 그의 창작경향은 상징주의에서 벗어나기 시작했다. 1928년 9월, 중국 공산당에 가입한 그는 이후 공산당 활동에 열중한다. 중화인민공화국이 수립된 이후 그는 북경을 떠나 광주(廣州) 중산대학으로 가서 1965년까지 학생들을 가르치는 동시에 공산당 활동을 했다. 문화대혁명 기간에는 많은 고초를 당했으며, 1975년에 중산대학을 떠나 북경도서관 고문을 맡는다. 그 이후 병으로 고생하다가 1983년 9월 9일에 세상을 떠났다.

Ⅲ. 상징주의 문학관

1. 문학관 형성과정

1920년대 중국 상징파(象徵派) 시에 대한 이론적인 체계를 파악할 수 있는 단서는 목목천(穆木天)의 <시를 말함(譚詩)>과 왕독청(王獨淸)의 <다시 시를 말함(再譚詩)>이다. 물론 이 외에도 목목천이 상징주의에 대한 자신의 견해를 피력한 글로 <무엇이 상징주의인가?(什麼是象徵主義)>가 있다. 그러나 1935년 7월 ≪문학100제(文學百題)≫에 발표된 이 글은 서구의 상징주의에 대한 자신의 견해를 정리했을 뿐, 중국에서 전개된 상징파의 전반적인 문학이론 체계를 파악하기에는 부족하다고 하겠다. 특히 1930년대는 이미 그의 시풍이 상징주의에서 현실주의로 전향한 뒤이며, 1932년에 좌련(左聯) 계열의 중국시가회(中國詩歌會)에 참가하여 문예의 대중화 문제 및 작가의 사회적 책임을 강조했기 때문에, <시를 말함> 이후 1930년대에 발표된 글들은 대부분 현실주의적인 경향이 강했다. 이러한 측면에서 목목천의 <시를 말함>과 왕독청의 <다시 시를 말함>은 바로 1920년대 중국 상징파 시의 이론적인 면모를 파악할 수 있는 중요한 열쇠가 된다고 하겠다.

상징주의 문학에 대한 목목천의 관심은 그가 1923년 4월 일본 도쿄제국대학 문학부 불문학과에 입학하면서부터 시작된다. 그는 학교에서 받는 불문학 강의를 통해 상징주의에 접근했고, 한편으로는 구르몽, 사맹, 로덴바흐, 베를렌느, 모레아스, 메테를링크, 베라랭, 포우, 보들레르 등 서구 상징주의 시인들의 작품을 통해 상징시에 대한 폭넓은 지식을 얻을 수 있었다. 그러나 목목천이 본격적으로 상징주의 문학이론에 관심을 가지게 된 계기는 1925년 4월 교토[京都]에서 도쿄[東京]로 그를 찾아온 정백기(鄭伯奇)와의 만남이었다.

작년 4월 백기(伯奇)가 교토에서 도쿄로 나를 찾아왔고, 우리는 시에 관한 잡다한 이야기를 나누었다. ……그때 나는 그와 함께 시의 통일성(unité) 문제를 이야기했다. 물론 당시로서는 시에 대한 무슨 깊은 의식이 있었던 것은 아니다. 그때부터 지금까지 나는 잡다한 감상을 쌓았다. 목목천 <시를 말함(譚詩)>

당시 목목천은 정백기와 시의 통일성 문제에 대해 서로의 의견을 나누었지만, 그때까지만 해도 상징시에 대한 그의 이론적인 깊이는 그다지 깊지 않았던 것 같다. 그러나 정백기와의 만남을 계기로 목목천은 상징시에 대한 이론적인 접근을 시도하게 된다. 그는 때마침 그해 4월 교토에서 도쿄제국대학으로 전학을 온 풍내초(馮乃超)와 만나게 되고, 두 사람은 카페 등에서 자주 만나 시에 대한 서로의 견해를 나누면서 이론적 기초를 세우기 시작한다. 그때 풍내초는 목목천에게 그가 세운 이론적 견해를 정리해서 글로 써 보라고 권유했다. 목목천은 자신의 생각이 너무 평범하다고 여겼지만, 글로 쓸 필요도 있다고 여기고, 1926년 1월 4일에 자신의 상징시 이론을 정리한 편지를 곽말약(郭沫若)에게 보냈다. 곽말약은 그 무렵에 ≪창조월간(創造月刊)≫을 창간하려고 준비 중에 있었던 터라, 목목천이 보낸 글을 창간호에 <시를 말함>이라는 제목으로 게재했다. 이렇게 볼 때 목목천의 상징시 이론을 정리한 <시를 말함>은 1924년 4월에서 1925년 1월까지 불과 1년도 채 안 되는 짧은 기간을 통해 완성되었다.

이 무렵 왕독청도 프랑스에서 유학 생활을 마치고 1925년 겨울에 중국으로 돌아왔다. 그가 상해에 도착하자 곽말약은 목목천이 정백기에게 보낸 편지, 즉 목목천이 상징시에 대한 견해를 정리한 글을 읽어보라고 권유했다. 사실 왕독청은 프랑스에 있으면서 정백기가 중국에서 보내 준 몇 권의 잡지에 실린 글을 통해 당시 중국 문단과 작가들의 소식을 듣고는 있었으나, 직접적으로 목목천과 서로의 생각을 나눈 적은 없었다. 그로부터 한 달이 지난 1926년 2월 4일에 목목천이 쓴 글을 바탕으로 왕독청도 상징시에 대한 자신의 견해를 정리한 글을 편지로 정백기와 목목천에게 보냈다. 이 두 편지는 이렇게 하여 1926년 3월 ≪창조월간≫ 창간호에 <시를 말함>과 <다시 시를 말함>이라는 제목으로 나란히 실리게 되었다.

이처럼 목목천의 상징시 이론을 읽은 다음 왕독청이 그에 화답하는 글을 쓰게 된 이유는 곽말약의 권유 때문이기도 했지만, 왕독청 스스로도 "나는 깜짝 놀랐다. 당신의 시에 대한 관념이 어쩌면 이렇게도 나와 비슷한가!"라고 감탄했듯이 시에 대한 서로의 견해가 일치했기 때문이다.

목목천과 왕독청의 두 편지가 1920년대 상징과 시를 연구하는 사람들에게 주는 의미는 적지 않다. 왜냐하면 이 편지 두 통은 서구의 상징주의를 중국에서 수용하는 과정에 상징시의 이론적 체계를 세우는 데 중요한 역할을 했기 때문이다. 5·4시기를 전후하여 서구 상징시를 번역 수용할 때에도 단지 작가와 작품 번역을 중심으로 소개되었을 뿐, 정작 그들의 시론이 소개된 것은 그리 많지 않았다. 더구나 그 시론을 소화하여 중국 상징시의 독자적인 이론 체계로 발전시키려고 한 것은 이 두 글을 제외하고는 거의 찾아보기 힘들다.

그러나 <시를 말함>과 <다시 시를 말함>이 목목천과 왕독청 두 사람만의 상징시 이론이라고 보기는 어렵다. <시를 말함>은 목목천과 정백기와의 만남을 계기로 구상되고, 풍내초와의 토론을 거쳐 시론의 핵심 내용이 구체화되며, 왕독청이 그의 시론을 읽은 다음에 이에 화답하여 자신의 시론을 정리하여 정백기와 목목천에게 보냈기 때문이다. 이러한 점으로 보아 목목천과 왕독청이 <시를 말함>과 <다시 시를 말함>에서 추구한 상징시에 대한 이론적인 검토는 당시 상징시의 창작에 전념했던 시인들이 가지고 있던 공통적인 견해였다고 하겠다.

2. 정신적 표현

(1) 순수시의 추구

목목천(穆木天)이 <시를 말함(譚詩)>에서 "우리들의 요구는 순수시(純粹詩)이다."라고 밝혔듯이, 상징파 시인들이 주장한 핵심이론은 '순수시의 추구'이다.

사실상 순수시에 대한 개념은 포우와 보들레르, 말라르메의 전통을 이어받은 발레리에 의해서 본격적으로 제기되었다. 발레리는 1920년에 출판된 류쌩 파브르의 시집 ≪여신의 인식≫의 서문인 <각서와 잡기>를 통해서 순수시라는 개념을 정식으로 제시했다. 그는 이미 1916년 ≪수첩≫에서 순수시는 오로지 시적 요소로만 형성되는 시라고 정의했고, ≪젊은 빠르그≫를 쓰면서 순수시론의 골격을 형성했으며, 1920년 ≪여신의 인식≫을 통해 하나의 완전한 순수시론으로 완성시켰다. 발레리는 자신이 제시한 순수시를 다음과 같이 정의하고 있다.

나는 물리학자가 순수한 물(증류수)이라 하는 의미에서 순수라고 말한다. 그것은 이들 작품에 비(非)시적인 요소가 전혀 섞이지 않은 작품을 과연 우리는 만들 수 있겠는가 없겠는가 하는 문제가 제기된다는 의미이다. 나는 언제나 그렇게 생각해 왔고 지금도 그렇게 생각하고 있지만 그것은 도달하기에 불가능한 목표이며, 시는 언제나 이 순수한 이상적인 상태에 이르기 위한 하나의 노력인 것이다. 폴 발레리 <수첩(CALEPIN D'UN POÈTE)>

발레리는 뒷날 자신이 <각서와 잡기>에서 암시하려고 했던 것은 한 편의 시에서 산문적인 요소를 송두리째 뽑아내고 제거함으로써 얻어지는 시라고 밝힌 적이 있다. 그가 여기에서 말한 산문적인 요소란 산문으로 표현할 수 있는 일체를 의미한다. 즉 역사건, 전설이건, 일화건, 도덕이건 또는 철학이건 간에 노래의 필요한 협력 없이 그것 자체에 의해 존재하는 일체라는 의미로 사용했다. 결국 발레리가 말한 순수시는 비(非)시적인 요소를 배제한 투명한 결정과도 같은 시 개념으로 사용되었다. 그러나 그는 이 순수시에 대한 추구가 도달하기에 불가능한 목표라고 단정했고, 단지 순수한 이상적 상태에 이르기 위한 하나의 노력이라고 규정했다. 비록 발레리 스스로가 이 목표에 도달하는 것은 불가능하다고 했지만, 이 이론은 상징주의 시인들에게 있어서 시가 가지고 있는 예술적 본질에 대한 문제를 환기시켜 주었다.

따라서 이금발은 예술의 유일한 목적은 바로 미(美)를 창조하는 것이지, 사회나 도덕과는 무관하다고 주장했다. 그의 견해에 따르면 예술가의 유일한 작업은 바로 자신의 세계를 충실하게 표현하는 것이며, 미의 세계는 예술상에서 창조해야지 사회상에서 건설하는 것이 아니다. 이와 같이 그는 현실주의 시가 지니고 있는 현실 반영이나 비판 같은 공리적인 의도나 목적 자체를 부인함으로써 순수시 이론의 기초를 마련했다.

　이러한 이론에 근거하여 목목천은 1926년에 <시를 말함>에서 순수시론을 제기했다. 그가 순수시론을 제기한 까닭은 당시 중국 시단에 만연해 있던 시의 산문화 경향과 무관하지 않다.

　　나는 중국의 신시 운동에 있어서 호적이 가장 큰 죄인이라고 생각한다. 호적은 "시를 짓는 것은 문장을 짓는 것과 같아야 한다."라고 말했는데, 이것은 그의 가장 큰 잘못이다. 그래서 그의 영향은 중국에 일종의 산문시 일파를 조성했다. 그는 산문적인 사상에 운문적인 의상을 입혔다. 목목천 <시를 말함(譚詩)>

　5·4시기의 신시는 구체시의 엄격한 격률과 자구(字句)의 정제 등 형식적인 결점으로부터의 해방을 통해 발전되어 왔기 때문에 신시운동 초기에는 시 형식에 있어서의 산문화가 필연적인 추세였다. 이러한 신시의 산문화 현상에 대해 목목천은 부정적인 견해를 가지고 있었다. 그는 신시가 산문화로 인해 조잡해졌고, 조잡해진 신시를 순수시로 회복시키는 길은 시와 산문 사이의 명확한 구분을 통해 시의 예술적 본질을 강화하는 것이 그 출발점이라고 생각했다.

　　우리가 요구하는 것은 순수시이며, 우리가 머물러야 하는 곳은 시의 세계이다. 우리는 시와 산문의 분명한 구분을 요구한다. 목목천 <시를 말함(譚詩)>

목목천은 5 · 4 초기에 쓰인 시들이 매우 조잡한데, 이는 비(非)시적인 요소들로 인해 야기되었다고 했다. 그가 여기에서 말하는 비시적인 요소들이란 시에 섞여 있는 산문적인 요소를 의미한다. 산문적인 서술, 산문적인 격조, 산문적인 사고, 산문적인 언어가 모두 여기에 해당한다고 하겠다.

따라서 그는 시를 쓸 때에도 산문적인 사유방식과 서술방법에서 탈피하여, 시적인 사고방식으로 생각하고 시적인 문장 구성법으로 표현할 것을 주장했다. 그는 이것을 시의 논리학이라고 했다. 이러한 관점에서 그는 보들레르의 산문시에 대해 부정적인 입장을 보였다. 그 이유는 보들레르가 산문시를 쓸 때에 먼저 산문을 쓴 다음에 그것을 다시 리듬이 있는 시로 바꾸었다는 점에 있었다. 다시 말하면 보들레르는 시를 쓸 때 시적인 사고법으로 시를 쓴 것이 아니라, 산문적인 사고법으로 시를 썼다는 것이다. 시에는 시적인 문법이 존재하고 산문에는 산문적인 문법이 존재하는데, 시를 산문적인 문법을 가지고 쓴다면 시는 산문적인 문법으로 인해 시적인 본질과 감흥이 줄어들게 된다. 때문에 목목천은 시를 최고의 영역으로 끌어들이기 위해서 시인은 반드시 산문적인 사유를 버리고 시적인 사유를 통해 시를 쓰고, 산문적인 문장 구성법을 버리고 시적인 문장 구성법을 통해 시적인 선율을 가진 문자를 사용해서 시를 써야 한다고 주장했다. 그가 순수시론을 제시하면서부터 주장한 시와 산문과의 분리는 이 시적인 사유술을 통해 이론적으로 정립되었다고 볼 수 있다.

이러한 시적인 사유술을 구체적으로 설명하기 위해 그는 이백(李白)과 두보(杜甫)를 비교해서 시와 산문의 본질적인 관계를 해석했다.

시대 속에 갖다 놓으면 두보(杜甫)는 이백(李白)보다 위에 있는 대
시인이다. ……그러나 시인의 소질로 말하자면 이백은 대시인이지
만, 두보는 차이가 많이 난다. 이백의 세계는 시의 세계이고, 두보
의 세계는 산문의 세계이다. 이백은 천당에서 날아다니고, 두보는
사람의 바다에서 걸어 다닌다. 이백의 시를 읽으면 언제나 곳곳이
시이며, 시의 세계라고 느껴 일종의 순수시의 느낌을 가지게 하지
만, 두보의 시를 읽으면 늘 산문의 세계, 인간의 세계에서 벗어나
지 못한다. ……순수하게 표현된 세계를 시의 영역으로 삼게 하
고, 인간의 생활은 산문이 담당하게 해야 한다. 목목천 <시를 말
함(譚詩)>

목목천은 이백의 시를 시의 세계로, 두보의 시를 산문의 세계로
비유했다. 이백이 자신의 잠재된 자아를 표현한 반면에 두보는 주
로 현실 생활에서 보고 느끼는 모습이나 감정을 그대로 적나라하게
재현했다. 때문에 목목천은 인간의 잠재의식과 객관적인 사회현상
그리고 표현과 재현이라는 양자 간의 차이를 통해 시와 산문의 특
징을 구분하고 있다. 순수시는 바로 인간의 잠재의식을 주된 표현
대상으로 하는 시로서, 비(非)시적인 요소 특히 산문적인 요소가 배
제된 개념으로 정의할 수 있다.

그래서 그는 시와 산문과의 분리를 통해 일종의 이상적인 순수시
의 경계를 추구했다. 이는 두 가지 측면에서 살펴볼 수 있다. 하나
는 이미 앞에서 언급했듯이, 시의 내용적인 측면에서 순수시가 인
간의 잠재의식을 표현할 것을 요구한 것이다. 나머지 하나는 형식
적인 면에서 조형미와 음악미를 요구한 것이다. 순수시는 바로 조
형미와 음악미를 겸한 형식을 통해 인간의 잠재의식을 표현하는 것
을 의미한다. 다시 말하면 시의(詩意)가 현실이라는 외향에서 자아

의식이라는 내향으로의 전이를 의미한다.

　목목천이 <시를 말함>에서 순수시의 추구를 강조했듯이, 왕독청 역시 <다시 시를 말함>에서 자신의 상징시론의 핵심을 순수시의 추구에 두었다. 왕독청이 라마르틴을 정신적인 지주로 삼고 좋아한 이유도 그가 침묵 속에서 율동을 구하는 방법으로 순수시를 창작했다는 점에 있었다. 이와 같이 왕독청이 순수시를 추구한 이유도 목목천과 마찬가지로 당시 중국 문단에 팽배한 시의 산문화 경향으로 인해 시의 본질적인 아름다움이 훼손되었다고 여겼기 때문이다.

> 나는 현재 중국 문단의 심미가 박약하고 창작이 조잡한 병폐를 치료하기 위해서 순수시를 제창할 필요를 느낀다. 왕독청 <다시 시를 말함(再譚詩)>

　순수시의 필요성에 대한 왕독청과 목목천의 입장은 기본적으로 서로 일치한다고 볼 수 있다. 그러나 순수시에 대한 개념에 있어서 두 사람은 서로 다른 견해를 드러낸다. 목목천이 비시적인 요소, 즉 산문적인 요소가 완전히 배제된 시를 순수시로 정의하고 있는 반면에, 왕독청은 일반인들이 느끼는 취미와는 달리 차별화된 시를 순수시로 정의했다.

> 시인은 항상 일반인과는 다른 취미가 있어야 한다. 일반인이 '정 (靜)'적이라고 여기는 것에서 시인은 '동(動)'적인 것을 볼 수 있으며, 일반인이 '몽롱'하다고 여기는 것에서 시인은 '명료'하게 볼 수 있다. 이처럼 일반인과는 다른 취미에서 만들어져 나온 시가 바로 '순수시'이다. 왕독청 <다시 시를 말함(再譚詩)>

목목천이 비시적인 요소를 제거한 시를 순수시로 정의하여 순수시와 비순수시를 구별하고 있는 반면에, 왕독청은 그 기준을 시인의 독특한 감정에 근거했다. 때문에 왕독청에게 있어서 순수시는 바로 일반인들이 읽고 나서도 그 뜻을 명확하게 파악하지 못하는 점에 그 의의가 있었다. 그래서 그는 시에 있어서 가장 피해야 할 요소로 설명과 이해를 손꼽았다.

> 시는 설명을 가장 피해야 할 뿐만 아니라, 시인 역시 사람들에게 이해를 구하는 것을 가장 피해야 한다. 만약 다른 사람들에게 이해를 구하는 시인이 있다면 그는 바로 부녀자와 어린아이에게까지 영합하여 노래로 돈을 버는 사람이지, 순수한 시인이라고는 말할 수 없다. 왕독청 <다시 시를 말함(再譚詩)>

그러나 시는 암시적이고 몽롱해야 한다는 그의 주장과는 달리 실제로 그의 시를 읽어보면 그다지 난해하지 않음을 알 수 있다. 오히려 그는 독자들에게 자신의 시를 쉽게 이해시키기 위해서 고심하는 모순적인 창작 태도를 보인다.

> 우리는 마땅히 ‘정(靜)’을 향하면서 ‘동(動)’을 찾아야 하며, ‘몽롱’함을 향하면서 ‘명료’함을 찾아야 한다. 왕독청 <다시 시를 말함(再譚詩)>

그는 시를 쓸 때에 자신의 표현이 적합하지 않다고 느끼면 다른 사람들에게 찾아가서 자주 물어야 한다고 말했는데, 그 목적은 시인이 말하고자 하는 내용을 독자들에게 분명하게 인식시키는 동시에 시인이 독자에게 말하고자 하는 본래 의미와는 다른 오해를 불러일으키지 않도록 하는 데 있다고 했다.

이처럼 왕독청이 인식한 순수시에 대한 개념은 서구 상징주의자들이 주장한 전통적인 순수시 관념에서 다소 벗어나 있다. 시에 있어서 암시성과 모호성을 추구한 말라르메의 관점에서 바라볼 때 정적인 데서 동적인 것을 찾고, 몽롱한 가운데서 명료함을 추구한 왕독청의 순수시는 분명 상징주의자들의 정통적인 순수시 개념이 아니다. 사실 왕독청이 이 글을 쓰던 1926년은 그의 창작경향이 낭만주의를 거쳐 상징주의에서 현실주의로 접어드는 과도기적 시기였다. 때문에 그의 상징시론은 낭만주의와 현실주의적 요소가 혼합된 형태를 띠고 있었다고 해도 무리는 아닐 것이다.

설령 그렇다고 하더라도 이들 상징파 시인들이 주장한 순수시 이론은 인간의 미묘한 잠재의식을 표현함으로써 당시 산문화되어 있던 신시단에서 시의 예술성을 한 차원 높이고자 추구했던 노력의 결과였음을 부인할 수 없다고 하겠다.

(2) 시의 통일성과 지속성

<시를 말함(譚詩)>에서 목목천(穆木天)이 제시한 순수시론은 상징시에 대한 이론적 정립이 빈약했던 1920년대 상징파 시인들이 추구해야 할 이론적 방향을 제시했다. 상징시의 창작 수량에 비해 상대적으로 빈약했던, 상징시에 대한 이론적인 검토는 바로 목목천의 <시를 말함>을 통해 체계적으로 정립되기 시작했다고 해도 지나치지 않다. 그는 자신이 제기한 순수시론을 바탕으로 시의 통일성과 지속성을 주장했다.

시의 통일성이란 한 편의 시는 한 가지 사상만을 표현하는 것을

의미한다. 그는 당시 중국의 신시가 동쪽에 용 비늘 한 조각을 그리고 서쪽에 발톱 한 개를 그리는 것처럼 매우 산만하여 통일성 있는 사상을 표현하지 못하고 있을 뿐만 아니라, 시인들조차도 시에 있어서 통일성이 없는 것을 가장 피해야 한다는 사실을 모르고 있다고 여겼다. 따라서 그는 통일성이 없어 내용이 산만하고 응집력이 부족한 신시의 결점을 극복하기 위해서는 시 전체를 일관하는 주제와 작법을 견지해야 한다고 주장했다.

이러한 과정을 거쳐 목목천은 시의 통일성을 이룬 대표적인 작품의 예로서 알프레드 비니의 <모세>, 포우의 <까마귀>, 모레아스의 <절구집>, 두목(杜牧)의 <진회에 배를 대고(泊秦淮)>를 제시했다.

> 안개는 찬 물을 덮고 달빛은 모래밭을 덮는데
> 밤에 배를 댄 진회(秦淮)에는 술집이 가까이 있구나.
> 술집 아가씨들 나라 잃은 설움을 알지 못하고
> 강을 사이에 두고 아직도 <후정화(後庭花)>[5]를 노래하네.
> 두목 <진회에 배를 대고(泊秦淮)>

이 시의 제1연에서는 잔잔한 수면과 고요한 모래밭을 감싸고 있는 안개와 달빛을 통해 독자들에게 몽롱한 느낌을 전달해 줄 뿐만 아니라, 지금 이 순간 차분히 가라앉은 시인의 감정을 암시하고 있다. 제2연에서 화자는 한밤중에 배를 진회(秦淮)에 정박시키고 보니

---

5) 남조(南朝) 마지막 왕조인 진(陳)나라의 후주(後主)는 <옥수후정화(玉樹後庭花)>라는 퇴폐적인 노래를 지었고, 무능하고 부패한 관료들이 술과 여자를 탐닉하면서 그 노래를 부르곤 했다. 마침 북쪽에서 흥기한 수(隋)나라가 진나라를 공격하여 천하를 통일하고자 장강(長江) 건너편으로 진군해 올 때까지도 그 노래를 부르면서 세상을 잊고 살다가 뒤늦게 수나라의 침공 사실을 알고 후회했으나 이미 늦어 나라는 망하고 말았음.

가까이 술집이 있음을 발견한다. 술집을 매개체로 하여 술집 아가
씨들과 나라 잃은 설움 및 <후정화(後庭花)>를 떠올리며, 이를 계기
로 시인의 감정은 동요하기 시작한다. 제3연에 이르러 나라 잃은
설움을 잊어버린 채 흥겨워하는 술집 아가씨들로 인해 시인의 감정
은 더욱 구체화되고 격앙된다. 마지막 제4연에서는 술집에서 들려
오는 <후정화> 노랫가락을 통해 화자는 이미 멸망해 버린 진(陳)
왕조의 침통한 역사적 사실 속으로 빠져들며, 현재의 당(唐) 왕조도
멸망이 얼마 남지 않았다는 비통한 심정에 빠진다. 그러나 이때 이
미 시인의 감정적 거리는 진회의 술집에서 한 발짝 떨어진 상태이
며, 강 건너서 들려오는 <후정화> 노랫가락으로 인해 처음에 느꼈
던 몽롱한 상태로 다시 빠져들게 된다. 목목천은 이 시가 가지고
있는 통일성에 대해 다음과 같이 평가했다.

> 얼마나 질서정연하며, 얼마나 통일적인 내용이며, 얼마나 통일적
> 인 작법인가. 몽롱함에서 분명함으로 빠져들고, 분명함에서 다시
> 몽롱함으로 빠져들어 간다. 그의 감각 능력의 순서, 그의 감정 격
> 동의 순서, 일체의 음색과 율동이 모두 일종의 지속적인 곡선을
> 이루고 있다. 목목천 <시를 말함(譚詩)>

이와 같이 목목천은 시인이 한 편의 시에서 표현해 내고자 하는
사상내용이나 전개과정 그리고 감정의 기복들이 전체적으로 통일성
을 이루어야 훌륭한 시라고 인식하고 있었다.
이러한 시의 통일성 문제에 대한 목목천의 주장은 비단 사상내용
적인 측면에서만 국한된 것이 아니라, 시의 내용과 형식의 일치도
포함된다.

> 시의 율동의 변화는 표현하고자 하는 사상내용의 변화와 일치해
> 야 한다. 이것이 가장 중요하다. 목목천 <시를 말함(譚詩)>

따라서 목목천은 웅장한 내용은 웅장한 형식을 사용해 표현하고, 청담한 내용은 청담한 형식을 사용해 표현해야 한다고 하여, 한 편의 시가 담고 있는 사상과 그것을 표현하는 형식의 불일치야말로 시 창작에 있어서 절대적인 실패라고 여겼다. 때문에 그는 시에 담긴 사상적인 내용에 적합한 시 형식을 적절하게 골라 시를 쓸 것을 주장했다.

또한 시의 통일성과 불가분의 관계를 맺고 있는 것이 시의 지속성이다. 목목천은 시의 지속성이야말로 시에 있어서 없어서는 안 될 중요한 요소라고 여겼다. 시의 지속성이란 한 편의 시에 내포되어 있는 정서의 유동성이다. 목목천은 시의 지속성에 대해 다음과 같이 설명했다.

> 한 편의 통일성이 있는 시는 하나의 통일성이 있는 마음의 반영
> 이며 내면생활의 진실한 상징이다. 마음의 유동적인 내면생활은
> 움직이며, 그들의 유동적인 움직임에는 질서가 있으며 지속적이
> 다. 그래서 그들의 상징 역시 마땅히 지속적이다. 한 편의 시는
> 하나의 선험상태의 지속적인 율동이다. 목목천 <시를 말함(譚詩)>

시가 가지고 있는 정서의 지속적인 유동성은 바로 시를 쓴 시인이 가지고 있는 정서의 지속적인 율동을 의미한다. 이 율동은 급박하고 완만한 상태가 있을 수 있지만 멈출 수는 없다. 물론 시에는 정서의 침묵이 있을 수 있다. 그러나 침묵이 시인이 가지고 있는

내면정서의 단절을 의미하는 것은 아니다. 왜냐하면 이 침묵 역시 정서의 지속적인 율동을 표현하는 하나의 방법이기 때문이다.

목목천은 이러한 정서의 침묵을 개울에서 흐르는 물소리로 비유했다. 작은 개울을 따라 걸어가면서 그 흐르는 물소리를 가만히 들어보면 어느 순간 물소리가 들리지 않고 침묵할 때가 있다. 그러나 물소리가 들리지 않는다고 해서 물소리 자체가 없는 것은 아니다. 물소리가 크고 작게 들리는 것과 마찬가지로 들리지 않는 침묵 역시 물소리의 또 다른 표현이기 때문이다. 이처럼 목목천에게 있어서 정서의 지속적인 유동성은 인위적인 조작이 아니라, 시인이 지니고 있는 선험적인 상태에서의 자연스런 정서의 반영을 의미한다고 하겠다.

왕독청도 시에서의 통일성과 지속성 문제에 대해 목목천과 동일한 생각을 지니고 있었다.

> 라포그에 대해 말하자면, 그의 시 가운데 그야말로 십중팔구는 모두 내가 읊조리려고 생각한 것이라고 말할 수 있다. 그의 시는 평면적이지 않고, 오히려 운동적이며 수학적이다. 그의 시는 바로 통일성과 지속성을 갖춘 작품이다. ……그는 나의 정신적인 스승이다. 왕독청 <다시 시를 말함(再譚詩)>

이 글에서 왕독청은 라포그의 시야말로 목목천이 주장한 시의 통일성과 지속성을 갖춘 작품이라고 내세우면서 라포그를 자신의 스승으로 여겼다.

이와 같이 시의 통일성과 지속성 문제는 상징파 시인들이 추구해야 할 창작원칙 가운데 하나였으며, 목목천은 시에 있어서의 이러한 통일성과 지속성을 결합하여 "시는 하나의 통일성과 지속성을 가진 시공간의 율동"이라고 정의했다. 이것은 바로 목목천을 포함한 중국 상징파 시인들이 추구한 순수시를 실현하는 방법인 동시에 그들이 추구한 미학원칙이었다.

(3) 시의 철학적 암시

상징파 시인들은 시의 배후에는 무한한 형이상학적 느낌을 암시하는 철학이 있어야 한다고 주장했다. 시의 세계는 잠재의식의 세계로서 일상적인 생활 속에 존재하고 있지만, 그러나 그 일상생활의 깊은 곳에 존재하는 세계이다. 때문에 시에는 인간의 내면생활의 깊숙한 신비를 암시하는 철학이 있어야 한다. 여기에서 말하는 철학이란 시인의 사상이 상징화된 뒤에 형성된 일종의 시적인 세계를 의미한다. 목목천은 시의 세계가 상징화된 잠재의식의 세계이기 때문에 직접적인 설명으로 표현될 수 없으며, 그 잠재의식의 세계를 시를 통해 전달하는 방식 역시 직접적인 설명보다는 암시를 통해 표현되어야 한다고 주장했다.

> 시는 암시적이어야 하며, 설명적인 것을 가장 꺼려한다. 설명은 산문의 세계 속에 있는 것이다. 목목천 <시를 말함(譚詩)>

목목천은 무한의 세계가 주위를 둘러싸고 있을 때, 유한한 율동의 자구로 이 무한의 세계를 계시해 내는 것이 바로 시의 본능이라고 여겼다. 이 점은 결코 직접적이 아닌 암시적인 단어들을 통해서, 묘사하기보다는 제시하려고 했던 말라르메의 미학원칙과 동일한 견해를 보인다. 사실상 유한한 자구로 무한한 잠재의식의 세계를 표현한다는 것은 불가능한 일이다. 시인은 암시를 통해 잠재의식의 세계를 계시해 낼 뿐, 그 세계를 완전하게 설명할 수는 없다. 설명은 시에 있어서 가장 피해야 하는 요소이다. 이처럼 암시를 통해 계시된 시의 세계는 화학공식에서 말하는 '$H_2+O=H_2O$'처럼 그렇게 명백하게 결론을 내릴 수는 없다. 때문에 그는 시라고 하는 것은 그 내용이 분명하지 않을수록 더 좋으며, 오히려 내용의 모호함을 통해 일종의 신비스런 힘(Magical Power)을 가져야 한다고 강조했다.

그러나 실제적인 창작 면에서 볼 때에는 목목천보다 풍내초의 시가 더 많은 암시를 사용하고 있다고 평가된다.

오래된 홍사등은 서서히 불빛을 키우며
칙칙한 어둠 속 전당에 장엄한 황금을 흩뿌리네.

시름에 침묵하는 검은 옷의 비구니 긴 복도 가로질러
그렇게 오래 흔적 없이 사라지는 발자국 소리

나는 삼엄하고 어두운 전당의 신단에서 심지가
활활 돋았다 사그라지는 홍사등의 전율을 보았네.
풍내초 <홍사등(紅紗燈)>

비록 이 시에서는 전당에 홍사등이 켜져 있지만, 모든 것이 흐릿하고 몽롱할 뿐이다. 이처럼 풍내초의 시에는 자신이 추구하는 세계에 대한 암시만 있을 뿐 명확한 설명이나 구체적인 제시는 찾아보기 어렵다.

이금발 역시 암시를 통해 자신의 정서를 표현하며, 시적 경계에 대한 신비를 추구했다.

> 달이 얼굴에 베일을 치니
> 오동잎은 근심스러운 빛을 띠고
> 내가 귀를 대고 자세히 들으니
> 가을이 오는 것을 알겠구나.
>
> 나무가 이처럼 점점 시드니
> 당신은 내가 그의 잎을
> 꺾었다고 생각하는가?
> 이금발 <법칙(律)>

이 시는 쓸쓸한 가을날에 나무가 시드는 현상을 통해 인생의 말년에 접어든 화자의 처량함을 표현하고 있다. 나무는 봄과 여름을 통해 무성한 잎을 자랑하지만 결국 가을에는 시들고 마는 자연법칙에서 벗어날 수 없다. 인간도 이와 같아서 언젠가는 죽음을 맞이해야 한다는 사실은 변할 수 없는 인생의 법칙이다.

이처럼 중국의 상징파 시인들은 자신들이 처한 현실을 시적인 상상력을 통해 변형시키고, 암시적인 수법을 통해 시의 배후에 놓여 있는 눈에 보이지 않는 세계를 그리려고 했다. 이러한 노력은 현실세계에 존재하고 있는 물체들의 배후 그리고 그 너머에 존재하는 이상세계에 숨겨져 있는 본질적인 것들에 대한 조망을 가능케 한 철학적인 암시를 통해 구체화되었다고 하겠다.

3. 형식적 기교

(1) 난해한 시구

상징파 시인들은 모두 이성적 사고를 배척하고 순간의 느낌을 표현하며, 상상과 잠재의식의 정신상태를 표현하고, 환상과 직관을 표현할 것을 주장했다. 이러한 비이성적인 환상과 직관은 본래 그 의미하는 바가 모호하며, 거기에다 상징적인 수법의 난해한 함의를 더하여 시에서 의미하는 주지가 복잡하게 뒤섞여 이해하기가 더욱 어렵다. 물론 이러한 난해함은 다른 시인들에게서는 시의 결점으로 인식되지만, 오히려 이들에게서는 일종의 미학적인 요구로 받아들여진다. 말라르메도 "시의 오묘한 점은 그 속에 숨겨진 뜻을 헤아려 알아내는 데 있다."고 했듯이, 상징파 시인들은 독자들에게 사색의 여지를 제공하며, 이렇게 제공된 시는 독자들에게 쉽게 알아맞힐 수 없는 수수께끼처럼 여겨지게 된다.

이러한 맥락에서 상징파 시인들은 자신들이 표현하고자 하는 시의 대상을 암시적으로 표현해야지, 직접적으로 재현하면 시의 예술적인 가치가 상실된다고 여겼다. 왕독청(王獨淸)도 시에서 가장 피해야 할 것으로 설명과 이해를 꼽았다. 독자들에게 설명과 이해를 구할수록 시에 담긴 암시성은 약화되고, 그만큼 예술성도 떨어진다는 인식에 기초하고 있기 때문이다. 따라서 상징파 시인들에게 있어서 시가 지니고 있는 의미의 난해함은 독자들이 그것을 명확하게 파악하지 못할수록, 오히려 그 예술적인 가치가 더 높아진다는 미학개념으로 받아들여졌다. 이들에게서 시의 난해함은 바로 예술적인 가치와 직결되는 셈이다.

주자청(朱自淸)도 상징파 시인들은 '가장 경제적인 방법'을 사용해 시를 쓴다고 했다. 여기에서 말하는 가장 경제적인 방법이란 바로 시의 논리적 연결고리를 생략하거나 비약시키는 것을 의미한다. 주자청이 말한 대로 상징파 시인들은 일부 연결된 자구들을 생략함으로써 독자로 하여금 상상력을 통해 생략된 다리를 세우게 만든다. 얼핏 보기에는 전체를 일관하는 것이 없어서 한 줌의 흩어진 모래처럼 느껴지지만, 실제로는 모래가 아니라 유기체이다. 그 유기체를 보려면 상당한 수양과 훈련을 거쳐야 하며, 그래야 좋고 나쁨을 이해할 수 있다는 의미이다.

상징파의 암시는 주로 비유를 통해 이루어진다. 따라서 비유는 상징시의 핵심적인 표현수단이다. 그러나 이들의 비유는 가까이에서 비유를 취하는 근취비(近取譬)가 아니라, 먼 곳에서 비유를 취하는 원취비(遠取譬) 방식이다. 사람들이 아무런 상관도 없다고 여기는 사물들 가운데서 어떠한 연관관계를 찾아냄을 의미한다. 따라서 이들 상징파 시인들의 상상력은 일반적이고 습관적인 사유방식에서 벗어나 있으며, 그로 인해 이들의 시는 독자들에게 낯설고 거리감을 느끼게 한다.

① 낙엽이
   우리 발등에
   피처럼 떨어지고.

   생명은 곧
   사신 입술 가의
   미소.
   이금발 <느낌(有感)>

② 우리가 마른 풀 위를 거닐 때
   무릎 밑에선 비분이 뒤엉켜 있다.

> 분홍빛 기억은
> 길가에 뒹구는 썩은 짐승처럼 악취를 풍기며
> 이금발 <밤의 노래(夜之歌)>

인용시 ①에서는 생명과 사신(死神)을 함께 연결시키고, 발등에 떨어진 낙엽을 시뻘건 피로 비유하고 있다. 인용시 ②에서도 기억은 무형의 사유활동이지만, 분홍색이라는 색채를 칠하여 유형화시킨다. 그리고 난 뒤 다시 분홍빛 기억을 길가에 뒹구는 썩은 짐승에서 풍겨나는 악취로 비유한다. 이러한 비유는 시적인 화자가 그렇게 더럽고 추악한 사회환경 속에서 살고 있음을 의미하지만, 이금발(李金髮) 식의 독특한 비유가 일반인의 상식을 벗어나기 때문에 독자들은 시인이 의미하는 바를 해석하는 데 어려움을 겪게 되어 시의 난해함을 가중시킨다. 이처럼 암시나 비유, 생략을 통해 만들어진 시는 그 해석이 난해해지며, 그로 인해 상징시 이외의 다른 경향을 지닌 시와는 차별성을 띠게 된다.

따라서 상징파 시인들의 시에는 구와 구, 절과 절 사이의 연결이 끊기거나 생략되는 경우가 종종 발생한다.

> Sport-woman
> 의 노래는
> 춤추는 음으로써
> 전율케 한다
> 나의
> 잔혹한 동정을
> 이금발 <하나의 기념 · 1(一段紀念 · 1)>

위의 인용시에서 보듯이 단지 한 행만으로도 표현이 가능한 시구를 모두 여섯 행으로 나누어, 고의적으로 구식(句式)을 파괴하고 있다. 이와 같이 이금발은 중국어가 지니고 있는 합리적인 언어의 구식을 고의적이고 인위적으로 단절시켜 기존의 관념적인 시형의 파괴를 시도하고 있으며, 시형의 파괴는 결과적으로 해석에서의 난해함을 동반하게 했다.

목목천(穆木天) 역시 표현하는 내용의 모호함을 강조하기 위하여 시에 사용된 구두점의 폐지를 주장했다.

> 시는 유동적인 선율의 선험적인 것이므로 다른 것이 방해하는 것을 결코 용납하지 않는다. 구두점을 폐지하면 시의 몽롱성이 더욱 커지고, 이로 인해 암시성도 더욱 커진다. 목목천 <시를 말함(譚詩)>

그는 구두점이 시에 내재된 자연스런 선율을 단절시키는 인공적인 방해물로서 오히려 시의 철학적인 본질이나 선율을 제한하는 결과를 초래한다고 여겼다. 때문에 그는 구두점을 폐지해야 시의 난해함이 더욱 커져, 시의 배후에 존재하는 철학적인 의미를 더욱 강화시키고, 동시에 예술적인 가치를 한 단계 더 높일 수 있다고 주장했다. 그래서 목목천과 풍내초(馮乃超)는 자신의 시에서 모든 구두점을 의도적으로 배제시켰다.

> ① 蒼白的 鐘聲 衰腐的 朦朧
>   疎散 玲瓏 荒凉的 濛濛的 谷中
>   —— 衰草 千重 萬重 ——
>   聽 永遠的 荒唐的 古鐘

　　聽　千鐘　萬鐘
　　목목천 <창백한 종소리(蒼白的鐘聲)>

② 苦惱是人生的棲家
　　墓石是身後的代價
　　不用鑴我莊嚴的碑文
　　要是常常供奉薔薇花
　　풍내초 <슬픈 노래(哀唱)>

이와 같이 상징파 시인들은 자신들의 시에서 암시와 비유, 생략과 비약, 구식의 인위적인 단절과 구두점의 폐지 등을 통해 시의 난해함을 가중시켰고, 이러한 시의 난해함은 바로 이들이 시의 예술적 가치를 높이기 위해 추구한 상징시의 미학원칙이었다.

(2) 음악과 색채의 결합

이금발은 시의 음악성이나 외재적인 형식미를 그다지 중시하지 않아 그 형식이 정제되어 있지 못하며, 각운(脚韻)의 화해에도 많은 주의를 기울지는 못했다. 따라서 시의 음악적인 아름다움과 형식적인 조화를 추구하는 데 있어서는 왕독청과 목목천, 풍내초에 비해 다소 소홀한 편이었다. 반면에 이금발을 제외한 이들 세 사람은 모두 시에 있어서의 음악적인 아름다움과 색채감을 강조했고, 한 걸음 더 나아가 감각의 전이현상, 즉 공감각 수법을 통해 이 두 가지 요소를 함께 결합하고자 노력했다.

왕독청은 <다시 시를 말함>에서 자신이 이상적으로 생각하는 가장 완미한 시는 반드시 몽롱해야 하며, 그 공식은 '(감정+힘)+(소리+색채)'라고 설명했다.

만약 문학사상의 연대와 파별을 상관하지 않고, 다만 개인적인 애호로써 과거 시인의 가치를 정한다면, 나는 프랑스의 모든 시인 가운데서 네 시인의 작품을 가장 사랑한다. 첫째는 라마르틴, 둘째는 베를렌느, 셋째는 랭보, 넷째는 라포그이다. 라마르틴이 표현한 것은 '감정(émotion)'이며, 베를렌느가 표현한 것은 '음악'이며, 랭보가 표현한 것은 '색채'이며, 라포그가 표현한 것은 '힘(force)'이다. 만약 나의 이러한 분류가 성립될 수 있어서 내 이상 속에서 가장 완미한 '시'를 하나의 공식으로 사용한다면 '(감정+힘)+(음악+색채)=시'로 표현할 수 있다. 왕독청 <다시 시를 말함(再譚詩)>

이 공식에서 '감정'은 시에 나타나는 '감정'을 가리키며, '힘'은 시에서 감정을 표현하는 '힘'을 가리킨다. 또한 '음악'은 시의 '음악성'을 가리키며, '색채'는 시의 문구에 담긴 '색채'를 가리킨다.

왕독청은 시적인 '감정[情]'을 드러내는 '힘[力]'을 강화하기 위해 첩자(疊字)와 첩구(疊句) 및 시구의 장단과 리듬의 단속(斷續)을 사용할 것을 주장했다. 특히 그는 이 첩자와 첩구가 사람의 감정이 격동할 때 심장의 진동을 표현하는 예술이며, 독자를 자극하여 그로 하여금 신경에 진동을 발생시키게 하는 예술이라고 했다. 그는 첩자와 첩구의 예술적 기능이 언어의 반복적인 효과를 통해 사람의 내재된 감정을 더욱 격화시키거나 혹은 격화된 감정을 그대로 잘 전달하는 데 있으며, 따라서 언어와 문자적 기교를 사용해 시에 내재된 감정을 더욱 강렬하게 표현할 수 있다고 여겼다.

시의 감정과 힘뿐만 아니라 음악성과 색채감을 강화시키기 위해 왕독청은 압운과 각종의 서로 다른 색채를 대표하는 시구(詩句)를 운용할 것을 주장했다. <나는 카페에서 나오네(我從Café中出來)>는 그의 음악성 추구를 잘 보여주는 시이다.

我從Café中出來,
身上添了
中酒的
疲乏,
我不知道
向哪一處走去, 才是我底
暫時的住家……
啊, 冷靜的街衢
黃昏, 細雨!

我從Café中出來,
在帶着醉
無言地
獨走,
我底心內
感着一種, 要失了故國的
浪人底哀愁……
啊, 冷靜的街衢
黃昏, 細雨!
왕독청 <나는 카페에서 나오네(我從Café中出來)>

  왕독청 자신도 아주 적은 글자 수를 사용해 조화로운 음운을 표
현해 내는 것이 최고의 작품이라고 여긴다고 했듯이, 이 시는 시구
를 나누고 정제되지 않은 운각(韻脚)을 사용해 시인이 술에 취해 이
리저리 비틀거리는 동작과 끊어졌다 이어지고 일어났다 가라앉는
정서의 변화를 잘 표현하고 있다.
  시 전체가 두 연으로 나뉘는데, 제1연의 1행과 8행 그리고 9행이
제2연의 1행과 8행 그리고 9행과 어구상 완전히 중복되며, 제1연의
2행(了, liao)과 5행(道, dao), 3행(的, di)과 6행(底, di), 4행(乏, fa)과

7행(家, jia), 제2연의 2행(醉, zui)과 5행(內, nei), 3행(地, di)과 6행
(的, di), 4행(走, zou)과 7행(愁, chou)이 서로 압운을 이루고 있다.
또한 글자 수에 있어서도 제1연과 제2연의 글자 수가 매 행마다 완
전한 일치를 보이고 있다. 이와 같이 왕독청은 압운뿐만 아니라 글
자의 반복과 글자 수의 일치를 통해 시의 음악미를 추구하고 있다.

왕독청이 각운이나 글자 수의 조절을 통해 시의 외재적인 음악성
에 치중한 반면, 목목천은 율동감 있는 풍부한 언어를 사용해서 시
인의 내면이 외부 세계의 소리나 빛 그리고 율동에 의해 획득되는
자연스런 교감으로 인한 내재적인 선율을 찾아내는 데 치중했다.
목목천은 곽말약(郭沫若)에게 보낸 편지에서 일본의 히비야(日比谷)
에서 달빛을 보고 난 뒤 다음과 같이 말하고 있다.

> 나는 갑자기 일종의 인상적인 수법을 사용하여 달빛의 움직임과 마
> 음을 표현하는 교향악인 월광곡을 지으려고 생각했다. 나는 공간에
> 서 천천히 내뿜고 있는 달빛 물결의 진동이 초원과 숲, 도랑과 농
> 경지 및 집과 함께 떠다니는 조화로움 그리고 물소리 바람소리가
> 움직이는 진동, 특히 가벼운 구름 속 달이 움직이는 율동적인 환영
> 을 표현하려고 생각했다. 목목천 <시를 말함(譚詩)>

이와 같이 목목천은 자연경물의 운동과 소리, 빛과 색채 등을 통
해 일어나는 시인의 감정적인 율동의 흐름을 반영한 시의 내재적인
음악성을 강조하고 있다. 풍내초 역시 언어의 음절미를 통해 상징
시의 음악성을 강조했다.

樹林的幽語
嗡嗡 —
暮靄的氛氳
朦朧 —
遠寺的古塔
峙空 —
沉潛的殘照
暗紅 —
飄零的游心
哀痛 —
片片的鄉愁
晚鐘 —
풍내초 <소침한 옛 가람(消沉的古伽藍)>

이 시는 嗡(weng)·朧(long)·空(kong)·紅(hong)·痛(tong)·鐘(zhong)
의 글자가 서로 압운을 이루고 있을 뿐만 아니라, 시행의 배열도 정제
되어 있다. 이처럼 풍내초도 정제된 시형 속에서 음절미를 추구함으로
써 시에서의 음악적인 효과를 강조했다.

그러나 상징파 시인들이 추구한 시론의 핵심이 이 음악성 자체에
만 있는 것은 아니다. 그들은 음악성과 아울러 시에서의 색채감도
함께 강조했다.

① 도시에 가득한 가랑비
　잠자고 있는 많은 집
　그대는 담장의 알록달록 붉은 석류가
　짙푸른 우수를 불같이 토해 내는 것을 보지 못했나
　풍내초 <석류>

② 잿빛 하늘
　하얀 담배 연기
　높고 높은 누각 낮고 낮은 집
　아득히 하얀 안개 속에서 꿈꾸네
　목목천 <시노바즈노이케(不忍池)에서>

　인용시 ①②에서는 '붉은 석류', '짙푸른 우수', '잿빛 하늘', '하얀 담배 연기', '하얀 안개'와 같이 색채감이 풍부한 시어들을 사용하여 시각적인 효과를 높이고 있다.

　이처럼 상징파 시인들은 화해를 이룬 음악성과 풍부한 색채감이야말로 상징시의 예술적인 효과를 높이는 요소라고 인식했으며, 한 걸음 더 나아가 청각적인 음악성과 시각적인 색채감을 결합시킴으로써 상징시의 예술적인 효과를 한 단계 더 높이고자 노력했다. 따라서 음악과 색채의 결합을 통해 가장 완전하고 아름다운 시를 이루는 것이야말로 이들 상징파 시인들이 추구한 공통적인 예술적 경지였다.

　비록 왕독청이 '감정+힘'을 '음악+색채'와 연결시켜 이상적인 시로 간주했지만, '감정+힘'을 추구하기 위한 방법으로 사용한 첩자와 첩구 역시 음악성과는 무관하지 않다. 그러므로 음악과 색채의 결합이야말로 왕독청이 "나는 현재 우리의 유일한 작업은 우리의 언어를 단련시키는 것이라고 생각한다. 나는 프랑스 상징파 시인들을 본받아 색채와 음악을 문자에 놓고 언어로 하여금 완전히 우리의 조종을 받게 하고 싶다."라고 한 그의 말과 일치하는 견해이다.

　음악과 색채의 결합을 심리학적으로는 '색채의 청각화(Chromatic audition)', 예술적으로는 '음화(音畵, Klangmalerei)'라고 하는데, 이 '음화'의 개념이야말로 왕독청 시론의 핵심적인 내용이라고 말할 수 있다.

  그러나 이 음화의 개념이 왕독청이 독창적으로 제시한 이론은 아
니다. 그는 언어의 연금술사로 불리는 랭보를 통해서 음악과 색채
를 결합시키는 예술적 기법을 만들어 냈다.

    A 검정, E 하양, I 빨강, O 초록, U 파랑, 모음들이여
    네 어느 날엔가 말하리 그대들의 은밀한 탄생을
    랭보 <모음들(Voyelles)>

  랭보는 <모음들(Voyelles)>에서 자신이 만든 색채와 음향감각 사
이에 존재하는 일종의 미묘한 대응관계를 실현하여 소리로써 사람
들의 색채감각을 불러일으켰다. 랭보가 알파벳의 모음을 가지고 색
깔을 구상해 색의 청각화, 즉 음화의 개념을 시도했듯이, 왕독청도
'음악'과 '색채'의 결합을 시도했다.

    연녹색 등불 아래 내 홀린 듯 바라보고 있는 그녀
    내 홀린 듯 바라보고 있는 그녀의 담황색 머리칼,
    짙푸른 그녀의 눈동자, 창백한 그녀의 두 뺨,
    아, 사람을 취하게 하는 이 연녹색 등불 아래!
    왕독청 <장미꽃(玫瑰花)>

  비록 농담의 차이는 있지만 기본적으로는 초록[水綠色], 노랑[淡
黃色], 파랑[深藍], 하양[蒼白] 등 색채감을 띤 다양한 단어를 사용해
사람을 홀리는 듯한 불빛과 장미처럼 아름다운 소녀의 머리카락과
눈동자, 뺨 등을 채색함으로써 시에 있어서의 형상성과 색채감을

강조했고, 이를 통해 음화의 효과를 추구했다. 뿐만 아니라 제1연에서 1행의 '她(ta)'와 2행의 '髮(fa)', 3행의 '頰(jia)'와 '下(xia)'처럼 같은 압운을 사용하는 등 행마다 압운을 통해 음운의 조화를 도모하고 있다. 그는 이를 위해 일찍이 프랑스에서 유학하면서 음악과 회화를 전문적으로 공부하기도 했다.

왕독청은 바로 이러한 음악과 색채의 결합을 '최고의 예술' 경지로 여겼다. 그러나 한편으로는 중국어가 지니고 있는 단음 구조와 문자의 구조가 세밀하지 못한 결점이 음악과 색채를 결합시키는 데 커다란 장애가 된다고 했다.

한 가지 지적할 점은 왕독청이 주장한 '(감정+힘)+(음악+색채)=시'의 주장이 순수한 상징주의 시론이라고는 보기 어렵다는 것이다. 먼저 '감정+힘'은 시의 내용적인 측면을 언급한 것으로서, 조르쥬 상드가 "이성보다는 정서요, 이지적인 것과 반대되는 감정적인 것이다."라고 정의한 낭만주의 문학의 전형적인 예술주장이다.

또한 '감정'을 표현했다고 한 라마르틴은 낭만주의 시인이다. '힘'을 표현했다고 한 라포그도 비록 상징파 시인이기는 하지만, 그 역시 세기말적인 낭만색채를 띤 시인이다. 이렇게 볼 때 '감정+힘'의 개념은 왕독청의 낭만주의적 문학경향을 드러내는 이론임을 알 수 있다.

반면에 '음악+색채'의 개념은 그의 상징주의적 문학경향을 대표하는 핵심이론 가운데 하나이다. 음악의 표현에 치중한 베를렌느나 색채의 표현에 치중한 랭보는 대표적인 상징주의 시인일 뿐만 아니라, 그들이 주장한 음악성과 색채성은 상징주의 시론 체계의 핵심적인 요소이기 때문이다.

이처럼 왕독청의 시에는 감정을 직접적으로 드러내는 낭만주의 색채와 형상을 암시하는 상징주의 색채가 함께 존재하고 있었다. 목목천이 왕독청에 대해 "그는 어느 때는 낭만적인 선율을 사용했고, 어느

때는 상징파의 애가(哀歌)를 사용했다."라고 한 견해는 왕독청의 상징
주의 시론이 가진 이중성에 대한 적절한 지적이라고 말할 수 있다.

(3) 시형의 다양화

목목천은 시의 형식이 많을수록 좋다고 했다. 왜냐하면 시인이
지니고 있는 사상과 감정이 다양하듯이 그 감정을 표현하기 위해서
는 당연히 시의 형식도 다양해야 한다고 여겼기 때문이다. 따라서
그는 다양한 내용을 다양한 형식으로 표현하기 위해서 자유시뿐만
아니라, 5·7언 절구나 율시, 14행시(Sonnet), 산문시 등이 가지고 있
는 기능에 대해서도 긍정적인 태도를 나타냈다. 즉 자유시는 자유
시 나름대로의 표현능력이 있으며, 다른 형식의 시들도 모두 제각
기 자신만이 표현할 수 있는 독특한 표현능력이 있다는 것이다.

왕독청 역시 시의 형식에 대해서 목목천과 동일한 견해를 가지고
있었다. 왕독청은 시의 형식이 매우 중요함에도 불구하고 당시 시단
에서 시의 형식이 제대로 갖추어져 있지 못하다고 여겼다. 그래서 그
는 다음과 같은 형식적인 세분화를 통해 시형의 다양화를 추구했다.
즉 시의 형식을 산문식과 순시식(純詩式) 그리고 산문식과 순시식이
혼합된 형태의 세 가지로 나누었다. 산문식이란 운이 없고 시행도 나
누지 않은 것을 의미하고, 순시식은 운이 있고 시행도 나눈 것을 말하
는데, 이는 다시 글자 수의 제한이 있는 것과 없는 것으로 구분했다.

왕독청은 시를 운문의 영역에서 산문의 영역으로까지 확대시켜
다양한 시형을 시도했다. "산문식은 산문식이 표현할 수 있는 사상
과 사물이 있으며, 순시식은 순시식이 표현할 수 있는 사상과 사물
이 있다."라는 견해를 바탕으로 자유시·14행시·산문시뿐만 아니
라, 산문에도 압운을 하거나 행을 나누는 등 시형의 다양한 변화를

도모했다. 물론 장편시의 경우에 한 가지 시형만으로 사용하기가 부족하면 랭보의 <지옥의 계절>처럼 두 가지 시형을 함께 섞어 사용할 수도 있다고 했다.

　물론 이들이 주장하는 시형의 다양화는 시의 형식적인 기교의 다양화도 함께 포함하고 있다. 그래서 목목천은 시에 있어서 운이 복잡할수록 좋다고 주장했다. 본래 상징파 시인들에게 있어서 고정된 시형, 특히 고정된 압운은 시인들의 감정을 구속하는 장애물이었다. 형식적으로 짜 맞추어진 고정된 시형으로 인해 상징파 시인들은 자신들의 감정을 늘이게 하거나 위축게 하는 불편을 가지고 있었다. 목목천도 이러한 형식적인 구속을 탈피하기 위해 전통적인 작시법에서 벗어나 자유롭게 압운하고자 시도했다. 그는 시구의 끝에 압운하던 고정관념에서 탈피해 시구의 가운데서 압운하거나 혹은 압운을 하지 않는 경우도 있었다. 그러나 고정된 작시법에서 탈피하고자 한 그의 시도는 시의 몽롱성과 암시성을 더욱 강화하는 효과를 가져왔을지는 몰라도 일반 독자들에게는 오히려 이들의 시를 읽고 해석하는 데 있어서 혼란만 가중시키곤 했다.

　특히 왕독청은 시에 있어서의 완벽한 형식적 기교를 추구하는 데 고심했다. 그는 당시 중국 시단의 시인들이 시를 짓는 데 진지하지도 않을 뿐만 아니라 각고의 노력도 기울이지 않아서 이것도 저것도 아닌 가치 없는 시를 만들어 냈다고 비판했다.

　이와 같은 창작태도는 목목천과는 사뭇 대조적이다. 목목천이 상징주의의 형이상학적이고 신비주의적인 철학본질을 꿰뚫고 있는 반면에, 왕독청은 상징주의 시의 표현수단에만 관심을 표시했기 때문이다. 동시에 시를 쓰는 데 있어서 목목천이 시적인 영감을 중시한 반면에 왕독청은 감각적인 영감보다는 시인의 각고의 노력을 요구했다. 때문에 그의 상징시는 유미주의적인 경향이 강했다.

현재 중국의 시인들은 되는 대로 조잡하게 마구 만들어 내면서 머리를 많이 쓰려고 하지 않는데 이것이야말로 정말 가장 가슴 아픈 일이다! 목천! 나는 우리가 예술의 완성을 위해 노력하고 많은 심혈을 기울이며, 보들레르를 배우고 베를렌느를 배우며 랭보를 배워 유미적인 시인이 될 것을 바라네! 왕독청 <다시 시를 말함(再譚詩)>

이러한 유미주의적 경향은 시의 내용을 소홀히 한 채, 문자적인 기교나 형식적인 완벽함에 치중하게 했다. 그래서 시에 외국의 문자를 집어넣는 것도 일종의 예술이며, 또 그래야 이국적인 아름다움을 증가시킬 수 있다고 여겼다. 때문에 ≪성모상 앞에서(聖母像前)≫를 비롯한 다른 시집에서도 적지 않은 시구들이 외국의 문자로 쓰여 있음을 발견할 수 있다.

一够了, 够了, 這兒底一切都不是我的, 我就再怎樣惆悵, 留連, 也不能發見甚麼重要的意義, 我還是堅忍地離開的好! 我還是一點也不願惜地離開的好!
唉, 那麼, 這兒底一切, 我都看厭了, 看厭了……

Assez vu! sur les boulevards, les gens lents ou gais,
Assez vu! toutes les longueurs des ponts et des quais,
Assez vu! devant Notre-dame, les yeux des filles éclatants de flammes,
Assez vu! sur les Champs-Elysées la vive volupté du pas des femmes.

唵! 讓我慚愧罷, 慚愧我過去對於有用時間的荒廢!
唵! 讓我悔恨罷, 悔恨我過去對於自己生命的失潰!
왕독청 <귀국할 때(動身歸國的時候)>

특히 산문과 운문을 함께 혼합하여 쓴 <귀국할 때(動身歸國的時候)>에서는 아예 프랑스어로 쓴 부분도 있어, 오히려 독자들로 하여금 시를 읽고 이해하는 데 불편을 초래했다. 뿐만 아니라 시에 있어서의 형식적인 추구는 그의 시가 지나치게 조탁적이고 경박하여 엄숙하고 질박한 특색이 결핍되었다는 평가를 받기도 했다. 그러나 한편으로는 시의 형식적인 측면에서의 연구와 시도가 부족했던 1920년대 시단에서 왕독청이 기울인 노력은 신시의 다양한 형식을 제공했다는 점에서 긍정적인 평가를 내릴 수 있겠다.

이상에서 살펴본 바와 같이 이금발과 목목천, 왕독청과 풍내초 등으로 대표되는 1920년대 중국의 상징파는 그들이 배우고자 추구했던 대상이 모두 프랑스 상징주의 시인인 만큼 그들이 추구하는 경향도 순수시와 신비주의, 유미주의의 테두리를 벗어나지 않았다. 특히 순수시의 추구는 이들 상징파 시인들이 가졌던 공통적인 예술 경향이었다. 이들은 모두 프랑스 상징주의 시인들처럼 강렬한 암시에다 음악성과 색채감을 결합했다. 하지만 목목천은 주로 상징주의의 형이상학적이고 신비주의적인 철학본질을 파악하는 데 치중한 반면에, 왕독청은 표현수단에만 치중했다.

그럼에도 불구하고 목목천과 왕독청의 상징시 이론을 바탕으로 한 1920년대 중국 상징파 시는 상징이라는 표현수법으로써 독자들의 상상력을 자극함과 동시에 음악성과 색채감이 결합된 시의 함축적인 미를 통해 기존의 산문화된 자유시 경향에서 과감하게 탈피하여 중국 현대시의 예술적인 미감을 강화시켰다. 뿐만 아니라 현실주의나 낭만주의와는 달리 인간 개인의 복잡하고도 미묘한 정신세계에 대한 조망을 통해 현대주의 시의 첫 발판을 마련함으로써 중국 현대시가 세계문학의 조류 속에서 함께 발전해 나갈 수 있는 전기를 마련했다는 중요한 의미를 지닌다.

Ⅳ. 상징시의 주제의식

1. 인생과 운명의 비애

보들레르 이후 서구 상징주의 시인들은 그 시선을 고도로 발달된 현대적 기술과 물질문명이 만연된 현대사회로 돌렸다. 발달된 과학 기술과 기계문명은 당시 사람들의 삶의 질을 한 단계 향상시키는 요인이 되었지만, 반면에 그들로 하여금 정신적인 황폐라는 새로운 경험을 초래하게 했다. 때문에 상징주의 시인들은 현대성의 필연적 산물인 불안과 무(無)출구성 그리고 열렬한 소망에도 불구하고 공허 함 속으로 사라져 버리는 이상성 앞에서의 좌절 같은 자신의 내면 에 투영된 생(生)의 모든 국면으로 진입했다. 이러한 것들은 이미 보들레르가 ≪악의 꽃≫에서 강조하고 있는 현대문명의 징후였으며, 젊은 시절부터 물질문명이 꽃을 피운 프랑스 등 서구 세계에서 생 활하던 중국의 일부 상징파 시인들에게 있어서도 이러한 징후는 피 할 수 없는 운명이었다.

그중에서도 20살부터 유럽 문화의 중심지인 파리에서 생활하던 이금발(李金髮)을 비롯하여 목목천(穆木天)과 왕독청(王獨淸), 풍내 초(馮乃超) 등 1920년대 중국 상징파 시인들에게 있어서 인생과 운 명에 대한 소극적인 인식은 그들이 자신의 시에서 공통적으로 표현 하고 있는 내용 중의 하나였다.

(1) 소외로 인한 비애의식

1920년대 중국 상징파 시인들 대부분은 젊어서부터 고향을 떠나 생활 방식과 문화가 다른 낯선 이국땅에서 오랫동안 생활함으로 인 해 자신들의 인생에 대한 인식이 감상적이고 소극적으로 변했으며, 게다가 세기말적인 정서가 유행하면서 운명에 대한 인식 역시 더욱 허무적이고 퇴폐적인 곳으로 흘렀다. 때문에 그들의 시에는 한결같이 인생과 운명에 대한 소극적인 정서가 엿보인다.

① 낡은 치맛자락은 슬픈 소리를 내며
  무덤가를 배회한다.
  이금발 <버림받은 여인(棄婦)>

② 다 잊어라 청춘의 배회
  다 잊어라 새빨간 비애
  아 끝없는 추억이여
  그것은 모두 꿈속의 티끌
  목목천 <현 위에서(絃上)>

③ 나는 카페에서 나오네.
  온몸엔
  술에 찌든
  피곤함이.
  왕독청 <나는 카페에서 나오네(我從Café中出來)>

④ 기억하고 싶지 않은 상처받은 운명
  뿌옇게 근심으로 가득한 반평생
  풍내초 <슬픈 노래(哀唱)>

위의 인용시에서 쓰인 시어를 살펴보면 대부분이 소극적인 정서를 반영하는 용어들이 사용되고 있음을 발견할 수 있다. '낡은'·'슬픈'·'무덤'·'배회'·'비애'·'추억'·'꿈'·'티끌'·'술'·'찌든'·'피곤'·'상처'·'운명'·'근심' 등 시어에는 슬픔·허무·방황·고독·불안·원망 등 정서가 짙게 배여 있다. 인생과 운명에 대한 이러한 소극적인 태도는 그들의 시를 회색적인 색채로 칠하게 되는 한 요인이 되며, 결국 '비애'라는 정서로 응축되어 나타난다. 이와 같은 현상은 1920년대 중국 상징파 시인들이 공통적으로 경험한 현대사회의 한 단면인 동시에 그 정서의 밑바탕에는 모두 사회와 현실로부터 소외되고 버림받아 자신이 위치하는 최소한의 영역마저도 빼앗겨 버린 데서 오는 인간적인 고통이 깔려 있는 것이다.

긴 머리를 풀어헤친 채 두 눈을 가리고
마침내 모든 부끄럽고 미워하는 질시와
선혈의 흐름 메마른 뼈의 깊은 잠을 가로막는다.
어두운 밤은 모기와 한 걸음으로 천천히 다가와
여기 낮은 담 모퉁이를 넘어서
내 하얀 귓가를 미친 듯 두드린다.
황야를 휘몰아치는 광풍의 울부짖음에
무수한 유목민이 몸서리치듯.

한 포기 작은 풀에 기대 하느님의 영혼과 텅 빈 골짜기를 오간다.
내 슬픔은 오직 날아다니는 벌의 머릿속에 새겨질 뿐.
아니면 산속 샘물과 함께 벼랑에 쏟아지다가 붉은 낙엽을 따라 사라진다.

버림받은 여자의 시름은 동작에 쌓인다.
저녁놀의 불꽃은 시간의 번민을
재로 태우지 못한 채 굴뚝에서 날아가
오래도록 날고 있는 까마귀의 깃털을 물들이고
장차 바다가 흐느끼는 바윗돌에 깃들이어
조용히 사공의 노래를 듣는다.
낡은 치맛자락은 슬픈 소리를 내며
무덤가를 서성이고,
파란 잔디에 방울방울 떨어지면서
세상을 장식할

> 뜨거운 눈물은 영원히 없다.
> 이금발 <버림받은 여인(棄婦)>

　이금발은 이 시에서 보들레르가 그랬던 것처럼 사회와 인생의 '악(惡)'을 대상으로 '불행'의 우울한 미를 강조하고 있다. 이들 두 사람은 모두 현대사회가 지니고 있는 병적인 현상에 대해 혐오감을 품고 있었는데, <버림받은 여인(棄婦)>에서 나타나는 '버림받은 여인(棄婦)'은 바로 그 병적인 사회에 의해 버림받고 생활에 의해 짓밟힌 한 여인을 상징한다.

　이 시의 제1연에서 '버림받은 여인'은 자신의 "긴 머리를 풀어헤친 채 두 눈을 가리고" 이웃과 사회로부터의 단절을 시도한다. 버림받은 여인의 눈에 비쳐지는 외부세계는 부끄러움과 시기, 미움과 잔인함만이 존재할 뿐이다. 그래서 그녀는 외부세계로부터 받는 모든 질시를 가리기 위해 머리를 풀어 눈을 가리는 상징적인 행위를 보여준다. 이 행위는 자신의 영혼을 억압적인 현실로부터 거리를 유지하게 하며, 자신의 내면세계의 안정을 찾도록 유도한다. 그러나 그녀는 자신을 외부세계로부터 단절시키는 데는 성공했지만, 오히려 그녀의 내면세계에서는 자신의 영혼을 지켜 주는 '낮은 담 모퉁이'를 훌쩍 뛰어넘어 한걸음에 다가오는 '어두운 밤'과 '모기'의 소리로 인해 무수한 유목민이 황야에서 성난 광풍을 만나 떨고 있듯이, 그녀 역시 억압적인 현실에서 피하지 못하고 두려움에 몸서리치고 있는 것이다.

　제2연에서는 세상의 어느 누구도 이해하지 못하는 버림받은 여인의 고독감을 묘사하고 있다. 이 여인은 "한 포기 작은 풀에 기대어 하느님의 영혼과 텅 빈 골짜기를 오가지만", 전지전능하신 하느님조차도 그녀의 내면에 간직한 비애를 알지 못한다. 그녀의 비애는 다만 세상에서 아주 미미한 존재인 날아다니는 "벌의 머릿속에 새겨지거나" 혹은 쓸쓸하게 "산속 샘물과 함께 벼랑에 쏟아지다가", 이리저리 내팽개쳐져서 떠돌아다니는 붉은 낙엽을 따라 사라질 뿐이다.

제3연에서는 앞의 두 연에서 사용하던 시점을 제1인칭에서 제3인칭으로 전환시켜, 버림받은 여인의 내면고백에서 시인의 직접적인 서술로 바꾸었다. 이 버림받은 여인의 비애는 마치 영원히 사라지지도 피하지도 못할 운명인 것 같다. 비애는 그녀의 생명이 존재하고 있는 시간마다 흩어지고, 저녁놀의 불꽃조차도 시간의 흐름 속에 존재하는 번민을 재로 태우지 못하고 굴뚝을 통해 날아가기 때문이다. 그래서 그녀의 동작은 비애로 가득 쌓여 무거움을 가중시키며 그녀의 발걸음을 더욱 느리게 만든다. 이처럼 비애의 무게로 인해 자신의 동작이 무거워질수록 그녀의 시선은 하늘 위를 자유롭게 날고 있는 까마귀에게로 모아진다. 그녀는 까마귀의 깃털에 자신의 무거운 비애를 싣고 바닷가 바윗돌에 깃들이어 조용히 사공의 노래를 듣고자 한다. 즉 비애로 가득한 억압적인 현실로부터의 탈주를 시도하는 것이다.

제4연에서는 제3연에서 버림받은 여인이 바라던 조그마한 소망조차도 현실적으로 불가능함을 보여준다. 그녀는 현실에서의 자유로운 탈출이라는 자신의 소망에도 불구하고, 비애와 고독에 휩싸인 채 슬픈 소리를 내며 무덤가를 배회하고 있을 뿐이다. 그녀가 입고 있는 '치맛자락'은 끝없는 방황으로 인해 이미 낡아 버렸고, 그녀의 두 눈에서는 뜨거운 눈물조차 말라 버려, 이제 더 이상 삭막하고 황폐해진 이 세계를 아름답게 장식할 수도 없다. 결국 이 '버림받은 여인'은 인생과 운명에 의해 버려진 채 비애와 고독 속에서 영원히 배회하고 있는 것이다.

이처럼 이금발에게 있어서 인생은 바로 죽은 자의 무덤가에서 배회하는 '버림받은 여인'처럼 어디에서도 의지할 곳을 찾을 수 없으며, 비애와 고통으로 가득한 운명은 사람들에 의해 이해될 수 있는 것도 고쳐질 수 있는 것도 아니다. 이금발은 이 <버림받은 여인>이라는 시를 통하여 운명에 의해 희롱당하다가 결국에는 버림받게 되는 여인의 고통과 비애를 표현했지만, 사실은 이 버림받은 여인의 서정적인 주체는 다름 아닌 이금발 자신이다. 그는 병적인 사회의 질시와 추악한 현실에 대한 자신의 고통과 원망의 감정을 한 버림받은 여인을 통해 토로하고 있는 것이다.

주자청(朱自淸)은 이금발의 시에서 나타나는 이러한 생(生)에 시들고 지친 시를 '회색'으로 개괄했고, 어두운 가락과 비애의 아름다움으로 표현했다. 회색이 지니고 있는 이미지에 대해 뤼셔(Lüshers)는 <칼라테스트>에서 다음과 같이 설명했다.

> 회색은 주관도 객관도 아니고, 내면적이거나 외면적인 것도 아니고, 긴장과 완화도 아니다. 영역을 점유하고 있는 것이 아니라 경계선이다. 무인도나 비무장지대로서 상대하는 영역의 경계선을 그리는 지대와 같다. 뤼셔 <칼라테스트>

회색은 백색도 흑색도 아닌 중간색이다. 때문에 회색은 어떤 공간을 둘로 나누는 경계선인 동시에 두 공간에서 소외된 공간이기도 하다. 즉 시적인 주체가 자신이 위치한 영역 안에서 적극성을 띨 때 회색적인 색채는 두 공간을 모두 공유하게 되는 포용성을 가지지만, 소극성을 띨 때는 두 공간에서 추방된 소외의식을 보여준다. 이금발의 시에서 이 회색은 외부세계와 고립되어 나타나는 시적인 주체의 심경을 암시하는 장치로 사용되었으며, 이는 운명과 인생의 비애를 주제로 한 그의 시 밑바탕에 깔려 있는 감정의 기조이다.

인생과 운명에 대한 이러한 현대인의 회색적인 비애의 분위기는 목목천에게서도 동일한 양상을 띠고 전개된다.

선홍의 장소에서
눈물 마른 술잔을
다 마시지 못했다
잿빛 어둠 속에서
말없는 비애를
다 드러내지는 못했다

아
황량한 무덤
첩첩이
처량함이 눈에 가득
잿빛 종이

묻지 마세요
나그네
떨어지는 꽃
흐르는 물
보세요

끝없이 시드는 풀
수심에 찬 물가
아
오랫동안 마른 술잔을
다 마시지는 못했다
아 선홍 잿빛 종이
목목천 <선홍의 잿빛 어둠 속에서(猩紅的灰黯裏)>

화자의 눈에 비친 세계는 모든 생명력이 시들어 버린 허무한 정서를 느끼게 한다. '황량한 무덤', '나그네', '떨어지는 꽃', '흐르는 물', '시드는 풀', '수심에 찬 물가' 등 시어에서처럼 활기라고는 조금도 찾아볼 수 없으며, 모두 생(生)의 마지막 단계로 향하는 존재로 인식된다. 따라서 이 세계에 존재하는 모든 사물들과 그들이 경험하는 쾌락과 기쁨은 궁극적으로 생의 마지막 단계에 남겨진 비애의 정서로 향하게 된다.

> 내일의 그윽한 꿈은 흐르는 물과 떨어지는 꽃
> 정열적인 로맨스도 점 같은 저녁노을
> 아 동경 속의 환락이여
> 그것은 비애의 싹
> 목목천 <현 위에서(絃上)>

화자는 현재 자신이 경험하는 '정열적인 로맨스'나 '동경 속의 환락'도 결국에는 '흐르는 물', '떨어지는 꽃', '점 같은 저녁노을'처럼 언젠가는 자신의 곁에서 사라져, 자신을 절망 속으로 빠뜨리는 '비애의 싹'이라는 인식을 하게 된다. 그러나 목목천 시에서 나타나는 비애·퇴폐·허무 등 정서는 다른 상징파 시인들에 비해 그렇게 많이 보이지는 않는다.

왕독청은 <성모상 앞에서·자서(聖母像前·自序)>에서 자신의 시를 "나는 오히려 늘 비애와 친밀했는데, 이것은 바로 내 비애의 잔해이다."라고 평가했는데, 자신의 말처럼 그의 많은 시들은 비애로 가득 차 있다고 말해도 지나치지 않다. 왕독청의 심미관념은 그가 느끼는 현대생활, 현대미학, 현대예술의 흔적을 깊이 새기고 있어서 비애

를 일종의 지극히 보편적이고 인간의 본질적인 정서로 여겼다. 그는
<나는 카페에서 나오네(我從Café中出來)>에서 돌아갈 안식처 없이 거
리를 배회하는 자신의 모습을 통해 현대인의 비애를 표현했다.

나는 카페에서 나오네.
온몸엔
술에 찌든
피곤함이,
난 모르겠네
어디로 가야 하나? 나의
잠시 머무를 집……
아! 싸늘한 거리
황혼에 가랑비가!
왕독청 <나는 카페에서 나오네(我從Café中出來)>

이 시에는 향락주의적인 현대인의 퇴폐적인 정서가 짙게 깔려 있
으며, 상실감에 깊이 빠진 유랑자로서의 비애가 가득하다. 여기서
'나'는 왕독청 자신을 가리키며, 의미의 폭을 좀더 확장시킨다면 당
시 서구 문화에 만연해 있던 세기말적인 정서에 심취해 있던 현대
인을 상징한다. 왕독청 스스로도 "세기말의 추악한 질병이 내 신변
에까지 퍼져 나는 술을 마셨다. 그것도 의식적으로 술을 마셨다. 라
틴 구역의 카페에는 매일 나의 흔적이 있었다."라고 말했듯이, 당시
그는 카페의 퇴폐적인 음악과 금발 여인의 붉은 입술에 취한 채 파
리의 향락적인 생활에 도취되어 있었다. 이처럼 왕독청이 느끼는
현실적인 인생과 운명은 의지할 데 없어 뿌리 없이 떠돌아다니는
부평초와 같아서 불안과 비애를 떨쳐 버릴 수 없었다. 그래서 그는

'술'을 통해 불안과 비애를 떨쳐 버리려고 카페로 달려가지만, 오히려 그는 '술에 찌든 피곤'만을 안은 채 다시 '카페에서 나온다.'

'싸늘한 거리'·'황혼'·'가랑비' 등 시어는 시인이 이국땅인 프랑스에서 생활하며 체험한 생존현실에 대한 상징이다. 당시 프랑스 파리는 제1차세계대전이 끝난 뒤 자본주의 문명이 파산된 현상을 가장 뚜렷이 확인할 수 있는 곳이었다. 때문에 서구 사회는 전쟁의 잔재와 그로 인한 상실감으로 퇴폐적 정서가 만연되어 모두 그 속에서 신음하고 있었다. 특히 중국에서 보내오는 얼마 되지 않는 원고료로 근근이 생활을 이어가며 낯선 이국땅에서 방황하던 왕독청에게 있어서는 이러한 세기말적인 정서에 빠지기가 더욱 쉬웠다. 때문에 '싸늘한 거리'에는 나그네의 고독과 이리저리 유랑하는 현실적인 체험이 포함되어 있으며, '황혼'은 그가 가야 할 길을 황금색으로 물들임으로써 현실세계를 환상세계로 변형시키는 역할을 하여, 그로 하여금 향락적이고 퇴폐적인 정서를 불러일으키게 한다. 이때 내리는 '가랑비'는 하늘에서 내리는 눈물인 동시에 어디로 가야 할지 모르고 배회하는 화자인 왕독청 자신이 흘리는 눈물이다. 이 눈물 속에는 유랑자로서의 비애와 고통 그리고 불안과 처량함이 배여 있으며, 결국 카페에서 나온 화자를 기다리고 있는 것은 향수로 인한 더 깊은 비애일 뿐이다.

풍내초도 <타다 남은 초(殘燭)>에서 인생에 대한 비애를 처량하게 읊고 있다.

부드럽고 매력적인 죽음의 도취를 추구하며
나방들이 타다 남은 초의 불꽃 심지에 돌진한다
나는 간들거리며 꺼지려는 촛불을 바라보면서
과거의 빛바랜 환락을 찾는다

불꽃 뒤에는 몽롱한 애정이 있고
불꽃 복판에는 푸른빛의 비애가 있다
나는 몸을 던져 정열의 불이 변해 잿더미가 되는
나방의 무지를 본받길 원하네

초 심지의 정열이 타오르면
가느다란 눈물 끈이 그것을 감는다
내 몸과 마음이 피곤해진 뒤
빈 촛대에서는 흐릿한 꿈같은 연기가 피어오른다

나는 간들거리며 꺼지려는 촛불을 바라보고
몽환의 둥근 무리는 금빛의 피로를 덮는다
불꽃 뒤에는 몽롱한 애정이 있고
불꽃 복판에는 푸른빛의 비애가 있다
풍내초 <타다 남은 초(殘燭)>

　홀로 타다가 남은 초를 바라보면서 화자는 아련한 몽환에 빠진다. 나방들은 불꽃 뒤의 애정을 찾아 목숨도 아끼지 않은 채 오로지 불빛을 향해 뛰어든다. 그러나 여기에서 표현된 애정은 아름답고 진실한 애정을 의미하는 것이 아니라 과거의 빛바랜 환락일 뿐이며, 불꽃을 향해 뛰어드는 나방은 순간적인 환락을 찾기 위해 부심하던 인간들의 내면적인 비애와 아름답고 행복한 목표에 대한 집착적인 추구를 상징한다. 그러나 화자는 이미 그러한 정열마저 잊어버린 지 오래이다. 다만 그에게는 피로에 지친 몸과 마음만이 남아 있을 뿐이다. 이처럼 인생에 지친 화자는 애도의 노래를 읊조리며 핍진하게 과거의 퇴색한 즐거움과 몽롱한 애정을 음미하며 그 푸른빛의 비애를 포옹하고 있다. 빈 촛대에서 연기가 꿈처럼 흐릿하게 피어오르듯, 인생에 뜻을 잃은 화자의 탄식이 극도로 절제된 채 비애감이 감돈다.

이와 같이 이금발을 비롯한 상징파 시인들의 시에는 전반적으로 회색적인 분위기를 연출하는 비애감이 산재해 있으며, 그것은 결국 인생과 운명에 대한 비애감으로 압축된다.

(2) 시간에 대한 강박관념

1920년대 중국 상징파 시인들에게서 나타나는 인생과 운명에 대한 비애감은 그들의 소극적인 생명인식과 무관하지 않다. 이금발이 <유감(有感)>에서 인간의 생명은 사신(死神)의 입술 가의 미소처럼 매우 짧다고 표현했듯이, 생명에 대한 부정적이고 소극적인 인식은 그들을 좌절과 절망의 감정에 빠지게 했다. 인생이 짧다고 하는 인식에 기초한 부정적인 생명인식은 그들에게 시간에 대한 강박관념을 불러일으킨다. 특히 현대문명의 산물인 기계적인 시간관념은 이들 상징파 시인들에게 있어서 가장 혐오스런 대상이다. 시계 바늘에 의해 확정되는 기계적인 시간은 탄생에서 죽음에 이르기까지 한 번 지나가면 되돌아오지 않는 속성으로 인해, 이들 시인에게 늘 시간에 대한 초조감을 불러일으킨다.

① 빌려 온 시간은
　봄날의 꽃처럼 흩어지고
　이금발 <오후(下午)>

② 세월의 군대는 쏜살같이 내달려
　일부러 우리의 미래 앞으로 다가온다.
　이금발 <높은 고원에서 밤이 말하다(高原夜語)>

③ 이 2년간의 생명은 어디로 갔나?
　마음속의 뜨거움이여, 눈 속의 눈물이여,
　입 속의 비밀스런 말들이여……
　왕독청 <깨어난 뒤(醒候)>

　이들에게 시간의 흐름은 한결같이 한순간에 쏜살같이 스쳐 지나
가 버리는 군대와 같다. 한번 지나가면 돌이킬 수 없는 시간의 속
성, 그러나 그 시간조차도 자신의 의지대로 사용할 수 없는 빌려
온 시간이다. 따라서 화자는 마음속의 뜨거움과 눈물, 비밀스런 말
조차도 이미 봄날의 꽃처럼 과거로 흘려보낸 채, 시간의 빠름 앞에
서 탄식하고 있는 것이다. 이처럼 한번 지나가면 다시 돌아오지 않
는 시간의 흐름은 이들 시인에게 상대적으로 정체감이나 퇴보감을 맛
보게 하여 시인들로 하여금 시간에 대한 강박상태로 몰아넣게 한다.

　모호한 세상의 그림자가
　붙잡을 시간도 없이 순식간에
　아무런 생각 없이
　우리들로부터 사라져 간다.
　……

　아! 무정한 밤기운이
　내 날개를 움츠리게 한다.
　잔잔히 흐르는 물소리와
　두둥실 떠다니는 구름이
　끝내 나의 금발을 퇴색하게 하는가?
　이금발 <리용으로 가는 차 안에서(里昻車中)>

이 <리용으로 가는 차 안에서(里昻車中)>는 이금발이 리용으로 가는 기차를 타고 가면서 포착한 차창 바깥의 인상을 묘사한 시이다. 차창 밖으로 나타나는 모호한 세상의 그림자는 붙잡을 겨를도 없이 빠르게 미끄러져 지나가는데, 그것은 마치 의식적으로 우리로부터 멀어지는 듯하다. 이처럼 차창 밖으로 보이는 경물로부터 멀어지는 화자의 모습은 바로 이 세계에 의해 버려지고, 기계적으로 흘러가는 시간에 의해 버려진 현대인의 고독감을 의미한다.

열차가 달려가는 도중에 '무정한 밤기운'이 마침내 차창 밖의 모든 세계를 어둠으로 뒤덮으며, 화자의 영감의 날개를 움츠리게 한다. 이때 화자가 지닌 영감의 날개는 더 이상 세계의 바깥을 향해 날지 못한 채, 외물에 대한 인상으로부터 내재된 생명의 깨달음 속으로 들어간다. 열차가 쉬지 않고 전진하는 소리는 화자의 귓속에서 생명이 흘러가는 소리로 바뀐다. 따라서 화자는 '잔잔히 흐르는[細流]'이라는 청각적인 효과를 지닌 시어와 '떠다니는 구름[行雲]'이라는 시각적인 효과를 지닌 시어를 통해 시간의 흐름을 자신의 눈과 귀로 직접 확인하며, 바로 이러한 시간의 흐름 속에서 끝내 금발이 퇴색해 버린 자신의 모습을 확인하며 무정한 시간의 흐름을 탄식하는 것이다.

특히 역류나 정체를 용납하지 않는 시간의 비정한 흐름은 그들의 삶을 잠식해 가며, 나아가서는 시인의 존재 자체를 위협하기도 한다. 왜냐하면 이들에게서 시간의 흐름은 생명으로 인식되며, 기계적인 시간의 흐름 속에서 그들을 기다리고 있는 것은 바로 죽음이기 때문이다.

① 생명 강물의 흐름엔
  뒤돌아볼 겨를이 없다.
  이금발 <선서(Paroles)>

② 우리 생명이 너무 시들어
  가축에 짓밟힌 논 같다.
  이금발 <시간의 표현(時之表現)>

③ 미래의 새벽빛 속에서
  내 청춘이 울고 있다.
  이금발 <Z.W.P.에게(給Z.W.P.)>

인용시 ①에서 나타나는 '강물의 흐름'은 시간의 한 특징적 요소
인 지속성을 의미하는 동시에 시간의 지속성에 대한 상징적인 표현
의 한 형태로서, 그 시간의 지속은 생명에 대한 인식과 직결된다.
화자가 느끼는 시간의 속도는 자신이 뒤를 돌아볼 겨를도 없을 정
도로 빠르게 다가오며, 그 결과 화자에게는 인용시 ②처럼 '가축에
짓밟힌 논'처럼 시들어 버린 생명의 흔적만 남는다. 결국 시간에 의
해 시들어 버린 청춘은 인용시 ③에서처럼 이제 더 이상 자신에게
로 돌아오지 않을 미래의 새벽빛 속에서 울고 있을 뿐이다. 이와
같이 현대문명이 기계적으로 만들어 놓은 시간관념 앞에서 상징파
시인들은 무력한 자신의 존재를 확인하게 되면서 깊은 절망감에 빠
진다. 시간의 흐름에 대한 인식은 바로 인간 존재의 소멸을 깨닫는
동시에 자신에게 다가올 죽음이라는 등식관계를 확인하는 계기가
되기 때문이다.

(3) 불안한 생존현실

현대문명으로 인해 정신적으로 황폐화되어 가는 현대사회에서 이들 상징파 시인들이 자신의 인간성 내지는 존엄성을 지킬 수 있는 유일한 길은 현실세계로 통하는 모든 통로를 차단한 채, 그들 스스로 자신의 내면세계로 숨어 버리는 것이다. 그래서 그들은 추악한 현실세계에서 발생하는 과도한 긴장과 불안 그리고 자신과 현실과의 부조화를 해소하기 위한 감정의 피난처를 마련하는 동시에 점차 그 위력을 더해 가는 현대문명의 공격적인 행위에 대한 저항의 한 표출방식으로서 자아의 내향화 과정을 띠게 된다. 현대문명이라는 이름으로 치장된 추악한 현실세계에 의해 상처받고 소외된 자아는 자신만의 도피처인 내면세계로 파고드는 것이다.

① 우리는 영혼의 꽃을 꺾고
어두운 방에서 통곡한다.
이금발 <불행(不幸)>

② 삼엄한 어둠 속 깊고 깊은 전당 한복판에 흐릿하고 영롱한
홍사의 오래된 등이 자정의 꼭지에 불을 붙이네

……

시름에 침묵하는 검은 옷의 비구니 긴 복도 가로
질러 그렇게 오래 흔적 없이 사라지는 발자국 소리

나는 삼엄하고 어두운 전당의 신단에서 심지가
활활 돋았다 사그라지는 홍사등의 전율을 보았네
풍내초 <홍사등(紅紗燈)>

인용시 ①에서 '어두운 방'은 화자의 내재된 생명공간을 의미한다. 즉 외부세계로부터 받는 모든 질시와 고통이 차단된 유폐된 장소이다. 이금발에게 있어서 그곳은 현대인의 내면 깊숙이 자리잡고 있는 현대문명에 대한 불안으로부터 벗어날 수 있는 공간인 동시에 인생과 운명의 곳곳에 도사리고 있는 비애로부터 벗어날 수 있는 안식처로 인식된다. 때문에 말로 표현하기 힘든 생의 불안과 좌절을 경험하는 생존현실에 직면하여 '영혼의 꽃'이 꺾인 채 상처 입은 화자는 자신의 상처를 싸매기 위해 어쩔 수 없이 자신의 내면 깊숙한 곳에 위치한 어두운 방으로 찾아 들어가서 목 놓아 통곡하는 것이다.

인용시 ②에서도 화자는 현실세계로부터 도피하여 내면의 '깊고 깊은 전당'으로 찾아든다. '삼엄한' · '어둠' · '깊은' · '흐릿' · '영롱' · '홍사' 등 시어들은 풍내초가 현실세계로부터 느끼는 생존에 대한 기본인식이다. 그에게 있어서 현실세계는 자신을 위협하고 억압하는 공포의 공간이다. 그러나 이 공포의 세계와 맞붙어 대항할 힘이 없는 화자는 결국 자신의 내면세계로 움츠러들 수밖에 없다. 때문에 비애에 잠긴 검은 옷의 비구니는 시름에 겨워 침묵한 채 긴 복도를 가로질러 사라지는 것이다. 여기에서 검은 옷의 비구니는 바로 시적 화자인 풍내초 자신의 영혼을 상징하며 '흔적 없이 사라지는 발자국 소리'는 바로 현실세계의 고난에서 벗어나고자 달려가는 시인 자신의 발자국 소리이다.

그러나 이 시에는 끝내 검은 옷의 비구니가 달려가는 궁극적인 목적지가 나타나지 않는다. 다만 그곳으로 향하는 '긴 복도'만 놓여 있을 뿐이다. 때문에 이 긴 복도는 시인에게 끝없이 불투명한 불안감에 떨게 하며, 결국 그는 전당의 바깥에서 느꼈던 비애를 간직한 채, 전당의 안에서도 여전히 '홍사등의 전율'을 느낄 수밖에 없는 것이다.

이처럼 억압적인 현실세계는 '거역할 수 없는 냉기'가 되어 감정의 피난처인 내면세계의 모든 공간마저도 위협하는 포악한 자신의 정체를 드러낸다.

> 창밖의 어두운 빛은 외로운 나그네의 마음을 푸르게 물들이고, 거역할 수 없는 냉기는 모든 공간에 존재하는 마음속 용기까지 부수어 버린다.
> 이금발 <싸늘한 밤의 환각(寒夜之幻覺)>

현실세계에서 벗어나 내면세계로의 도피를 시도한 1920년대 중국 상징파 시인들은 결국 자신들의 내면세계조차도 상처 입은 자신의 영혼을 어루만져 줄 수 없음을 발견한다. 현실세계에서 도피하여 찾아 들어간 내면세계는 그들이 안식할 수 있는 장소가 되지 못했다. 때문에 그들은 이 세계에서 영원히 떠돌아다니는 나그네로서 자신들이 나가야 할 출구를 찾지 못한 채 자신의 주위를 서성일 뿐이다.

> ① 나는 긴 머리를 바람에 나부끼는 시인,
> 만주에서 말을 달리는 나그네,
> 긴 숲 속에는 길 잃은 내 영혼의 함성이 가득 차 있네.
> 이금발 <X에게(給X)>
>
> ② 나는 영원한 나그네
> 영원히 잿빛 가느다란 길을 걷는다.
> 목목천 <헌시(獻詩)>
>
> ③ 나는 세상의 신의를 구하지 않네
> 어떻게 또 그대의 배신을 원망하리요

나는 세상의 행복을 구하지 않네
어떻게 또 나의 불행을 원망하리요

사람의 자취가 찍히지 않은 산모퉁이에서
고독하게 배회하는
나는 속세를 벗어난 선인이 아니라
버려진 노예라네
풍내초 <슬픈 노래(哀唱)>

인용시 ①에서 말을 달리는 나그네는 길을 잃은 채, 영혼의 함성만이 긴 숲 속에서 메아리치고 있다. 이처럼 반복적으로 나타나는 '나'의 형상 속에서 이금발은 인생의 길 위에서 혼자 길을 가며 의지할 데 없이 떠돌아다니는 나그네이다. 그는 <지팡이(手杖)>와 <통곡(慟哭)>에서처럼 고독한 한 자루의 지팡이를 잡고, 차가운 바람과 가랑비 그리고 '사신(死神)의 질시' 아래서, '대낮의 모든 빛이 가려지고, 잿빛으로 죽어 버린' 황량하고 광막한 들판을 지날 뿐이다.

목목천도 인용시 ②에서 자신을 영원히 잿빛 가느다란 길을 걷는 영원한 나그네로 표현했다. 그러나 여기에서 화자가 걷는 길은 이상을 추구하기 위해서 걷는 길이 아니라, 희망을 상실한 채 절망으로 가득한 의미의 '잿빛 가느다란 길'이다. 즉 더 이상의 출구가 없음으로 인해 느끼는 절망감이 투영된 길인 것이다.

인생과 운명에 의해 버림받고 방황하는 나그네로서의 인식은 인용시 ③에서 더욱 뚜렷이 나타난다. '나'는 세상 사람들이 원하는 신의나 행복을 원하지 않는다. 또다시 반복될 사람들의 배신과 그로 인해 찾아오는 나의 불행이 두렵기 때문이다. 이처럼 자신이 사람들에 의해 배신당하지 않고, 불행을 미리 방지할 수 있는 방법은 소극적이기는 하지만 자기 스스로 그들에게서 멀리 피하는 것이다.

때문에 지금 나는 사람의 자취가 찍히지 않은 산모퉁이에서 홀로 고독하게 배회하고 있다. 이러한 모습이 세상 사람들의 눈에서는 '속세를 벗어난 선인'으로 보이지만, 오히려 나는 세상 사람들에 의해 '버려진 노예'인 것이다.

이처럼 인생과 운명에 의해 버림받아 비애로 가득한 현대인의 모습은 다양하게 표현되고 있다. 이금발은 인생과 운명을 마치 '무덤가를 배회하는', '버림받은 여인'으로 표현하고, 목목천은 자신을 '영원한 잿빛 가느다란 길'을 걷는 '영원한 나그네'로 표현하며, 풍내초도 '버려진 노예'라고 자신의 운명을 탄식했다. 비록 언어상의 표현방법에 있어서는 다소의 차이가 있지만, 이들 시인들은 모두 공통적으로 현실세계로부터 소외되고 버림받아 비애로 가득한 정서를 표현했다.

이처럼 이금발을 비롯한 이들 상징파 시인들은 1920년대 중국의 신시단에서 자신들의 창작 시선을 인간의 내면세계로 돌려 그 이전의 현실주의나 낭만주의의 백화시와는 전혀 다른 성격의 서정적인 내용을 표현했다. 이들의 시는 시대적인 사명감을 띠고 사회를 향해 외치는 현실주의 시나, 정열적인 기질과 분방한 자아의 감정을 발산하는 낭만주의 시와는 달리 서정이 주체가 되는 내면의 감정에 대한 포착이 창작의 주류를 형성했다. 황참도(黃參島)도 이금발의 ≪가랑비(微雨)≫를 읽고 나서 그 작품경향에 대해 "7, 8년 동안 백화가 유행하던 때에 갑자기 추악한 소년 이금발 선생이 ≪가랑비≫ 한 권을 우리에게 보내 주어, 우리의 마음속에 일종의 생명욕에 대한 야유적인 신비와 비애의 아름다움을 심어 주었다."라고 말했고, ≪어사(語絲)≫에 실린 ≪가랑비≫의 출판 광고에서도 "그 체재와 풍격, 정감 등 모두가 현재 유행하고 있는 시와는 달라서 시계(詩界)에 새로운 국면을 여는 작품"이라고 평가했듯이, 이들 상징파 시인들은 과거 중국의 현대 시단에서는 찾아볼 수 없었던 인생과 운명에 대한 비애를 자신들의 창작의 보편적인 주제로 삼아 감상적이고 우울하며 퇴폐적인 정서를 토로했다.

2. 애정의 추구와 실연의 고통

(1) 이상주의적인 애정의 추구

이금발(李金髮)이 <위로(慰藉)>에서 "운명은 난폭하고, 생활은 뒤섞이니, 애정만이 보금자리이다."라고 고백했듯이, 사랑은 인생과 운명에 의해 버림받은 상징파 시인들이 자신의 상처를 치료하고 고통을 위로받기 위해 추구했던 하나의 피난처였다. 거기에서 시인의 피곤한 영혼은 일체의 고통과 비애를 잊어버린 채 여인의 부드러운 미소와 달콤한 사랑의 밀어를 통해 위로와 안식을 얻게 되는 것이다. 특히 이금발은 상징파 시인들 가운데서도 여성의 아름다움에 대한 인식이 남달리 투철했던 시인이었다.

> 여성미를 숭배할 줄 아는 사람은 생명의 통일된 즐거움을 아는 사람이다. 여성미를 숭배할 줄 아는 사회는 곧 진화된 사회이다. 중국 사회가 무미건조한 것은 바로 여성미에 대한 숭배가 결핍되었기 때문이다. 여성들이 사회적인 지위가 없고, 압박을 받는 것도 여성미를 숭배하지 않기 때문이다. 그대들이 여성을 해방시키려고 생각한다면 다만 여성미를 숭배해야 모든 문제가 자연스럽게 해결될 것이다. 이금발 <여성미(女性美)>

≪미육잡지(美育雜誌)≫ 창간호에서도 밝혔듯이 그는 중국인들이 남녀 간의 애정문제에 대해 너무 냉담하고, 중국 사회가 무미건조한 까닭도 여성의 아름다움에 대한 숭배가 결핍되었기 때문이라고 여겼다. 특히 과거 여성들이 봉건적인 사회제도 아래서 억압적인 삶을 살았던 이유도 바로 중국 사회가 여성미를 존중하지 않았기 때문인데, 만약 이 문제만 해결된다면 중국 사회가 안고 있는 일체의 여성문제는 자연스럽게 해결될 것이라는 인식을 가지고 있었다. 따라서 이금발에게서 여성의 아름다움에 대한 존중은 개인적으로는 생명의 즐거움을 느낄 수 있고, 사회적으로는 중국이 더욱 진화된 단계로 나갈 수 있는 반봉건적인 의미를 담고 있었다. 그런 까닭에 이금발의 작품 중에는 남녀 간의 애정을 제재로 한 시가 상당한 분량을 차지하고 있다.

> 서구 문학은 거의 여성미를 그 중심에 두고 있어서, 여성미에 대한 묘사에서 벗어난 것이 한 편 또는 한 권도 없다. 바꾸어 말하면 여성미를 숭배하지 않는 사람의 시는 분명 보잘것없을 것이다. 시 하나를 가지고 말한다면 나는 감히 그것을 철리시와 애정시, 혁명시로 나눌 것이다. 하지만 나는 영원히 애정시만 쓰고 싶다. 왜냐하면 여성미는 영원히 노래해도 싫증나지 않기 때문이다. 이금발 <여성미(女性美)>

그는 인생에 대한 철학적인 사고를 필요로 하는 딱딱한 철리시나 시를 통해 어떤 이념이나 구호를 전달하는 천편일률적인 혁명시보다는 여성의 아름다움을 소재로 한 애정시에 더 큰 관심을 가지고 있었다. ≪가랑비(微雨)≫와 ≪식객과 흉년(食客與凶年)≫에는 적지 않은 애정시가 포함되어 있으며, 특히 ≪행복을 위한 노래(爲幸福而歌)≫에는 애정시가 거의 절반 이상이나 차지하고 있음이 이를 증명하고 있다. 그 스스로도 다음과 같이 밝히고 있다.

> 이 시집에 실린 대부분의 시는 애정시로서, 개인적인 불만이나 남
> 녀 간의 사랑의 속삭임을 노래하고 있다. 어떤 독자들은 그것을
> 보고 참지 못할지도 모르지만 이처럼 공개적으로 마음을 털어놓
> 는 것이 중국인의 이성에 대한 냉담함을 바로잡는 데 도움이 될
> 것이다. 이금발 <여성미(女性美)>

 이러한 애정시는 대부분 사랑하는 남녀가 서로 나누는 부드럽고
달콤한 대화와 그에 따른 심리적 변화를 통해 독자들에게 미감을
전달한다. 즉 자신이 사랑하는 상대방의 말 한 마디, 표정 하나하나
는 곧바로 자신에게 사랑의 환희와 행복을 느끼게 하거나 혹은 사
랑에 대한 좌절과 실연의 고통으로 인해 번민과 비관, 고통과 절망
등의 정서를 띠게 하는 것이다. 이금발은 일찍이 <장황한 말(絮語)>
에서 사랑하는 사람에 대한 자신의 감정을 다음과 같이 공개했다.

> amour가 죄라면
> 내 마음은 분명 범죄자라오.
> 밤기운이 사지를 피곤하게 해도
> "사랑한다"고 수백 번이라도 말하리.
> 이금발 <장황한 말(絮語)>

 '사랑(amour)'을 죄라고 단정한다면 그는 기꺼이 범죄자임을 밝힘
으로써 사랑하는 사람에 대한 자신의 감정을 숨김없이 드러내 놓는
다. 뿐만 아니라 그녀에 대한 사랑 고백도 일회성에 그치는 것이

아니라, 수백 번이라도 말할 수 있을 정도로 공개적이며 지속적임을 보여준다. 이처럼 사랑에 대한 그의 태도가 주위 사람들에게 공개적인 데 반해, 그녀와의 사랑은 수줍고도 은밀하게 이루어진다.

① 그대 환한 웃음이 부드러운 바람 속을 오가며
   찬란한 정원의 꽃가지 위에 있다.
   이금발 <온유1(溫柔 · 一)>

② 나는 무례한 손가락 끝으로
   당신 피부의 따스함을 느낀다.
   새끼 사슴은 숲 속에서 길을 잃고
   오직 낙엽 소리만 나는구나.
   당신의 나지막한 목소리는
   내 황량한 가슴속에서 아우성치거늘
   나, 모든 것의 정복자는
   창과 방패를 부러뜨렸다.
   이금발 <온유4(溫柔 · 四)>

인용시 ①에서 화자는 4월의 따사로운 바람이 부는 가운데 연인과 함께 천천히 봄기운이 가득한 정원을 거닌다. 그리고 그녀의 환한 웃음은 '부드러운 바람 속을 오가며', 또 '찬란한 정원의 꽃가지 위에 있다.' 이처럼 화자가 품고 있는 그녀에 대한 사랑의 마음은 사방에 충만해 있으며, 사랑으로 가득한 화자의 정서는 주위 사물들에게도 그대로 이입되어 '부드러운 바람'이나 '찬란한 정원'으로 표현되고 있다.

인용시 ②에서는 자신의 손가락 끝을 조심스럽게 사랑하는 여인의 피부에 대보는 동작을 통해 자신의 그러한 행동이 무례하게 여

겨질 정도로 수줍어 어쩔 줄 몰라 하는 순진한 화자의 심리가 노출
된다. 동시에 그녀와의 피부 접촉을 통해 전달되는 그녀의 따스함
은 화자를 사랑의 황홀경으로 몰입시킨다. 그 순간 사랑에 빠진 화
자는 숲 속에서 길을 잃은 새끼 사슴처럼 그녀 앞에서 어찌할 바를
모른 채 당황하고 있는 것이다.

계속해서 제2연에서 그녀의 '나지막한 숨결'은 사랑에 메말라 있
던 황량한 화자의 가슴속에서 아우성치며 그의 마음을 사랑으로 가
득 채운다. 화자에게는 주위의 아무런 소리도 들리지 않고, 오로지
그녀의 '나지막한' 숨결만 '아우성'치듯 들려온다. 이때 그녀의 사랑
은 화자에게 저항할 수 없는 힘으로 밀려들고, 지금까지 다른 사람
들을 정복하던 화자가 오히려 그녀의 사랑에 정복되며, 창과 방패
같은 모든 무기들도 부러진 채 무기력한 존재가 되어 버린다. 화자
는 숲 속에서 길을 잃고 낙엽을 밟으며 어쩔 줄 몰라 하는 사랑의
포로가 되어 버린 것이다. 이처럼 그녀에 대한 미세한 접촉이 마음
속의 혼란을 불러일으키며, 그녀의 미미한 숨결이 모든 힘을 물리
치듯이, 그녀는 화자에게 거대한 흡인력을 가지게 한다.

　　너, 산뜻하고 아름다운 햇살
　　그녀의 새벽 화장을 비추고,
　　다시 그녀의 오후 나른한 잠을 둘러보는구나.
　　어찌하여 나에겐 약간의 소식도 전해 주지 않니.아마도 그 몽롱한
　　꿈속으로 들어갈지도 몰라서
　　내 마음은 당황스러워.

　　아, 이 뿌리 없는 번민,
　　여인과 멀리 떨어져 있는 번민이여.
　　이금발 <햇살(日光)>

사랑에 조바심이 난 화자의 심경과는 대조적으로 그녀는 화자에게 전혀 무관심한 듯 새벽 햇살을 받으며 태연하게 화장을 하고, 오후에는 나른한 잠 속으로 깊이 빠진다. 그녀가 잠에 빠져 있는 동안 화자는 그녀가 잠에서 깨어나 소식을 전해 주길 기대하지만, 한편으로는 자신으로 인해 그녀의 몽롱한 꿈이 깨어질까 봐 두려워하며 무한한 번민을 불러일으킨다. 이처럼 사랑하는 여인으로 인한 번민의 깊이가 깊어질 때 그 사랑은 고통으로 심화된다.

> 당신의 작은 찡그림의 원인은
> 나에게 수많은 통곡의 결과를 가져온다.
> 시간이 쏜살같이 날아가도,
> 신경을 쓸 필요 없다.
> 다만 당신이 처음 그대라고 불렀을 때는 이미
> 내겐 무수한 통곡의 이유가 주어졌음을 기억할 뿐.
> 이금발 <통곡의 이유(慟哭之因)>

불어에서 '그대(tu)'는 또 다른 2인칭대명사인 '당신(vous)'과는 달리 예사로운 남녀 간에서는 잘 쓰지 않는다. 따라서 이 시에서 나타나는 두 남녀는 어느 정도 서로의 사랑을 확인한 상태라고 생각된다. 그럼에도 불구하고 '당신의 작은 찡그림은 나에게 수많은 통곡을 가져온다.'라고 했듯이 사랑은 그녀의 미세한 표정만으로도 화자에게 고통을 안겨 준다. 처음에 그녀가 화자에게 자신의 사랑을 고백하면서 '그대(tu)'라고 표현했을 때, 이미 화자에게는 그 사랑의 대가로 수많은 고통이 기다리고 있었으며, 그중 하나가 육체의 본능적인 욕구이다.

① 일곱 치나 되는 정욕의 불꽃이
  머리카락 끝에서 길게 타오르며
  이금발 <저기 내 친구(A mon ami de là-bas)>

② 아! 나를 꼭 껴안아요.
  숨소리가 어지럽고 피가 넘쳐 나
  내게 행복의 처음과 끝을 느끼게 해주세요.
  이금발 <간절한 부탁(叮嚀)>

그녀 앞에서는 수줍어 어찌할 바 몰라 하는 순진한 화자이지만, 한편으로는 자신의 가슴 깊숙이 내재된 육체의 본능적인 욕망이 꿈틀거리기도 한다. 정욕의 불꽃이 활활 타오르기도 하고, 여인과의 육체적인 접촉을 통해 자신의 은밀한 욕망을 만족시키고자 한다. 이처럼 사랑은 그것이 육체적인 형태로 나타나든지 아니면 정신적인 형태로 나타나든지 간에 상대방의 태도에 따라 사랑의 주인공을 기쁨과 행복으로 이끌기도 하고, 번민과 고통의 나락으로 떨어뜨리기도 한다.

이처럼 이금발의 애정시는 보들레르가 사랑을 노래한 시에서 잔느 뒤발이나 마리 도브렁 그리고 사바티에 부인 등과 같은 여인의 관능적인 외모나 정사장면에 대한 묘사에 치중했던 것과는 달리, 사랑하는 여인 앞에서의 자신의 미묘한 정서변화나 내면의 느낌을 표현하는 데 집중되어 있다. 물론 그중에는 육체적인 욕망을 드러낸 시도 있기는 하지만, 그러나 대부분은 사랑의 고통이나 비애, 특히 실연으로 인한 좌절이 중심이 된다.

이처럼 이금발의 애정시가 육체적 욕망보다는 정신적인 사랑의 추구로 흘렀던 까닭은 그의 심미관과 밀접한 관계가 있다. 그가 비록 혈기왕성했던 젊은 시절에 성적인 문제에 매우 개방적이었던 프랑스 파리에서 생활했고, 또 남녀 간의 사랑을 노래한 시를 공개적으로 밝힌다고 했던 그였지만, 남녀관계에 있어서는 그 역시 여전히 동양의 전통적인 사고방식에서 벗어나지는 못했던 것이다.

나는 "성(性)을 제외하고는 여성에 대해 어떠한 미감도 느껴지지 않는다."라고 하는 말을 인정하지 않는다. 이것은 시골 사람이나 저속한 사람들의 관념으로서 심미적인 눈을 가지지 못한 헛소리이다. 미학에 훈련된 사람이라면 그렇게 둔감하지는 않을 것이다. 미적 판단은 바로 가치의 판단이지, 쾌감을 미감으로 여기는 것이 아니다. 이금발 <여성미(女性美)>

여성미에 대한 그의 입장은 성애나 성적인 쾌감에 기초한 육체적 교감보다는 미에 대한 가치 판단을 바탕으로 순수한 미학적 입장에 기초한 정신적 교감 쪽으로 기울고 있다. 따라서 그의 애정시는 육체적 접촉에 대한 강렬한 욕망보다는 사랑에 도취되어 자신의 현실적인 고통을 위로받고자 하는 경향으로 표출되며, 이는 그의 애정시에서 정신적인 사랑이나 여성에 대한 존중을 바탕으로 한 애정의 기대·도취·고통·절망 등 순수한 이상주의로 승화되어 나타난다.

사랑은 갓 피어난 수련처럼 손가락을 뻗어
둥지 안의 자애로운 어미 새처럼 마음 뜨겁다.
두 팔은 본능을 가린 채 치맛자락 아래 숨기고
허리띠에는 촉촉한 밤이슬 남아 있다.

연민, 온유와 평화는 그녀의 시녀

아, 세기상 내 가장 사랑스러운
죽었다가 다시 살아온 듯한 누이여
그녀는 모든 번민을 제외한 종소리
늘 기억의 깊은 계곡 속에서 내 혼미한 꿈을 깨운다.
드넓은 파란 하늘에
반쯤 떠오른 달, 그 은빛 얼굴
비범한 아름다움이 허공에 일렁일 때
신화를 표현하듯 별빛은 머리카락 끝에서 빛난다.

......

그대 화려한 의식이 뜨거움 속에서 생활할 때
영원히 살아 있는 공기에 취해
그대 원시의 몽상을 완성할 것이니
이 온갖 죄악과 수치와 노예를 벗으시라.
나는 연꽃 피어나는 강 언덕에서 괴팍하게 웃으리라.
뜨거운 여름날 바다 위에서 초승달처럼 아리땁게
그대는 검은 밤 가득한 내 눈동자로 다가왔으니
내가 입 맞춘 것은 그대의 영혼.
이금발 <그녀(她)>

더러운 물 위에서 갓 피어난 수련 같은 그녀는 순수한 영혼의 상
징으로서 불교에서 말하는 성스럽고 순결한 관음보살처럼 사랑의
손가락을 뻗어 새 둥지에서 새끼들에게 먹이를 먹여 주는 자애로운
어미 새처럼 뜨거운 사랑이 충만한 가슴으로 나의 두 팔을 꽉 껴안
는다. 이때 나는 그녀의 허리띠에 남아 있는 밤이슬을 느낄 수 있
다. 이미 우리의 이 포옹은 한밤을 지낼 만큼 오랜 시간을 흘렀고,
포근한 그녀의 품에 안긴 나는 여전히 움직일 줄 모른다.
　그녀는 이처럼 사랑스럽고 온유하며 평화로운데, 이러한 사랑의

특성은 바로 그녀를 영원히 떠나지 않는 시녀와 같다. 이러한 미감을 지닌 그녀는 바로 이 세상에서 내가 가장 사랑하는데, 마치 '죽었다가 다시 살아난 누이'처럼 그녀와 나의 운명은 긴밀하게 연결되어 있다. 그녀는 나에게 무한한 위로와 끝없는 행복을 안겨 주는 존재이자, 나의 '일체의 번민'을 초월한 영혼의 종소리로서, 매번 내 고독한 '기억'의 '깊은 골짜기'로 들어와 내 고통스런 '혼미한 꿈'을 깨워 나의 영혼을 맑게 정화시킨다. 보들레르에게 있어서 사바티에 부인이 사랑의 대상이자 그의 정신적인 사랑을 지켜 주는 '수호천사'로 나타나듯이, 이금발에게서도 그녀는 사랑의 여신으로 신격화되며, 그는 그녀와의 사랑을 통해 인생과 운명에 의해 상처받고 고통받는 자신의 영혼을 위로받는다.

제3연에서는 그녀의 외모를 통해 드러나는 아름다움과 내면적인 영혼의 아름다움을 통일시키는 노력을 기울인다. 파란 하늘 아래 그녀가 서 있다. 반쯤 떠오른 달빛은 순결한 그녀의 얼굴을 비추며 한 줄기의 은빛이 반짝인다. 이 아름답고도 신비스런 달이 공중에 떠 있을 때 수많은 별들이 그녀의 머리카락 위에 비추는데, 이러한 모습은 마치 신화 속의 한 장면처럼 신비롭기만 하다. 이처럼 이금발의 시에서 나타나는 그녀의 형상은 시인의 육체적 욕망이 배제된 정신적 사랑의 대상으로 승화되며, 한 걸음 더 나아가 그 사랑을 영원히 고착시키기 위해 종교적인 구원의 상징으로까지 끌어올린다.

이러한 영원한 사랑을 얻기 위해서는 자신이 가지고 있는 모든 의식이나 삶을 사랑이라는 영생의 공기를 통해 정화시켜야만이 현실적인 모든 죄악과 수치를 씻을 수 있으며, 추악한 현실의 노예상태에서도 벗어날 수 있다. 그래야만 화자가 추구하는 '원시적 몽상'이라고 하는 순수한 두 영혼이 지니고 있는 사랑의 승화, 즉 영원한 종교적 구원의 상태에 도달할 수 있다.

이럴 때 비로소 화자는 세속적 욕망이 극복된 장소인 '연꽃이 피어나는 강 언덕'에서 염화미소와 같은 해탈의 웃음을 지을 수 있으며, 동시에 인간적인 욕망이 꿈틀거리는 '불꽃처럼 뜨거운 여름날의 바다'에서도 '초승달처럼 아리땁게' 다가오는 그녀의 영혼을 초연하게 마주할 수 있는 것이다. 이처럼 이 시에서 나타나는 '그녀'는 이금발이 일체의 육체적 욕망을 극복한 뒤 만나게 되는 영원하고도 이상적인 사랑의 대상으로 그려진다. 물론 이금발이 프랑스에서 유학하던 시절, 병이 들어 고통받고 있을 때 꿈속에서 자신을 위로해 주던 바로 그 '금발의 여신'이 시적으로 표현된 것이라고도 볼 수 있다.

목목천의 시에서 자주 나타나는 '그녀'와 '누이'도 이금발의 시에서처럼 이상적인 사랑의 대상으로 형상화된다.

    ① 누이야! 네 눈물은 꿀처럼 달콤하다.
      누이야! 네 눈물은 가장 아름다운 새 술.
      누이야! 나는 그것을 가장 좋아한다.
      목목천 <눈물(淚滴)>

    ② 난 그녀의 고독을 비추고 싶어
      난 그녀의 슬픔을 비추고 싶어
      난 그녀를 사랑하기 때문에
      목목천 <난 희미한 불빛이 되고 싶어(我願作一點小小的微光)>

인용시 ①에서 화자는 사랑의 눈물을 향기롭고 달콤한 새 술로 삼아 성스럽고 순수한 마음으로 사랑에 도취하고자 한다. 이미 목목천의 시에서 '누이'는 세속적인 의미의 여인이라기보다는 화자가 지향하는 순결하고도 고귀한 이상적인 사랑의 대상인 된다. 그래서 화자에게는 인용시 ②에서처럼 그녀의 고독과 슬픔마저도 사랑의 대상이 되는 것이다.

사실 이 시를 쓸 무렵 목목천은 한 일본 여성을 사랑하고 있었다. 그는 1924년 여름방학에 자신의 친구인 S군과 함께 이토[伊東]의 해변으로 여행을 떠나 약 두 달가량을 함께 지냈다. 그때 목목천은 조금 통통했던 한 일본 소녀를 알게 되고 그녀를 마음속으로 사랑하게 되었다.

> 그 통통한 소녀는 아주 맑고 깨끗한 목소리를 가지고 있었다. 어스름 빛 몽롱한 가운데 그녀는 끊어졌다 이어졌다 하면서 경쾌하게 노래를 불렀다. 저녁바람은 부드럽게 끊어지지 않는 실처럼 그녀의 노랫소리를 곳곳에 불어 보냈다. 그녀의 그 노랫소리는 바로 내가 그리워하는 대상이며 내 마음이 향하는 곳이다. 목목천 <나의 시 창작회고(我的詩歌創作之回顧)>

그러나 이 일본 소녀는 목목천과 함께 동행한 S군에게 호감을 가지고 있었고, 그에게는 아무런 관심도 나타내지 않았다. 이 소녀가 날마다 S군과 산책하는 것을 바라보면서 목목천은 고통스러워했고, 이 사실은 그로 하여금 자신의 몰락과 인생의 처량함을 느끼게 했다.

특히 1923년과 1924년은 목목천의 인생에 있어서 가장 불행했던 때였다. 심한 근시(近視) 때문에 그가 원래 공부하고자 했던 수학이나 화학을 포기하게 되었고, 그로 인해 느끼는 좌절감은 그를 인생의 막다른 골목까지 내몰았다. 심지어 한때는 자살을 통해 출구가 없는 인생길을 벗어나려고 생각하기까지 했다. 그래서 S군이 목목천에게 정신적인 휴식을 위해 이토로 여행을 가자고 권유했던 것이

다. 그러나 이토에서 생활했던 두 달은 그에게 있어서 더 큰 고통
과 비애를 안겨 주었을 뿐이다.

당시 목목천의 이러한 실연의 심경을 표현한 시가 바로 <난 희미
한 불빛이 되고 싶어(我願作一點小小的微光)>이다. 때문에 인용시
②에서 표현된 '그녀'는 목목천이 사랑했던 바로 그 일본 소녀였으
리라는 일차적인 추측이 가능하다.

비록 그렇다고 할지라도 ≪나그네의 마음(旅心)≫에서 나타나는
'그녀'의 형상은 화자가 지향하는 이상적인 사랑을 상징하는 '사랑
의 여신'으로 표현되며, 목목천은 그 이상적인 사랑의 추구 속에서
서로의 사랑을 영원히 간직하고자 한다.

> 낙화는 이끼와 오솔길, 돌과 쌓인 모래를 덮고
> 낙화는 하얀 깊은 꿈을 쓸쓸한 인가로 보내고
> 낙화는 가랑비의 부드럽고 가는 팔목에 기대어
> 힘없이 떨어지고
> 낙화는 우리 입술에 키스의 향기를 찍네
> 아 그녀를 깨우지 마오
> 목목천 <낙화(落花)>

<낙화(落花)>는 달콤한 첫사랑의 만남을 묘사한 시이다. 이 시에
서 '낙화'는 두 사람의 사랑을 상징하는 객관적인 상관물로서 이들
의 사랑의 감정은 이끼와 오솔길, 돌과 모래 그리고 쓸쓸한 인가(人
家)에 퍼져 있을 만큼 온 세상에 충만해 있다. 이처럼 두 사람의 사
랑은 헤어지고 나서도 여전히 그들의 입술에 남아 있는 키스의 향
기처럼 달콤하다. 그래서 화자는 이러한 달콤한 감정을 영원히 가
슴속 깊이 간직하고자 한다.

그러나 목목천과 달리 이금발의 시에서는 그의 정신적 사랑의 대
상이 '금발의 여신'이든지 아니면 수련처럼 손가락을 뻗는 '그녀'이
든지 간에 궁극적으로 이들을 향한 이금발의 이상주의적인 사랑은
도달 불가능한 체념의 상태로 남겨진다. 이는 그의 고독하고 우울
한 기질과 관련이 있다. 이국에서의 고독한 생활, 동양인이라는 데
서 오는 질시, 매일 목격하게 되는 각종 추악한 사회현상 등은 그
를 고독하고 우울한 성격의 소유자로 만들었다. 특히 중국에 남겨
두고 온 자신의 아내인 주아봉(朱亞鳳)의 음독자살 소식과 자신이
파리에서 사랑했던 여인으로부터 받은 냉담한 반응 등 무수한 사랑
의 실패는 결정적으로 그의 성격을 더욱 고독하고 우울하게 만들었
다. 이러한 사랑에 대한 좌절은 그에게 적지 않은 영향을 끼쳐 그
의 애정시가 짙은 애상적인 그림자를 띠게 된 원인이 되었다. 따라
서 그의 애정시는 대부분 사랑의 기쁨과 실연의 고통이라는 이중성
을 띠면서도, 궁극적으로는 비관적이고 우울한 어두운 그림자 속에
서 벗어나지 못한 채 더욱 절망적인 심정으로 추락하게 된다.

우리가 마른 풀 위를 거닐 때
무릎 밑에선 비분이 휘감기고 있었다.

분홍빛 기억은
길가에 뒹구는 짐승 시체처럼 악취를 풍기며

작은 도시에 퍼져
수많은 단잠들을 어지러이 깨워 놓았다.

이미 깨져 버린 내 마음의 바퀴는
더러운 흙 속에서 영원히 구르고

분별할 수 없는 바퀴 자국에는
따스한 사랑의 그림자만 길게 찍혀 있다.

......

사랑의 맹세를 굳게 하고
영혼이 다시 만나자고 할지라도

그대는 결국 영혼을
무서운 동굴에 숨겨 두거나

혹은 넋이 빠진 용사처럼
계곡에서 일제히 늙어 죽는다

하지만 우리들의 몸뚱이는
이미 유황에 물들었는데

말라 버린 연못 속에서
길이 쉴 곳을 찾을 수 있을까?
이금발 <밤의 노래(夜之歌)>

　이 시는 실연당한 사람의 고통과 절망적인 심리상태를 암시하고
있다. 시적 화자인 나는 사랑을 잃어버렸기 때문에, 나의 눈에 비치
는 세계도 이미 죽어 말라 버린 풀만 있는 극도의 비분 상태에 빠
져 있다. 이처럼 화자의 주관적인 감정이 감상적인 색채를 띨 때,
자신을 둘러싼 주위의 객관적인 세계도 그에 따라 감상적이고 고통
스럽게 변한다. 따라서 사랑을 상실한 화자의 발걸음 역시 무릎 밑
에서부터 휘감기는 비분에 의해 힘들고 느릴 수밖에 없다.
　이때 나는 그녀와의 사랑으로 아름다웠던 과거의 분홍빛 기억을

떠올린다. 먼저 색채학에서 볼 때 분홍빛은 같은 계열의 붉은색보다는 채도가 옅은 색채로서, 붉은색이 나타내고자 하는 의미보다는 옅고 희미한 의미를 지닌다. 따라서 '분홍빛 기억'이 상징하는 의미는 바로 희미한 기억, 다시 말해 나의 머릿속에 그다지 깊이 각인되지 않은 모호한 기억이다. 아울러 '분홍빛'은 찬미와 동경을 나타내어 과거의 아름답고 달콤했던 추억에 대한 동경을 의미하기도 한다. 따라서 이 시에서 '분홍빛 기억'이 상징하는 바는 바로 과거의 아름다웠던 기억이지만, 그러나 지금은 희미하게 기억될 뿐인 추억이다.

'기억'이란 인간의 사유활동을 통해 얻어지는 무형의 개념인데, 이금발은 여기에 '분홍빛'이라는 시각적 색채를 칠하여 '분홍빛 기억'이라는 유형화된 낯선 언어개념을 창조했고, 그런 다음에 그 기억을 다시 들짐승의 시체에서 풍기는 기이한 냄새로 비유했다. 이것은 과거에 달콤했던 사랑이 이제 더 이상 아름다운 감정을 불러일으키지 못함을 말해 준다. 오히려 이 분홍빛 기억은 참을 수 없는 악취로 변형되어 온 도시를 떠돌아다니며 수많은 단잠을 깨우는 혐오스런 대상이 된다.

이러한 비유는 색채와 형태, 냄새를 함께 교차시켜 만들어진 의경으로서 사람들에게 풍부한 상상력을 제공하며, 시적 화자인 '내'가 더럽고 추악한 사회환경에서 생활하고 있음을 독자들에게 암시한다. 이러한 공감각 현상은 서구 상징주의 시인들이 자주 사용했던 수사방법 가운데 하나로서, 중국의 상징파 시인들 중에서도 특히 이금발이 시의 의미와 이미지를 낯설게 하기 위해 자주 사용했던 방법 가운데 하나였다.

이미 사랑이 깨어진 마음은 이제 더러운 흙 위에서 전전하고, 과거에 사랑했던 사랑의 그림자도 모호하여 더 이상 확인할 수 없는 수레바퀴 자국처럼 희미하게 찍혀 있을 뿐이다.

이제 어느 정도 심리적 평정을 찾은 화자는 과거의 달콤했던 사랑의 기억들을 다시 더듬어 보면서 사랑에 대한 회의적인 반응을 나타낸다. 두 사람이 서로 사랑할 때는 평생을 잊지 말자고 '사랑의 맹세를 굳게 하고', 죽어서도 '영혼이 다시 만나자고' 언약했지만, 그 모두가 헛된 약속일 뿐임을 깨닫기 시작한다. 왜냐하면 그대는 결국 내가 접근하지 못하도록 자신의 '영혼을 무서운 동굴에 숨겨 두거나', 혼자 '계곡에서 늙어 죽기' 때문이다.

따라서 그대와 영원히 사랑한다는 것은 불가능한 일이다. 때문에 그는 사람이 죽은 뒤 그 몸이 한 번 황천의 유황 물에 들어갔다 나오면, 어찌 이승의 '말라 버린 연못에서 길이 쉴 곳을 찾을 수 있겠는가?'라고 반문한다. 시인의 이 물음은 바로 앞에서 언약한 사랑의 맹세에 대한 부정인 동시에 사랑에 대한 내면의 가득한 절망감을 표현하고 있는 것이다.

이와 같이 이금발에게 있어서 사랑은 이상주의적인 경향이 짙게 나타나며, 그 사랑이 현실적으로 성취되지 못할 때, 오히려 심리적인 실망의 정도가 더욱 커져 정신적으로 절망적인 상태에 빠지게 되는 것이다.

(2) 실연으로 인한 고통

왕독청(王獨淸)의 애정시는 대부분 이미 지나가 버린 불행했던 사랑의 추억을 돌이켜 보면서, 이루지 못한 사랑에 대한 안타까움과 후회가 결합되어 나타나는 고통과 슬픔이 주된 정조를 이루고 있다.

정원의 나뭇잎은 바람에 흩날리다 떨어져
이 작은 오솔길, 푸른 이끼를 덮고.
우리 두 사람은 이 낙엽을 밟으며
차가운 황혼 속을 거닌다.

보리수 잎과 앵두나무 잎은
그들의 불행과
가을바람에 시달린 이야기를 하듯
우리 발아래서 귀신처럼 통곡한다.
하지만 내 마음속 그대만은 울지 말아요!
만약 그대가 내게 불행을 말한다면
슬픔의 병이 발작하여 가라앉지 않으리!

슬픔의 병이 발작하여 가라앉지 않으리!
왜냐하면 내 불행했던 일이 생각나기에
아, 우리는 다만 낙엽의 울음만을 듣자,
하지만 그대만은 울지 말아요!
왕독청 <소네트2(SONNET · 2)>

이미 시들어 '바람 따라 흩어졌다 떨어지는' 낙엽들은 화자와 그녀 사이의 식어 메말라 버린 사랑을 의미한다. 그들의 사랑은 행복했던 기억보다는 '보리수 잎과 앵두나무 잎이 가을바람에 시달린' 것처럼 불행했던 비애의 기억으로 가득 차 있다. 그리고 그 불행했던 기억은 건드리기만 해도 터질 것 같은 비애의 병으로 인식된다. 때문에 사랑하는 그녀가 두 사람 사이의 불행했던 사랑의 추억을 건드린다면, 비애의 병이 발작하여 죽기 전에는 멈출 수 없는 비애의 심연으로 자신을 이끌고 가리라는 자각으로 인해 그 추억을 철저하게 외면하고자 한다.

그리고 그 고독과 비애의 한쪽 언저리에는 언제나 고향에 홀로 두고 온 병든 아내에 대한 참회의식이 자리잡는다.

> ① 나는 떠났네, 떠났네, 소복 입은 약혼녀를!
>
> 아, 나의 약혼녀, 두려운 폐병에 훌쩍이고! 난
> 돌아올 때, 돌아올 때 잡초 무성한 길 옆 찬바람 부는
> 외로운 무덤에 찾아갈 준비만 할 뿐…
> 왕독청 <유랑하는 죄인의 예약(流罪人底預約)>
>
> ② 지겨운 고향이여!
> 난 거기에서 부끄러움을 잃었네
> 난 거기에서 미쳐 버렸네
> 난 거기에서 사람을 속이는 사랑을 했네
> 왕독청 <달 아래의 병자(月下的病人)>

인용시 ①②에는 고향에 두고 온 병든 약혼녀에 대한 자책감으로 가득 차 있다. 그러나 실제로 그가 할 수 있는 일이라고는 아무것도 없다. 단지 그가 약혼녀의 무덤으로 찾아갈 것을 약속할 뿐이다. 이처럼 사랑하는 사람의 죽음 앞에 자신이 철저하게 무기력한 존재임을 깨닫는다.

왕독청의 애정시가 지니고 있는 이러한 감상적인 비애의 정서는 언제나 아내를 버렸다는 죄의식과, 죄의식을 느끼면서도 해결할 방법이 없는 자신의 무력함 때문에 느끼게 되는 처절한 절망감이 핵심을 이룬다고 볼 수 있다. 시적 화자인 '나'는 고향에서 폐병으로 죽어 가는 아내를 떠나 홀로 이국에서 생활하면서 그녀에 대한 무한한 죄책감으로 고통받고 있지만, 그 스스로 해결할 수 있는 방법

은 없다. 죄책감과 무력감이 동시적으로 인식될 때, 화자는 자포자기 상태의 방종한 태도를 드러내게 된다.

이는 바로 도시 생활의 퇴폐적이고 향락적인 분위기가 결합되어 나타나는 관능적이고 육체적인 욕망에 대한 탐닉으로 표출된다. 따라서 왕독청의 애정시는 이러한 육체적 쾌락을 통해 자신이 처한 비애를 잊고자 하는 것이다.

① 매일 그녀의 사랑스런 두 발을 가까이 하네.
왕독청 <실망의 애가2(失望的哀歌·二)>

② 빨리 손을 내밀어 내 한기를 멈추세요.
다시 그대 뺨을 내 뺨 위에 갖다 대고
그대의 투명한 눈물로 내 돌이킬 수 없는 눈물 흔적을 씻어요

난 떠도는 사람, 마음속에 우수와 고통이 가득하지만,
말없이 그대 곁을 지키려네.
그러면 난 잊을 수 있네 나의 고통 나의 우수를
왕독청 <소네트(SONNET)>

자신의 고통과 비애를 여인과의 육체적 관계에 도취하여 잠시만이라도 잊고자 한다. 그러나 관능적인 여인에 대한 도착적인 탐닉으로는 정신적인 승화를 기대할 수 없다. 거기에서는 육체적인 쾌락을 통한 일시적인 도취감만 있을 뿐, 화자가 처한 비애와 고독을 근본적으로 해결할 구원의 손길이 나올 수 없기 때문이다.

따라서 육체적인 쾌락에 빠질수록 오히려 정신적인 허탈감을 맛보게 된다. 이러한 현실적 절망감으로 인해 가슴속 깊숙한 곳에 비애를 간직한 채, 화자가 바라는 그녀와의 사랑은 점점 불가능해진다.

> 그대는 내 이 같은 황당함에 화내지 마세요.
> 내 그대를 사랑한 지 오래이니, 아 젊은 여인이여!
> 어느 새 일 년이 지났으나
> 그대 더욱 젊어 보이고, 나는 오히려 수척해졌네
> 나는 더욱 창백해지고, 그대는 더욱 신선하여라
> 아, 나는 늦겨울, 아, 그대는 봄!
>
> 나는 무수한 절망과 실패의 삶을 살아
> 청춘 시절의 쾌락을 이미 잃어버린 듯하여라.
> 내 일찍이 치유할 수 없는 마음의 병을 얻어
> 떠도는 슬픔으로 지나간 반평생을 보냈으니
> 나는 그 황량하고 쓸쓸한 묘지를 보자
> 내가 마지막 쉴 곳이라고 생각했다.
> 왕독청 <죽기 전의 희망(死前的希望)>

  그녀와 나의 사랑은 '젊어 보이고/수척해졌네', '신선해지고/창백해졌네', '봄/늦겨울'의 대비만큼이나 좁혀질 수 없는 간격을 유지하고 있다. 그녀에 대한 이러한 심리적 거리는 화자로 하여금 그녀와의 사랑을 더욱 실현 불가능하게 만드는 요소로 작용한다. 그리고 결국에는 그를 실연으로 인한 비애의 심연으로 떨어뜨리고, 이 비애는 그를 죽음의 나락으로 유혹한다. 이 죽음이야말로 반평생 경험한 무수한 실패와 절망, 비애와 치유할 수 없는 마음의 병으로부터 그를 해방시켜 주기 때문이다.

(3) 체념의 미학

  풍내초(馮乃超)의 애정시는 이금발(李金髮)이나 왕독청(王獨清)과는 달리 환상적이고 신비한 분위기를 연출하면서도, 불꽃처럼 타오르던 애정이 식은 뒤 느끼게 되는 고통을 숙명적으로 받아들이는 체념의 태도를 보인다. 따라서 풍내초의 시에서 보여주는 이러한 애정시는 이미 5 · 4 초기 호반시인(湖畔詩人)들이 썼던 애정시와는 애정의 대상에서 차이가 난다. 다시 말해 호반시인들의 애정시에서 묘사된 애정의 대상은 구체적이고 현실적인 측면이 강하지만, 풍내초의 시에서 나타나는 애정의 대상은 시인이 이상적으로 추구하는 여인이다. 님프 · 성모마리아 · 비구니 · 상아 · 마돈나 등으로 나타나는 여인의 형상뿐만 아니라, 애인 · 소녀 · 미인 · 누이로 표현되는 여인의 형상까지도 모두 비현실적인 측면이 강하다고 하겠다.

> ① 투명한 옥으로 조각한 미인이
>   이유 없이 내 가슴속에 흩날리네
>   풍내초 <현재(現在)>
>
> ② 우울한 정서가 호수의 흰 명주 수면을 칠하자
>   여인의 그윽한 환영 늘어진 연꽃의 고향을 배회하며
>   부드러운 밤 색깔에 은빛 내리비치자 몽환이 펼쳐지네
>   애인이여 당신이 분수 한복판에서 흐느끼는 고독한 님프라면
>   풍내초 <달빛 아래서(月光下)>

인용시 ①에서 나타나는 '미인'은 투명한 옥으로 조각된 비현실적인 인물형상이며, 인용시 ②에서 늘어진 연꽃의 고향을 배회하는 '여인'도 어두운 밤을 은빛으로 장식하며 몽환의 세계를 펼쳐 보이는 신비스런 인물형상이다. 이 환상적인 여인은 화자에게 분수 한복판에서 흐느끼는 고독한 님프로 나타나기도 하고, 때로는 성모마

리아 · 상아 · 애인 등으로 변형되어 나타나기도 한다. 하지만 이들
은 한결같이 현상계인 인간세상의 여인이 아니라, 화자가 추구하는
이상세계에 존재하는 이상적인 여인으로서의 의미를 지닌다. 따라
서 ≪홍사등(紅紗燈)≫에 나타나는 환상적인 여인의 형상은 시인이
추구하는 이상적이고 아름다운 애정을 상징하며, 이 애정은 주로
'꽃'이라는 상징물을 통해 암시된다.

　　① 사랑의 꽃망울이 사계절 터져
　　　 옛 성안의 궁궐과 누각을
　　　 우수에 파묻힌 현대를
　　　 내 과거의 티끌을 묻어 버리네
　　　 풍내초 <난 당신의 창백한 꽃이 피길 원하네(我願看你蒼白的花開)>

　　② 고민은 인생의 안식처
　　　 비석은 죽은 뒤의 대가
　　　 내 장엄한 비문을 적을 필요 없어요
　　　 언제나 장미꽃을 바칠 수 있다면
　　　 풍내초 <슬픈 노래(哀唱)>

　　≪홍사등≫에서 꽃은 사랑이나 청춘을 상징하는 풍내초 식의 표
현이다. 사랑은 때때로 인생과 운명에 의해 버림받고 소외당한 인
간의 내면의식을 극복하게 되는 계기가 되기도 한다. 따라서 인용
시 ①에서 화자는 사랑의 '꽃망울'을 통해 '옛 성안의 궁궐과 누각
을, 우수에 파묻힌 현대를, 내 과거의 티끌을 묻어 버림'으로써 자
신이 경험한 과거의 비애와 현재의 우수에서 벗어나 정신적인 위로
를 받고자 한다. 인용시 ②에서도 고민 속에서 인생을 마친 뒤 그
대가로 얻게 되는 의미 없는 비석보다는 그녀의 사랑을 상징하는

장미꽃을 통해 자신의 인생을 보상받고자 한다. 이처럼 꽃은 그녀에 대한 화자의 사랑을 상징하는 가시적인 표현인 동시에 현실적인 고뇌에서 벗어날 수 있는 정신적인 힘으로 인식된다. 그러나 그의 시에서 꽃의 이미지는 아름답고 화사한 느낌을 주는 것이 아니라 오히려 시들고 창백하여 애상적인 정서를 환기시킨다. 이는 꽃이 이미 식어 버린 애정과 관련되어 있기 때문이다.

① 오늘밤은 사랑에 눈멀어 헤어지기 싫은 정도 없이
　시들어 버린 장미 한 송이만 남았다
　풍내초 <시들어 버린 장미가 날 괴로움에 병들게 하네(凋殘的
　薔薇惱病了我)>

② 여인이여 당신의 그림자는 영원히 저승에 숨어 있고
　당신의 약속은 세상 속 빛바랜 장미 화환에서 시든다
　풍내초 <서로의 약속(相約)>

③ 내 환영 속에 보이는 것은
　창백하게 떨고 있는 흐린 불빛과
　한 송이 힘없이 시들어 떨어진 장미
　강렬히 키스하던 남겨진 옛날의 꿈들
　풍내초 <현재(現在)>

이상 세 편의 시에서 시든 꽃이 보여주는 상징적인 이미지는 모두 이미 식어 버린 애정이다. 그녀와 '강렬히 키스하던' 꿈들은 이미 과거의 기억으로만 남을 뿐, '오늘밤은 사랑에 눈멀어 헤어지기 싫은 정도 없이', '당신과의 약속은 세상 속 빛바랜 장미 화환'처럼 시들어 버렸다. 따라서 달콤한 애정 속에서 정신적인 위로와 영원

한 안식을 찾고자 했던 화자의 기대는 여지없이 깨어지고, 남은 것
이라고는 '창백하게 떨고 있는 흐린 불빛' 같은 희미한 추억과 '한
송이 힘없이 떨어진 장미' 같은 실연의 비애뿐이다.

① 다만 붉게 칠한 입술이
　다감한 내 청춘을 들이마시고
　오늘 아침 창백한 미소 시들고
　밤의 정열도 잿더미로 변하네

　다만 붉게 칠한 입술이
　다감한 내 청춘을 뜨겁게 달군다
　새빨간 정열이 시들어진다면
　이글거리는 연모의 정은 어찌 다할 것인가
　풍내초 <시들어 버린 장미가 날 괴로움에 병들게 하네(凋殘的
　薔薇惱病了我)>

② 치열한 정의 사랑 꿈은 깨졌다
　보세요 장엄한 생명의 후광
　마음의 상처를 비추는 사랑을 이루지 못하고 죽은 절망
　풍내초 <밤(夜)>

　이제는 '밤의 정열도 잿더미로 변하고', '내 청춘을 뜨겁게 달구
던', '붉게 칠한 그녀의 입술'을 향하던 '새빨간 정열'도 시들었다.
치열했던 사랑의 꿈이 깨어진 뒤 화자에게 찾아오는 것은 결국 마
음의 상처뿐이다. 이 상처는 사랑을 이루지 못한 화자를 절망적인
상태로 빠지게 만든다. 그러나 풍내초는 죽음과도 같은 절망을 느
끼면서도 이금발이나 왕독청과는 달리 실연으로 인한 고통과 절망

을 숙명적으로 받아들이는 자세를 보인다. 불같이 타올랐던 후회 없는 사랑의 환락 뒤에 찾아오는 비애를 담담하게 맞이하는 것이다.

> 뚜벅거리는 발소리를 자세히 듣는다
> 슬프고도 슬픈 소리를
> 뚜벅거리는 발자취를 자세히 바라본다
> 찍혀 있는 암담한 잿빛을
>
> 붉은 초가 다 탄 뒤
> 남아 있는 잿더미 초의 심지
> 애정이 끝났음을 알리네
> 구멍 뚫린 재난 뒤의 여생
>
> ……
>
> 나는 금빛 찬란한 술잔
> 진한 향기 풍기는 순수한 술을 사랑하지 않네
> 똑똑 떨어지는 쓰디쓴 눈물로
> 내세의 꽃봉오리가 꽃피도록 뿌리고 싶어
> 풍내초 <슬픈 노래(哀唱)>

　화자는 이 시의 곳곳에서 실연의 흔적을 찾아낸다. '뚜벅거리는 발소리'가 '슬프고도 슬픈 소리'를 내고, '뚜벅거리는 발자취'가 '암담한 잿빛'으로 보이는 것은 이미 애정을 상실했기 때문이다. '붉은 초' 역시 과거의 정열적인 사랑을 상징한다. 그러나 이제는 다 타 버리고, 다만 초의 심지만 잿더미로 남아 있다. 이러한 실연의 흔적 들은 사랑의 종말 뒤에 찾아오는 비애를 일깨우며, 화자는 그 비애 를 숙명적으로 받아들이는 체념적인 태도를 보인다. 따라서 화자는 이제 더 이상 '금빛 찬란한 술잔'이나 '진한 향기 풍기는 순수한 술'처럼 환상적이고 달콤한 사랑에 유혹되지 않는다. 현세의 사랑은 순간적이어서 언제 시들어 버릴지 모르기 때문이다. 오히려 화자는 비애가 응축되어 떨어지는 눈물로 내세의 영원한 사랑이 꽃피도록 애쓸 뿐이다.

3. 현대문명에 대한 거부와 도피

(1) 현대문명에 대한 거부

19세기 말 과학의 발전으로 유럽 문명의 근거인 종교적 신앙, 정신적 전통과 권위가 상실되어 염세적, 퇴폐적, 허무적, 악마적인 경향이 전 유럽을 지배하게 되었다. 기계문명이 고도로 발달한 뒤 사람들의 내면에는 초조와 공포, 공허와 퇴폐 등 세기말적인 정서들이 자리잡게 되었고, 이러한 정서는 현대주의 미학의 개척자가 되어 현대적인 의식이나 정서에 주목하고 있던 보들레르와 안드레예프, 아르치바셰프 등 작가들에 의해 시적인 제재로 사용되었다. 때문에 세기말적인 정서는 현대주의라는 문예사조의 형태를 띠고 나타났고, 그 현대주의의 뿌리에 상징주의가 위치하고 있는 것이다.

유럽에서 시작된 세기말적인 정서가 상징주의라는 형태를 띠고 본격적으로 중국에 유입되기 시작한 것은 5·4신문화운동을 전후한 20세기 초이다. 5·4운동의 열기가 급격하게 식어 가면서 발생한 좌절감과 공허감은 당시의 시인들에게도 정신적인 영향을 끼쳐 세기말적인 정서에 빠지게 했다.

당시 중국은 유럽에서처럼 그렇게 기계공업을 바탕으로 한 자본주의 사회가 발달하지는 못했기 때문에 중국의 지식인들은 유럽인들이 극도로 발달한 기계문명에 인류의 모든 희망을 걸었다가, 그 희망이 좌절됨으로 인해 경험했던 것과 동일한 정신적 허무감을 체험하지는 못했다. 이는 중국 현대시에서 현대성의 본질적인 개념 가운데 하나인 물질적인 진보에 따른 정신적인 황폐로 인한 현대문명에 대한 거부감을 주제로 한 시를 찾아보기 힘든 한 요인 중의 하나였다.

  그러나 중국에서 기계공업의 보급이 부진하여 보들레르를 중심으로 한 세기말의 시인들이 현대의 도시문명이나 물질적인 현실사회에 대해 느꼈던 것과 동일한 경험을 찾아보기는 힘들다고 하더라도, 국외에서 활동한 시인들은 경우가 달랐다. 상징파 시인 중에서도 주로 국내에서 시를 창작한 봉자(蓬子)와 석민(石民), 호야빈(胡也頻) 등과는 달리, 젊어서부터 프랑스와 독일, 이탈리아 등지를 전전했던 이금발(李金髮)과 왕독청(王獨淸)은 서구의 지식인들이 경험했던 것과 같은 환멸의 정서를 느끼기는 어려웠을지라도 그들이 외국에서 유랑하는 자신의 처지를 통해 타락한 도시문명 앞에서 개인적으로 느끼는 실망과 분노의 감정은 누구보다도 강렬했을 것이다. 때문에 현대사회의 부패한 사회적 징후에 대한 반응은 같은 상징파 시인 가운데서도 국내에서 활동한 봉자, 호야빈, 석민 그리고 일본에서 활동한 목목천(穆木天)과 풍내초(馮乃超)보다는 프랑스 등 기계문명이 보다 발달한 서구에서 생활했던 이금발과 왕독청에게서 비교적 쉽게 찾아볼 수 있다. 그들의 시는 대부분 프랑스의 파리, 리용, 디종 및 독일의 베를린 등지에서 쓰였으며, 그들 자신들도 현대의 도시문명을 시적인 제재로 즐겨 다루고 있다. 목목천도 왕독청이 감상적이고 퇴폐적인 시를 쓰게 된 주요 동기 가운데 하나를 "현재의 도시생활에 대한 퇴폐적이고 향락적인 도취와 비애 때문이다."라고 밝혔듯이, 파리에서의 생활은 왕독청의 시에 퇴폐적인 정서가 짙게 나타나는 동기가 된 동시에, 그의 시 창작에 있어서 주된 제재를 제공했다. 이처럼 기술과 진보로 대표되는 현대문명은 일부 상징파 시인들에게 있어서 그 진보의 복합적인 결과인 현대성(modernity)에 시선을 집중시키게 했다.

① 풀밭의 연한 신록이 소쩍새 깃털을 비출 때
　기차바퀴의 시끄러운 소리에 모든 정적이 찢기 운다.
　이금발 <리용으로 가는 차 안에서(里昻車中)>

② 파리는 삐쩍 말라, 보이는 탑마다
　하늘에 꽂혀 있다.
　사신의 손처럼
　문 아래서 출렁이는 세느강 물에는
　무수한 사람 시체와 가축이 떠다니고
　이금발 <싸늘한 밤의 환각(寒夜之幻覺)>

인용시 ①에서 기계문명의 산물인 기차가 달려가는 시끄러운 소리에 대자연의 세계는 여지없이 파괴되고, 인용시 ②에서도 현대문명을 자랑하는 수많은 건물들이 사신(死神)의 손처럼 파리의 하늘을 향해 치솟아 있으며, 세느강에는 무수한 시체들로 가득 차 있다.

이처럼 상징파 시인들에게서 현대성이란 차바퀴의 시끄러운 소리, 하늘을 향해 높이 치솟은 건물, 강물에 떠돌아다니는 죽음의 그림자 등으로 표현된다. 이는 모두 현대성의 부정적인 측면으로서 현대의 문명도시가 안고 있는 내면적인 절망감을 함축하고 있다.

비록 이 시의 제목이 '파리의 환각'으로 되어 있지만, 사실 이 파

리의 광경은 시인이 파리에서 생활하며 목격한 직관적인 현실로서
어둡고 타락한 도시 파리의 일부를 드러낸 것이다.

> ① 저기 시장의 집들, 공장 안의 굴뚝,
>   공원의 긴 의자가 모두 썩어 버린
>   더러운 녹 속에 파묻히지 않았는가?
>   왕독청 <최후의 일요일(最後的禮拜日)>
>
> ② 다소 은은한 음악, 다소 맑고 부드러운 노랫가락,
>   그리고 다소의 치욕, 비애, 자살,
>   모두가 이 근대 문명도시를 짊어진 강가에서,
>   이 강가에서 번화함을 치장한다.
>   왕독청 <나는 파리의 거리에서 떠도네(我飄泊在巴黎街上)>

왕독청도 인용시 ①②에서 번화한 문명도시가 안고 있는 이중성
을 표현하고 있다. 그는 인용시 ①에서 현대문명에 대한 혐오스런
감정을 드러낸다. 어느 곳을 막론하고 기계문명의 더러운 녹의 세
례를 받지 않은 곳이 없다. 또 인용시 ②인 <나는 파리의 거리에서
떠도네(我飄泊在巴黎街上)>의 제1행에서도 왕독청은 파리의 번화한
모습을 은은한 음악과 부드러운 노랫가락이 감싸고 있는 광경으로
묘사하고 있다. 파리는 얼마나 고상하고 부드러운 도시인가. 그러나
제2행에서 파리의 고상하고 부드러운 모습은 여지없이 무너지고,
자신의 정체를 드러낸다. 파리의 번화한 이면에는 오히려 사람들의
치욕과 비애 그리고 죽음으로 가득 차 있다. 번화한 문명도시를 치
장하는 이 추악한 것들은 바로 왕독청에게 있어서 현대문명이라는
미명 아래 감추어진 현대사회의 실체인 것이다.

특히 <나는 파리의 거리에서 떠도네>는 시의 형식적인 면에서도 이 현대 문명사회의 이중적인 면모를 잘 드러내고 있다. 제1행과 제 3행은 모두 같은 운(韻)의 글자인 '旁(pang)'과 '唱(chang)'자를 사용하여 현대문명을 표현했는데, 전체적인 음조가 경쾌하다. 또한 '은은한[悠揚]', '맑고 부드러운[淸婉]' 등 밝은 이미지를 풍기는 시어를 선택하여 분위기도 명랑하다. 그러나 바로 그다음 행에서는 앞의 행에 의해 감추어진 문명사회의 실체를 드러낸다. 제2행과 제4행에서는 운을 바꾸어 '殺(sha)'와 '華(hua)'자를 사용하여 음조도 제1행과 제3행에 비해 무겁고, 시어도 '치욕'과 '비애', '자살' 등 어둡고 우울한 이미지를 풍기는 것을 선택하여 전체적으로 암담한 분위기가 뚜렷하다. 시구의 배열에 있어서도 제2행과 제4행을 제1행과 제3행보다 뒤에 배치하여 시의 형태적인 면에도 주의를 기울인 흔적이 나타난다.

이와 같이 은은한 음악과 부드러운 노랫가락으로 포장된 파리의 이면에는 현대 문명도시가 안고 있는 추악함이 감추어져 있는 것이다.

> 내가 늘 보는 것은 모두 혐오스런 남녀!
> ……
> 다만 그들은 배고픔과 정욕만 있고,
> 유전적이고 습관적인 매일의 꿈틀거림만 있다.
> 왕독청 <노이로제(Neurasthénie)>

이들 상징파 시인들에게 있어서 파리는 겉으로는 고상한 척하고 있지만, 속으로는 추악함만이 꿈틀거리는 타락한 도시이다. 거기에서는 다만 '혐오스런 남녀'의 '배고픔'과 '정욕' 등 본능적이고 일상적인 추잡한 행위만 행해질 뿐, 삶의 기쁨과 의욕을 찾아보기는 매

우 힘들다. 특히 파리에 살고 있는 이들 남녀들은 자신들의 본능적
인 유희를 유지하기 위하여 타인에 대한 공격적인 본능을 드러낸다.

모든 생물의 손발은
오로지 약탈과 정복을 위해 생겨난 것.
이금발 <통곡(慟哭)>

이 시에서는 타인에 대한 배려는 전혀 찾아볼 수 없다. 다만 '약
탈과 정복'만이 난무하는 적자생존의 원칙 아래 자신의 욕망을 위
해 타인의 희생을 강요할 뿐이다. 이것이 바로 이금발이 목격한 현
대문명의 실체였다.

이처럼 상징파 시인들은 현대문명으로 포장된 대도시 속에 감추
어진 죽음의 징후들을 보고 있는 것이다. 이러한 죽음의 징후들은
사회적으로 약자의 위치에 처한 사람들에게 더욱 뚜렷이 나타난다.
때문에 현대문명이 지니고 있는 추악하고도 공격적인 모습은 현대
문명이 발달할수록, 오히려 그 문명에 의해 겉으로 드러나지 않는
인간의 삶을 더 고통스럽게 할 뿐이다.

① 등에는 무거운 짐을 지고 거리의 한복판에서 비틀거리며
   휴식할 장소도 찾지 않고
   차바퀴 아래의 먼지는
   졸음에 겨운 눈 위에 가득 묻는다.
   이금발 <파리의 잠꼬대(巴黎之囈語)>

② 그대들은 노동으로 인해
   무릎 뼈가 휘고,

        얻어 온 음식은
        다른 사람들의 찌꺼기일 뿐.
        이금발 <거리의 젊은 노동자(街頭之靑年工人)>

     ③ 냉혹한 겨울밤이 파리를 뒤덮자,
        번화한 도시는 점차 적막하게 변한다.
        잿빛 아래 감추어진 이 근대문명 지역에는
        바람이 맴돌며 슬피 운다. 슬피 운다.
        이때 행인이 드문 세느강변에는
        빈민 몇 사람이 낙엽 속에서 달콤하게 잠자고 있다.
        왕독청 <세느강변의 겨울밤(Seine河邊之冬夜)>

    현대문명이 발달할수록 그 현대문명에 의해 가려진 황량한 대도시의 구석진 모습은 추하기 그지없다. 대도시의 건물들이 높아지고 아름다운 음악으로 현대문명을 치장할 때, 그 한구석에서는 비탄으로 가득 차 있는 역설의 세계가 존재하고 있는 것이다.

    인용시 ①에서 노동자들은 대도시의 한복판에서 무거운 짐을 지고 비틀거리며 힘겹게 일한다. 이러한 노동은 인용시 ②에서처럼 무릎 뼈가 휘어질 정도로 혹독하지만, 그들은 휴식도 취하지 못하며, 그 노동의 대가란 겨우 다른 사람들이 먹다 남은 음식의 찌꺼기라고 여길 만큼 아주 보잘것없다. 더욱이 차바퀴에서 뿜어내는 먼지는 등에 짊어진 짐의 무게만큼이나 무겁게 졸음에 겨운 눈꺼풀을 짓누르고 있다. 이 차바퀴의 먼지는 현대문명에 의해 배출되는 추악한 욕망을 상징하며, 그것은 사람들을 짓누르는 억압적인 면으로 표출된다. 이처럼 현대문명이 지닌 억압적인 무게는 그 문명에서 소외된 사람들일수록 더욱 무겁게 느껴질 수밖에 없다.

    인용시 ③에서도 상황은 마찬가지다. 현대문명의 발전을 상징하는 파리를 감싸고 흐르는 세느강변에는 문명의 혜택으로부터 소외된 빈민들이 겨울밤에 낙엽 속에서 잠자고 있다. 이처럼 번화한 도시 전체를 감싸고 있는 이 냉기는 현대문명이 자랑하는 물질적인 진보라는 구호와는 대조적인 현대세계의 역설적인 모습을 드러내는 동시에, 이들 시인들이 현대문명에 대해 가지고 있는 냉소적인 입장을 보여준다.

물질만능이 인간의 사고 중심에 자리잡은 이 세계에서는 이미 신조차도 그 권위를 상실하여, 그들이 귀의하여 자신의 고통을 위로받을 수 있는 대상이 되지 못했다. 과학적이고 이성적인 사고를 앞세운 현대인들은 이미 신들의 신성불가침의 영역에까지 침범하여, 그들을 '숭배의 대상'에서 끌어내려 인간과 똑같이 고통받고 괴로워하는 모습으로 그 권위를 격하시켜 묘사하고 있다.

① 잔인한 하나님은
   다만 마르고 붉은 키 큰 소나무, 푸른 들판에
   영혼이 왕래하는 발자취만을 사랑할 뿐.
   이금발 <밤의 노래(夜之歌)>

② 그림 속의 여인, 두 눈에는 슬픈 눈물이 맺히고
   마리아! 당신은 십자가형을 받은 사생아를 바라보나요.
   사생아, 사생아는 당신의 모욕의 산물.
   왕독청 <성모상 앞에서(聖母像前)>

≪성경(聖經)≫에서 "하나님이 세상을 이처럼 사랑하사 독생자를 주셨으니 이는 저를 믿는 자 마다 멸망치 않고 영생을 얻게 하려 하심이니라."라고 표현할 만큼 인간에 대한 하나님의 사랑은 무한하

고 절대적이다. 그러나 이들 시인에게 있어서 하나님은 영혼이 왕
래하는 발자취만을 제한적으로 사랑하는 잔인한 하나님이다. 이미
신적인 거룩한 권위가 상실된 현대사회에서 예수는 인간을 구원하
기 위해서 자신의 목숨을 버린 구세주가 아니라, 자신의 죗값으로
인해 어쩔 수 없이 십자가형을 받은 사생아일 뿐이며, 마리아에게
서도 그 예수는 모욕의 산물일 뿐이다. 때문에 신적인 권위는 인간
세상에까지 미치지 못한 채 추악한 현실 속에서 고통받고 있는 인
간들의 갈망을 외면하고 있는 것이다.

> 교회당의 첨탑은 현세의 고통을 저버렸고
> 십자가는 세속을 떠나 하늘 위를 향해 날아간다.
> 풍내초 <세모의 안단테(歲暮的Andante)>

십자가의 본질적인 의미는 하나님과 인간 사이의 화해이자, 추악
한 현세의 죄악에 대한 구원이다. 그러나 현대사회에서 교회당의
첨탑은 현세의 고통을 저버리고, 십자가도 그 본질적인 의미를 상
실하여 인간세상의 고통을 외면한 채 하늘을 향해 날아간다. 구세
주의 기능 상실은 추악한 현실 그리고 그 속에서 신음하는 인간의
고통을 구제하지 못하는 신에 대한 절망감에서 비롯된 것이며, 그
절망감은 신에 대한 거부로 나타난다.

> 나는 더 이상 기도하지 않으리
> 다정한 하나님은 오로지 귀가 먹었고
> 예수의 십자가도 적막한 고향에서 오랫동안 썩고 있으니
> 이금발 <생의 피곤함(生之疲乏)>

하나님은 이제 더 이상 기도의 대상도, 인간의 운명을 의지할 귀의처도 아니다. 현대사회에서 하나님은 귀가 먹어 인간의 기도 소리를 들을 수 없으며, 예수가 인간을 구원하기 위해서 못 박혀 죽은 십자가도 사람들에 의해 버림받아 그의 고향에서 썩고 있을 뿐, 이 세상에서는 오로지 '악마가 모든 것을 현혹시키고' 있다. 그래서 이들 시인들은 현대문명에 대한 혐오의 감정을 노출할 뿐만 아니라, 한 걸음 더 나아가 문명도시로부터의 탈출을 시도한다.

> ① 우리 이 잔혹한 감시에서 벗어나 멀리 가서,
>   이금발 <룩셈부르크 공원(盧森堡公園)>
>
> ② 멀리 가라! 사랑스런 아이여
>   파리의 안개는
>   허약한 횡격막을 막아 버렸는데
>   너는 아직도 깨닫지 못하고 있느냐?
>   이금발 <파리의 잠꼬대(巴黎之囈語)>

신의 권위마저도 거부하는 추악한 현대문명은 마침내 사람들의 '허약한 횡경막을 막아' 숨을 쉬지도 못하게 하여 죽음으로까지 몰고 가는 자신의 정체를 드러낸다. 이들 시인들에게서 현대문명은 고통과 죽음을 예고하는 혐오스런 대상인 동시에 자신을 감시하는 두려운 존재로 인식된다.

그래서 이금발은 이 현대 문명도시를 떠나 미지의 세계로의 탈주를 시도하며, 이는 이금발이 현실세계에 적극적으로 대항하지 못할 때 선택하는 적응방식이기도 하다.

나는 낙타의 등에서 오래 잠자면서
멀리 시칠리아의 화산과 지상의 사막을 떠돌고 싶어.
이금발 <초인종에게(給蜂鳴)>

　이 미지의 세계는 '시칠리아의 화산'과 '지상의 사막'처럼 현대문
명과는 거리가 먼, 일상의 세계에서 벗어난 낯선 곳이다. 즉 그곳은
추악하고도 억압적인 현대문명으로부터 심리적인 거리를 유지시켜
자기의 영혼을 보호할 수 있는 세계이다. 그러나 이금발에게 있어
서 이 미지의 세계로의 '멀리 떠돎[遠遊]'은 이상에 대한 추구가 아
니라, 더 이상 바랄 희망이 없는 절망감의 표현으로서 현실에 대한
도피이자 부정이다.

왈츠를 추어라! 왈츠를 추어라!

나는 내 마른 얼굴이
그대의 수정 같은 눈에서 오래 머물기를 원하네.
나는 그대의 헝클어진 머리칼을 아래로 흔들어
가볍게 내 입술 위의 얇은 먼지를 청소하길 원하네.

왈츠를 추어라! 왈츠를 추어라!
나는 그대의 허리를 빌려
내 뻣뻣한 병든 팔을 굽히리라.
나는 그대의 가슴을 빌려
토해내지 않은 내 호흡을 누르리라.
왕독청 <나는 정신병 환자(Now I am a Choreic man)>

반면에 왕독청은 타락한 도시 파리의 남녀들이 행했던 본능적이
고 육체적인 향락에 염증을 느끼면서도 한편으로는 자신도 거기에
탐닉하여 그 속으로 도피하는 이중적인 경향을 보인다. 왜냐하면
현대문명은 한편으로는 혐오스런 대상이 되지만, 한편으로는 자신
의 내면 깊숙이 숨어 있는 육체적 욕망을 해결해 주기 때문이다.
그래서 그는 자신이 그토록 혐오스러워하는 대도시의 거리에서 오
히려 강렬한 자극과 순간적인 만족을 얻는다. 이처럼 대도시의 유
혹적인 모습은 그것이 비록 혐오스러울지라도 정신의 순간적인 자
유에 친밀감을 주며, 그로 인해 잠시만이라도 현실적인 고통에서
벗어나게 되는 순수한 정신의 무기적(無機的)인 풍경을 이룬다.
　　그러나 대도시 속에서 행해지는 육체적인 향락도 자신의 궁극적인
피난처가 되지는 못했다. 자신이 대도시의 타락 속으로 빠질수록 오히
려 그의 내면에서는 현대문명에 대한 증오가 더욱 강렬해진다.

　난 정말 원치 않네, 더 이상 지구에 머물길
　이 지구, 이 지구는 이미 썩어 버린 땅.
　왕독청 <노이로제(Neurasthénie)>

　　이미 현대문명을 꽃피운 지구조차도 그들의 안식처가 되지 못했
다. 그곳은 오로지 육체적인 본능만이 들끓어 더 이상 잠시도 살고
싶지 않은, 이미 정신적으로 '썩어 버린 땅'이다. 현실에 대한 이러
한 절망적인 인식은 이들로 하여금 추악한 현실에서 벗어나 새로운
세계를 향하게 한다. 그래서 상징파 시인들은 자신이 처한 현실세
계에서 비실재적인 세계로 눈을 돌려, 그곳으로의 열광적인 도약을
시도하게 되는 것이다.

(2) 비현실세계로의 도약

인생과 운명에 의해 버림받고 타락한 현대문명 속에서 방황하던 상징파 시인들은 현실세계에서의 고통과 비애에서 벗어나기 위한 감정의 피난처로서 비현실세계로의 도약이 이루어진다. 비현실세계는 이들 시인들이 처한 현실세계에 대한 부정으로 인해 만들어진 또 하나의 새로운 세계로서, 가공적이고 비실재적이며 시적인 환상을 지닌 세계로 구성된다. 왜냐하면 비현실세계에서는 상상력을 통해 자신들이 처한 현실세계를 변형시켜, 현실적으로 불가능했던 일들을 가능하게 만들 수 있기 때문이다. 특히 상상력을 통해 만들어지는 내면의 세계는 억압적인 추악한 현실로부터 자신의 심리적인 거리를 유지하는 시의 보호막을 형성한다. 그러므로 상상력은 이러한 내면성의 자기전개 욕구를 충족시켜 주는 문학적 장치로 자주 사용되며, 그것은 1920년대 상징파 시인들에게서 꿈과 밤의 모습으로 나타난다.

1) 꿈

상징주의는 서술적인 표현 대신에 상징적으로 암시하는 표현방법으로써 시인의 내면세계와 사물의 신비를 묘사하고자 했다. 때문에 이들 시인들은 대부분 이성을 배척하고 순간적인 느낌을 표현하며, 몽환과 무의식적인 정신상태를 표현하고, 환상과 직관을 표현할 것을 강조했다. 이러한 비이성적인 환상과 직관은 현실세계로부터의 억압이 심해질수록 더욱 강렬해지며, 꿈이라는 형태로 자신들을 억압하고 있는 현실에서의 도피가 이루어진다.

그리고 이들은 '꿈'이라는 비실재적인 세계에서 자신들의 생명을 조여 오던 기계적인 시간에 대한 강박관념에서 탈출할 수 있는 가능성을 바라본다. 자신의 앞으로 단 일 초도 어김없이 다가오는 죽음의 그림자로 인해 느끼는 시간에 대한 현대인의 강박관념은 꿈속에서 영원으로 향하는 출구 혹은 현실로부터 벗어날 수 있는 어떤 가능성을 모색하게 되는 것이다.

꿈이라고 하는 비현실세계로의 도피는 바로 공허하고 허망한 현실의 발견에서 출발한다. 가장 실재적인 시간으로 인식되는 '현재'가 오히려 가장 비실재적인 순간임을 인식하면서 현실세계에 대한 환멸과 절망이 시작된다. 즉 현재 존재하는 일체의 아름다운 사물이 모두 허무하고 환상적인 물거품과 그림자가 될 때, 그 절망감은 존재형식을 띠게 된다.

> 내 환영 속에 보이는 것은
> 창백하게 떨고 있는 흐린 불빛과
> 한 송이 힘없이 시들어 떨어진 장미꽃
> 강렬히 키스하고 있는 남겨진 옛날의 꿈들
> 풍내초 <현재(現在)>

이 시의 제목에서 나타나는 '현재'라고 하는 시간은 인간에게 있어서 가장 현실적이고 실재적인 순간이다. 성 오그스틴은 이 세상에서 일어나고 있는 것은 모두 '현재'의 시점에서 일어난다고 설명한다. 다시 말해 그것은 항상 '현재'에 일어나는 경험이요, 이념이며 사물이라는 것이다. 때문에 '과거'란 과거사에 대해 현재에 일어나고 있는 기억 경험이며, '미래'란 미래사에 대한 현재의 기대나 예상이다. 이렇게 볼 때 현재라는 시점은 인간이 느낄 수 있는 가장 실재적인 순간이다.

그러나 이 시에서는 모든 것이 비실재적이며 허무한 그림자일 뿐이다. 즉 현재는 '환영'이고, 과거는 '남아 있는 꿈'으로 존재할 뿐 모두가 공허하다. 여기에서 '불빛'이나 '장미꽃'은 이미 지나가 버린 아름다운 이상을 상징한다. 그러나 과거에 밝게 타오르던 불빛은 이미 현재라는 시간 속에서 희미하게 떨고 있으며, 과거에 화려한 생명력을 자랑하던 장미꽃도 힘없이 시들어 떨어져 버린 채 '강렬히 키스하던' 과거의 기억 속에서 비애와 환상에 잠겨 있는 것이다. 이처럼 모든 현실이 허망해지고 환영으로 나타날 때, 그 현실은 존재의 가치를 상실하게 되고, 그로 인해 비현실세계로 눈을 돌리게 된다.

① 때때로 내 몽혼은
소년시절 기쁨의 기억 속으로 달려갑니다.
이금발 <간절히 바라다(叮嚀)>

② 여인의 그윽한 환영이 늘어진 연꽃의 고향을 배회하며
은빛을 내리비추니 연약한 밤 빛깔에 몽환이 펼쳐지네
풍내초 <달빛 아래서(月光下)>

인용시 ①에서 화자가 꿈속에서 지향하는 곳은 자신의 '소년시절 기쁨의 기억'이다. 그 기억은 현실적으로는 되돌아가기 불가능한 소년시절, 즉 이미 지나가 버린 과거의 시간이지만, 꿈이라고 하는 상상력을 통해 비로소 과거 시간으로의 접근이 가능해지는 것이다. 인용시 ②에서도 '여인의 환영'이 지상에 은빛 가득한 달빛을 뿌리자, 화자의 눈앞에는 몽환의 세계가 펼쳐지면서, 비로소 화자의 의식이 '환영'을 통해 몽환의 세계로 빠져들어 가는 동시에 현실세계에서 신비한 비현실세계로의 이행이 가능해진다. 이와 같이 꿈은

현실을 변형시켜 비현실적인 환상의 세계를 창조한다.

> ① 나는 꿈을 꾼다. 햇볕 아래서 돌이 춤을 추고,
>   이금발 <나는 꿈을 꾼다(我做夢麼)>
>
> ② 병든 여자아이는
>   천사가 그녀의 이마에 키스하는 것을 꿈꾼다.
>   이금발 <소년의 사랑(少年的情愛)>

꿈의 세계에서는 현실세계에서 실현 불가능했던 신비한 일들이 벌어진다. 인용시 ①에서 '돌'은 무생명체인 광물에 속하지만, 꿈을 통해 이루어지는 환상세계에서는 춤을 추는 생명체로 변형된다. 인용시 ②에서 나타나는 '천사' 역시 현실세계에서는 존재하지 않는 비현실적인 존재이지만, 환상세계에서는 오히려 실재적인 존재가 된다. 이처럼 '돌이 춤을 추고', '천사가 그녀의 이마에 키스하는' 행위는 현실세계에서는 도저히 실현이 불가능하지만, 시인들은 꿈이라는 상상력을 근거로 이를 실현시키는 것이다.

보들레르는 이러한 시적인 상상력을 통해 그의 시에서 '인공낙원'이라는 비실재적인 세계를 구축하고 있다. ≪인공낙원≫에서 보들레르가 현실에서 도피하여 찾아간 곳은 인공적인 낙원으로서, 모든 생명적인 요소가 추방된 채 금속과 대리석과 물로 이루어진 황홀한 광물적인 세계였다. 이처럼 보들레르가 꿈꾸던 세계는 한마디로 비(非)생명의 세계, 비(非)인간적인 세계이다. 생명에 대한 극한적인 절망은 차라리 비생명으로 향한 꿈을 유발시키고 있는 것이다.

그러나 중국의 상징파 시인들은 보들레르와는 반대로 오히려 비생명적인 사물에 생명력을 불어넣는 상상력을 발휘함으로써 생명의

세계를 꿈꾸고 있는 것이다. '일체의 우수와 끝없는 공포'가 가득한 현실세계에 대한 절망은 역설적으로 비현실세계에 대한 동경을 유발하고, 현실세계에서 충족시키지 못했던 꿈을 비현실세계에서 실현시키고자 한다. 이와 같이 비생명적인 사물을 의인화시켜 생명력을 부여하려는 현상은 풍내초에게서 뚜렷이 나타난다.

  ① 차가운 한밤중 물에 비친 쓸쓸한 달그림자
　　창백한 안개의 얇은 천을 밀치며 옛 꿈속에서 헤엄치고
　　풍내초 <달빛 아래서(月光下)>

  ② 졸고 있는 장미는 창백한 미소를 드러내며
　　취한 채 꿈속으로 들어간다.
　　풍내초 <표범나비의 현란한 그림자(蛺蝶的亂影)>

  ③ 창백한 새벽빛은 대지의 몽혼을 포용하고
　　고뇌하는 먹구름은 적멸하는 환락을 덮네
　　둘러싸인 산 나무는 몽롱하게 짙은 안개에 덮여
　　깊은 잠 속에 빠지며 힘없이 부서지는 물결은 흐느끼며
　　밤이 오는 흔적을 씻어 버린다
　　풍내초 <환영(幻影)>

　풍내초가 무생명체인 사물에 생명을 주입하기 위해 주로 사용한 방법은 인간이 지닌 감각적인 특성을 부여하는 것이다. 위의 인용시에서 나타나는 '달그림자', '안개', '장미', '새벽빛', '먹구름', '물결' 등 시어들은 모두 인간이 지니는 감각적인 특성을 지닐 수 없는 물체들이다. 그러나 그의 시에서 이들은 오히려 인간적인 감각 특성을 지닌 시어와 결합하게 된다. '쓸쓸한' 달그림자, '창백한' 안개, '졸고 있는' 장미, '창백한' 새벽빛, '고뇌하는' 먹구름, 물결은 '흐느끼고' 등에서 보듯이, 무감각적 형태의 사물들은 한결같이 감각적인 특성이 부여된 생명체로 변용된다. 사실 이러한 감각적 특성의 비정상적인 결합은 시어의 의미상 비현실적이며 정상적으로는 결합이 불가능하다. 그러나 풍내초는 의미상으로 감각적 특성의 부여가 불가능한 물체에 생명력을 지닌 시어를 비정상적으로 결합시켜 새로운 생명체를 탄생시키고 있다.

또한 그는 자신의 시에서 서로 논리에 맞지 않는 단어들을 강제로 결합시켜 독자들에게 이미 현실 속에서 익숙해져 있던 개념들을 낯설게 만들어 버린다.

① 타향의 환락은 푸른 불꽃같이 타오르고
  풍내초 <향수(鄕愁)>

② 제비꽃 보랏빛 그림자가 그윽한 어둠 속에 사라질 때
  풍내초 <비애(悲哀)>

③ 황동의 석양이
  드문드문 행궁에 난입한다
  풍내초 <오래된 화병을 노래함(古甁詠)>

④ 푸른 연기는 병약한 수양버들을 가리고
  풍내초 <시노바즈노이케에서(不忍池畔)>

위의 시에서 '푸른', '보랏빛', '황동' 등 시어와 '불꽃', '그림자', '석양', '연기' 등 명사는 단어 개별적으로는 의미상 아무런 문제가 되지 않는 일상적으로 익숙한 언어들이다. 그러나 작가는 익숙한

언어들을 비논리적인 언어배열을 통해 강제적으로 결합시켜, 독자들로 하여금 더욱 낯설게 만들어 버렸다. 즉 이들 단어들은 '푸른 불꽃', '보랏빛 그림자', '황동의 석양', '푸른 연기'라는 비정상적인 단어의 결합을 통해 현실적으로는 감지하기 어려운 색채개념으로 변해 버렸다. 풍내초는 시어 면에서도 언어의 비실재적인 결합을 통해 탈(脫)현실성을 시도하고 있는 것이다. 이와 같이 상징파 시인들은 자신의 무한한 상상력을 발휘하여 정신적으로 황폐한 현실세계에 비실재적인 세계의 구축을 꿈꾸고 있는 것이다.

사실 풍내초는 일본에서 유학하는 동안 회화와 미술사를 공부한 적이 있어서, 이금발을 비롯한 다른 상징파 시인들보다도 색채감이 풍부한 시를 많이 썼다. 그리고 그의 시에 있어서 이러한 색채감이 풍부한 언어의 사용은 그가 나타내려고 하는 서정적인 형상을 강화하고 감정적인 색채를 짙게 하는 역할을 한 것이 사실이다. 그러나 한편으론 시에서 비현실적인 색채를 사용함으로써 그의 시가 현실세계로부터 더욱 멀어지게 되는 경향을 드러냈다.

그는 한 걸음 더 나아가 탈현실성을 위해 단어의 추상적인 의미에 색채를 칠하여 그 개념들을 가시화하는 작업을 진행한다.

① 푸른 빛 근심
　내 가슴에 가득
　옛 꿈을 뿌린다
　풍내초 <술의 노래(酒歌)>

② 불꽃 복판에는 푸른빛의 비애가 있다.
　풍내초 <타다 남은 초(殘燭)>

③ 지쳐 버린 석양의 푸른빛은 쓸쓸히

내게 검은 빛 안식을 주네
풍내초 <창백한 옛 달(蒼黃的古月)>

④ 그대는 담장의 알록달록한 붉은 석류꽃이
질푸른 우수를 불같이 토해 내는 것을 보지 못했나
풍내초 <석류꽃(榴火)>

위의 인용시에서 나타나는 '푸른 빛 근심', '푸른 빛 비애', '검은 빛 안식', '질푸른 우수' 외에도 그의 시에서는 '새빨간 슬픔과 원망', '금빛 피로', '잿빛 비애', '담청색 정서', '은빛 근심' 등 눈으로 볼 수 없는 추상적인 개념들을 다양한 색채로 칠하여 가시적인 효과를 나타내고 있다. 즉 현실세계에서는 눈으로 보이지 않던 의미들이 비현실세계, 다시 말해서 예술적인 환상세계에서는 색채를 통해 자신의 존재를 가시적으로 드러내는 것이다. 이와 같이 비생명적인 사물이나 개념에 언어의 비정상적인 결합을 통해 생명을 부여하려는 그의 문학적인 시도는 기본적으로 현실세계로부터 벗어나 비현실적인 환상세계를 구축하려는 데 있다. 즉 현실세계의 질서를 파괴하여 비현실세계로의 도약을 추구하고 있는 것이다.

그러면 이들이 현실세계를 파괴하고 나서 건설하려는 환상세계는 어떠한 모습인가?

① 당신의 손을 뻗어 내 앞길을 인도해 주오.
여기는 낙원이 아니니.

……

당신 마음속의 휴식이

내가 바라는 천국이오.
이금발 <장황한 말(絮語)>

② 급류가 작은 돌을 뚫고 흐르면서 바스락 소리를 내니
밝은 봄날이 그대의 작은 눈동자에 비치며,
나의 등과 얼굴을
아주 가냘프게 바라보고 있구나.
나만이 고독할 뿐

기쁨은 공기처럼 세상에 널리 퍼져 있구나!
이금발 <환상(幻想)>

③ 행복은 환상 속에서 세워지고
이금발 <이데아(Idée)>

인용시 ①에서 화자가 디디고 있는 현실세계는 그가 바라는 낙원
이 아니다. '마음속의 휴식'이라는 표현을 통해 볼 때, 그가 지향하
는 천국은 억압적인 현실세계에서 벗어나 안식할 수 있는 감정의
피난처를 의미한다고 하겠다. 인용시 ②에서 보듯이 화자는 이 피
난처에서 작은 돌을 뚫고 흐르는 급류나 밝은 봄날처럼 기쁨이 충
만한 자연 경치와 서로 교감하면서 환상의 세계를 구축하고 있다.
이 아름다운 환상은 현실에 의해 상처받은 영혼을 어루만져 주며
고독한 그의 마음에 위로를 준다. 때문에 그는 인용시 ③에서처럼
행복은 바로 이 환상 속에서 세워진다고 고백하는 것이다. 천국에
대한 이러한 의미는 풍내초도 그대로 적용된다.

당신의 우울을 뽑으세요
내 당신 위해 세밀한 오색 치마를 짤 테니까요
당신의 눈물을 따세요
내 당신 위해 정교한 가슴 장식을 엮을 테니까요
당신은 나를 위해 고요히 잠자는 위에서
영원히 기뻐 춤을 추세요
내 당신 위해 쉬지 않고
아득한 몽환의 선향을 펼칠 테니까요
풍내초 <달빛 아래서(月光下)>

위의 시에서 보듯이 풍내초도 우울과 눈물로 가득한 현실세계에서 벗어나 영원히 기뻐 춤을 추는 몽환(夢幻)의 선향(仙鄕)을 갈구한다. 거기는 바로 현실세계의 '우울'과 '눈물'이 '오색 치마'와 '가슴 장식'으로 변형되는 환상의 세계이다. 현실세계에서 보잘것없고 추하게 느껴지던 것들이 오히려 가치를 지니고 아름다워지는 세계, 다시 말하면 현실세계 저 너머에 있는 세계, 이들은 바로 그런 이상적인 세계를 추구하고 있는 것이다.

그러나 이들은 현실의 벽을 뛰어넘어 그들의 내면에 존재하는 몽환의 세계 속으로 도피하려는 시도에서 실패한다. 왜냐하면 꿈은 깨어남이 있듯이 영원히 지속될 수는 없기 때문이다. 때문에 이들은 차라리 꿈의 세계에서 깨어나지 않기를 희망한다. 이와 같은 꿈이 덧없는 것에 지나지 않는다고 할지라도, 그들은 여전히 꿈의 세계 속에 도취하고자 몸부림친다.

등불을 켜지 말아요 만약 장밋빛 연약한 그림자가 사방의 어두운 그늘에 비치면 엷게 칠한 비애가 붉은 물결 이어지는 호수의 밤 속으로 잠긴다

등불을 켜지 말아요 만약 물에 비친 스토크의 그림자가 기억의 옛 나루에 흐르면 희미한 몽상이 공허하고 적막한 낙엽의 늦가을 에 떨어진다

등불을 켜지 말아요 만약 박하의 연약한 빛이 황혼의 발꿈치에 관개되면 잠시 잠자는 침묵이 검은 그림자 주름 겹친 하늘의 밤 흔적에 풀이 죽네

등불을 켜지 말아요 만약 맨드라미 빛이 달 흔적의 꿈속에서 찬 란하면 신비한 연한 실이 끝없이 맑게 갠 실망스런 하늘로 솟구 쳐 오른다
풍내초 <꿈(夢)>

<꿈(夢)>에서 화자는 자신의 내면세계에 존재하는 아름다운 '환 영'이 영원할 것을 희망하지만, 결국 그것은 현실이 아닌 '환영'일 뿐이다. 그럼에도 불구하고 화자는 그 아름다운 환영이 허무하게 사라지는 것을 원하지 않는다. 그것이 설령 환영이라고 할지라도, 공허한 곳으로 되돌아가는 것을 원치 않는다. 이들에게는 잔혹한 인생 중에서 오직 꿈만이 가치가 있으며, 그 모든 것이 환상임을 알며, 또 그것이 그렇게 순식간에 사라질지라도 자신들의 환상이 깨지지 않기를 원한다. 왜냐하면 환상에 도취되어 있는 동안만은 추악한 현실에서 벗어나 자신의 지친 영혼이 위로를 얻을 수 있기 때문이다.

이러한 소극적인 정서는 풍내초를 비롯한 상징파 시인들의 시에

서 보여주는 공통적인 특징 가운데 하나로서, 이들의 퇴폐적인 인
생관을 암시하기도 하지만, 한편으로는 자신들이 존재하고 있는 추
악한 현실에 대한 강한 부정을 의미하기도 한다.

그러나 몽환의 세계가 점점 현실세계에서 멀어질수록 그 세계는
더욱 성취될 수 없는 비현실적인 세계로 남게 될 뿐이며, 그 꿈에
서 깨어나면 자신이 꿈꾸던 환상의 깨어짐과 억압적인 현실에 대한
재인식으로 인해 이중의 고통을 받게 된다. 이러한 사실은 오히려
환상세계를 꿈꾸기 전보다도 더 큰 실망감을 안겨 주어 그들을 절
망적인 심리상태로 빠지게 만드는 것이다.

꿈에서 깬다
고요한 종소리
고요한 종소리
꿈에는 정이 남아 있고
꿈에서 깬다
희미한 닭 울음소리
희미한 닭 울음소리
이상하게도 가슴이 놀란다
꿈에서 깬다
창에 가득한 달그림자
창에 가득한 달그림자
슬픈 정이 스며 나온다
꿈에서 깬다
떨어지는 성근 별
떨어지는 성근 별
눈물 흔적이 투명하다
꿈에서 깬다
풍내초 <밤이 다하는 노래(闌夜曲)>

위의 시에서는 화자가 꿈에서 깨어나 현실세계로 다시 돌아오는 과정을 표현하고 있다. 멀리서 들려오는 고요한 종소리를 통해 화자는 꿈에서 깨어나는 계기가 된다. 여기에서 종소리는 울림을 통해 존재의 인식을 깨우쳐 주는 암시로 나타나는 동시에 화자의 의식을 비현실세계에서 현실세계로 이동시켜 주는 다리의 역할을 한다. 즉 몽환의 세계에 빠져 있던 화자의 의식이 종소리라는 청각적인 수단을 통해 점차 깨어나기 시작하는 것이다. 그러나 아직은 현실세계보다는 몽환의 세계에 가까이 위치해 있어서, 그의 꿈속에는 여전히 간밤의 정이 남아 있다. 종소리는 다시 닭 울음소리로 치환되어 화자의 의식을 일깨운다. 종소리보다 좀 더 가까운 곳에서 들려오는 닭 울음소리를 통해 화자의 의식은 현실세계로 접근하게 되고, 꿈속에서 깨어난 화자는 또다시 현실세계로 돌아온 자신의 존재적 현실을 발견하고는 놀란 가슴을 안고 새로운 절망감 속으로 떨어진다.

청각을 통해 꿈에서 깨어난 화자는 다시 시각적인 수단을 통해 현실세계로 돌아온 자신을 재확인하게 된다. 현실이라는 창에 갇혀버린 화자는 달그림자가 의미하는 현상계의 배후에 존재하는 몽환의 세계를 바라보면서 슬픈 정을 드러내며, 이 슬픈 정은 한 걸음 더 나아가 떨어지는 별을 통해 슬픔이 액체로 응축된 눈물이라는 형태로 존재하게 된다.

이와 같이 상징파 시인들이 자신의 감정의 피난처로서 꿈이라는 비현실적인 세계로 접근했지만, 그곳도 이들이 현실로부터 벗어날 수 있는 영원한 도피처가 되지 못했다. 오히려 자신들이 구축한 꿈의 세계가 깨짐으로 인해 이전보다 더 큰 실망을 느끼게 된다. 그래서 풍내초는 <밤(夜)>에서 "몽환이 깨진 뒤의 내 마음, 더 이상 귀 기울여 먼 곳을 듣고 싶지 않네, 체형의 어두운 신음을"이라고

절규하며 완전히 절망적인 상태로 빠지게 되고, 결국에 그 절망감
은 세계에 대한 병적인 인식으로 바뀌어 병적인 세계에 대한 탐닉
으로 이어지게 되는 것이다.

2) 밤

칸트를 비롯한 여러 사상가들이 이미 지적한 것처럼, 시간은 인
간의 가장 특수한 경험양식이다. 그중에서도 문학에 있어서 시간은
이중의 의미를 갖는다. 문학적 소재로서 인생이 갖는 경험적 시간
과, 그것이 재구성되어 작품으로 처리된 작품상의 시간이 그것이다.
그러나 여기에 제3의 의미로서의 시간개념이 첨가될 때 문학상에
있어서 시간이 갖는 삼중의 의미를 이해할 수 있다. 이 제3의 의미
란 작가가 작품을 쓰는 바로 그 특수한 상황으로서의 시간이다. 이
것은 작가가 영감이 떠오르는 특별한 시간, 즉 무의식 속에 갇혀
있는 예술충동으로서의 이드(Id)가 의식세계로 떠올려질 때에 가능
한 것이다.

이와 같이 인간이 존재하는 기본적인 범주로서의 시간은 개인이
경험한 시간을 의미하며, 인간의 개별적인 경험들로 인한 시간질서의
변화는 한 개인의 의식세계와 연결된다. 그러므로 문학작품 속에서
나타나는 개인의 독자적인 체험으로 인한 시간성의 변화는 객관적이
고도 자연적인 시간을 주관적이고도 감정적인 시간으로 변화시킨다.

중국의 상징파 시인들에게서 이러한 주관적이고도 감정적인 시간
의식은 주로 '밤'이라는 시간대를 향해 집중되어 있다. 이들은 '꿈'
이라는 가공적인 매개체를 통해 현실세계에서 벗어나려는 소망을
내비쳤듯이, '밤'이라는 매개체 역시 추악한 현실세계에서 벗어나는
하나의 새로운 가능성으로 모색되며, 이는 '낮'으로 상징되는 현실

세계와의 관계 속에서 그 의미를 드러낸다.

① 포용과 성찰

먼저 목목천의 ≪나그네의 마음(旅心)≫에 나타난 시간적인 요소를 살펴보면 대부분의 시가 밤이라는 시간대를 중심축으로 이루어져 있음을 발견할 수 있다.

≪나그네의 마음≫에서 나타나는 목목천의 시간의식은 '아침 → 대낮 → 저녁 → 한밤'으로의 순차적인 자연적 시간질서를 보여주고 있다. 그러나 목목천이 느끼고 있는 주관적인 시간의식은 주로 아침과 대낮으로 포괄되는 '낮'보다는 저녁과 한밤으로 포괄되는 '밤'을 향해서 집중되어 있다. 따라서 목목천에게 아침과 대낮으로 이루어지는 낮의 세계는 그다지 커다란 문학적 비중을 차지하지 못한다.

≪나그네의 마음≫에 실린 목목천의 시는 하늘에서 태양이 강렬한 빛을 비추는 '밝은' 세계로서의 낮보다는 태양이 안개와 비, 눈 등에 의해서 가려진 '어두운' 세계로서의 낮으로 채색되고, 또한 '낮'보다는 주로 '밤'으로 채색된다. 이처럼 그의 시가 향암성(向暗性)을 띠는 까닭은 두 가지 측면에서 살펴볼 수 있다.

첫 번째 원인은 심리적인 요인을 들 수 있다. ≪나그네의 마음≫을 창작할 무렵 목목천은 심리적으로 거의 절망적인 상황에 처해 있었다. 가세의 몰락과 실연, 자신의 의지와는 관계없이 진행되고 있던 봉건적인 결혼 등으로 인해 심한 불면증에 시달리고 있었다. 그 자신도 "나는 불면증으로 인해 모든 것이 누렇게 보였다."라고 말했듯이, 도쿄[東京]에서 생활하면서 느낀 심리적인 절망감은 그의 시가 전체적으로 밝은 색채보다는 어두운 색채를 띠게 된 원인과 무관하지 않다고 하겠다.

두 번째 원인은 그의 신체적인 요인이다. 심한 근시였던 목목천이 태양이 내리쬐는 대낮의 밝은 세계를 바라보는 행위는 그의 눈에 상당한 자극을 주었을 것이다. 때문에 시적인 영감을 얻기 위한 사전 작업으로서의 주위 사물에 대한 조망은 낮보다는 주로 조도(照度)가 낮은 밤 시간대를 이용했을 것이라는 추측이 가능성을 더해 준다.

때문에 그의 시에서 나타나는 낮은 강렬한 태양 빛이 내리쬐는 밝음의 세계가 아니라, 늘 안개와 구름, 비 등으로 인해 태양이 가려진 어둠의 세계로 나타난다.

> ① 기름때의 아침 안개
>   짙은 연기
>   뚝뚝 떨어지는 젖 방울 엉겼다가 흩어진다
>   어슴푸레한 선잠 속으로
>   목목천 <아침 부두(朝之埠頭)>
>
> ② 당신의 가벼운 나막신을 신고
>   당신의 부드러운 겉옷을 입고
>   부슬부슬 내리는 가랑비 따라
>   우리는 촉촉한 논으로 가네
>   목목천 <비온 뒤(雨後)>

위의 인용시 ①에서 나타나는 시간대는 아침이며, 인용시 ②는 시간적 요소를 결정짓는 구체적인 단어는 보이지 않으나 전체적인 분위기로 보아 낮으로 추정되는 시이다. 이 두 시는 시간대가 아침과 낮임에도 불구하고 태양은 안개와 가랑비에 의해 감추어진 채 낮이 지니고 있는 밝음의 속성이 차단되고 있다. 이와 같이 낮이 가지고 있는 밝음의 속성을 가능한 억제하고 있는 목목천은 자신의 시 전체에서 향암성을 드러낸다.

난 눈부신 태양이 되고 싶지 않아
난 은백의 달이 되고 싶지 않아
난 그녀의 머리 위를 비추는
희미한 작은 빛이 되고 싶어
목목천 <난 희미한 작은 빛이 되고 싶어(我願作一點小小的微光)>

위의 인용시에서도 볼 수 있듯이 그에게는 대낮의 '눈부신 태양'이나 심지어 밤을 비추는 '은백의 달'조차도 의미가 없는 듯하다. 그는 다만 어둠을 지향하며, '희미한 작은 빛'이 되고자 할 뿐이다. 따라서 목목천의 시는 낮에서 밤으로 전환되는 저녁부터 시작되며, 궁극적으로는 밤을 향해 집중된다. 즉 대낮과 한밤의 중간지점인 저녁시간에서 출발하여, 저녁의 희미한 빛이 사라진 어두운 한밤의 시간으로 향하는 것이다.

이와 같이 어둠을 지향하는 목목천의 시는 해가 지고 어스름 황혼이 찾아오는 저녁부터 시작된다. 이때부터 대낮의 빛이 어둠에 의해 감추어지면서 목목천의 자아가 깨어나 활동을 시작하는 것이다. 이 밤의 시간은 목목천에게 부피를 지닌 공간적인 모습으로 부드럽고도 서서히 다가온다.

① 아득한 희미함이
   살며시
   떠다니는 마을을 덮네
   목목천 <해질녘 향촌(薄暮的鄕村)>

② 나는 송골송골한 흑연을 가지고 아득한 산장을
   칠하는 것을 즐겨 본다
   목목천 <여름밤 이토 해변에서(夏夜的伊東町裏)>

③ 모래 물가에서 맨발로 배 저으며 건너는 소녀
  정지한 흰 돛 차차 어두워져 어렴풋한 채
  망망함에 기댄다
  목목천 <북산 언덕에서(北山坡上)>

목목천에게 밤의 시간은 흑연을 가지고 산장을 '칠하는' 것처럼 어둠의 색으로 '살며시' 마을을 덮고, 물을 건너는 배의 움직임을 어둠 속으로 끌어들여 흰 돛을 감싸듯이 다가온다. 이때 밤은 대낮의 모든 사물을 부드럽게 포용하며 그것을 어둠의 색채로 칠한다. 밤에 대한 목목천의 인식은 불안과 공포, 절망의 관념으로서 받아들이는 것이 아니라, 포용과 안식의 의미로 받아들이고 있다. 만물을 감싸듯이 천천히 밀려드는 밤의 시간은 우주 만물을 다 포용함으로써 그 안에 존재하는 인간으로 하여금 우주적 질서와의 동화를 가능케 하기 때문이다. 그래서 ≪나그네의 마음≫에 나타나는 밤은 모든 사물을 무겁고 침울하게 만들기보다는, 가볍고 경쾌함을 느끼게 한다. 동시에 밤의 어둠이 대낮의 빛을 뒤덮을 때 우주의 물질감은 가벼운 감각으로 변형된다.

① 난 한 마리 나는 새가 되어
  조용히 돛대 끝에 앉아
  촛불 켜고 마주앉아 술 마시는
  어부를 바라보며
  천천히 긴 밤을 보내고 싶어
  목목천 <마음의 욕심(心欲)>

② 달의 은빛 바늘 잿빛 전나무 끝에서 도약하네

달의 은빛 바늘 거위 털 같은 잔물결에 비치네
목목천 <물소리(水聲)>

③ 쓸쓸한 백양나무 은빛 그늘 속에
얇고 몽롱한 달빛으로 뒤덮인 그 속에
목목천 <눈물(淚滴)>

인용시 ①에서 화자는 자신을 한 마리 새로 변형시켜 돛대 끝에 앉음으로써 자신의 무게를 가볍게 하고 있다. 인용시 ②에서는 달빛을 은빛 바늘로 감지하여 달을 바늘의 무게로 감소시키며, 물이 지닌 무게를 거위 털의 가벼움으로 전이시킨다. 인용시 ③에서도 달빛은 그 부피가 얇게 묘사된다. 이처럼 밤의 시간은 사물을 가볍고 경쾌하게 만들며 중량감이 실리지 않는다. 즉 밤이 가져다주는 불안하고도 침울한 무게가 전혀 실려 있지 않다.

인간의 리듬은 태양의 리듬과는 정반대로서 태양이 잠잘 때 거대한 '리비도(libido)'는 눈을 뜨고, 낮의 빛은 욕망의 어둠인 경우가 많다. 그러므로 사람이 실제로 어둠의 힘, 곧 실의와 취약에 빠지는 것은 대낮이다. 반면에 리비도 혹은 정복적이고 영웅적인 자아가 깨어나는 것은 바로 자연의 어둠 속에서이다. 따라서 대낮의 태양이 자연의 어둠에 의해 잠을 잘 때 비로소 진정한 자아가 깨어난다. 목목천의 시적인 자아도 낮과 밤, 빛과 어둠의 중간 영역인 어스름의 시간에서부터 깨어나 활동하기 시작하는 것이다.

① 나는 영원한 나그네
영원한 잿빛 가느다란 길을 걷는다
영원한 잿빛 가느다란 길을 걷는다

어스름 황혼이 내릴 때

……

    내 마음속엔 영원한 무상이 나부끼고 있다
    내 마음속엔 영원한 교향이 흐르고 있다
    내 마음속엔 층층의 껍질이 남아 있다
    나는 영원히 침묵 속에서 조용히 나부낀다
    목목천 <헌시(獻詩)>

    ② 나는 그녀의 노래 소리가
    어슴푸레한 강가에서 진동하는 것을 듣네
    쏴 하는 저녁 바람을 따라 선회하다가 조용히
    흩어지고 유랑하며 우는 듯 웃는 듯 화난 듯
    흐르는 물의 성난 물결과 화답하네
    목목천 <이토의 강가에서(伊東的川上)>

    ③ 하늘 끝에는 여전히 엷은 석양이 남아 있는 듯
    숨은 듯 드러날 듯 하는 들개 짓는 소리와
    나부끼는 바람이 서로 노래하네
    목목천 <북산 언덕에서(北山坡上)>

　빛과 어둠이 교차되려는 때, 어스름 황혼이 대낮에 활동하던 사물을 붉게 물들이면서 목목천의 시적 영혼은 깨어나기 시작한다. 대낮에는 무의식 속에서 깊이 잠자고 있던 그의 의식이 모든 사물을 영원한 잿빛으로 물들이는 저녁시간부터 서서히 눈을 뜨기 시작하는 것이다. 그러나 갓 깨어나 아직 어둠에 익숙하지 않은 자아는 다소 불안정한 심리적 동요 상태를 드러낸다. 인용시 ①에서 화자는 잿빛으로 물든 길을 침묵하며 걷지만, 그 침묵 속에서는 무한한 상념들로 가득 차 있어 그의 마음을 요동시키고 있다. 인용시 ②에서도 화자는 어슴푸레한 강가에서 저녁 바람을 따라 '선회하고', '흩어지고', '유랑하는' 그녀의 노랫소리를 들으며 '우는 듯', '웃는 듯', '화난 듯'이 흐르는 '성난 물결' 같은 불안감을 느낀다. 이 불안 심리는 아직도 대낮의 빛이 여운으로 남아 있기 때문이다. 때문에 목목천이 경험하는 저녁은 '허위의 광명'이 완전히 사라지지 않은 불안정한 상태로서 낮과 밤이 교차하는 중간지점이다. 이 불안정한 저녁은 석양의 여운이 사라지고 완전한 어둠으로 채색될 때 점차 안정된 상태로 이행된다. 밤에는 목목천이 느끼는 대낮의 허위적인 빛과는 또 다른 밤의 빛이 나타나기 때문이다.

① 난 한 마리 나는 새가 되어
　조용히 돛대 끝에 앉아
　촛불 켜고 마주앉아 술 마시는
　어부를 바라보며
　천천히 긴 밤을 보내고 싶어
　목목천 <마음의 욕심(心欲)>

② 나는 조용히 앉아 총총히 별이 뜨길 기다리네
　내 영혼이 쏟아 뿌리는 활동을 들으며
　목목천 <들판의 사당(野廟)>

③ 우리는 은회색의 희미한 해질녘 하늘빛을 따라
　푸릇푸릇한 북산의 산기슭 위에서 조용히
　떠오르는 달을 바라본다
　목목천 <북산 언덕에서(北山坡上)>

　밤의 색채가 짙어질수록 '촛불', '별', '달' 등과 같은 밤의 빛들이 나타나면서 화자의 심리는 점차 불안정한 상태에서 안정된 상태로 이행된다. 밤은 화자가 자신의 영혼과 마주 대하는 시간으로서 인간 본연의 참다운 모습을 성찰하는 시간이기 때문이다. 그래서 화자는 인용시 ①에서 한 마리 새가 되어 촛불 켜고 마주 앉아 술 마시는 어부를 조용히 바라보면서 자신의 모습을 성찰하려는 자세를 드러낸다. 그러므로 화자는 낮과는 달리 밤을 '천천히' 지속시키려는 심리적 지체성을 보여주고 있다. 인용시 ②에서도 화자는 별을 기다리는 조용한 관조의 자세로 자신의 영혼 깊숙한 곳에서 들려오는 소리에 귀를 기울이고 있다. 마찬가지로 인용시 ③에서도 조용히 떠오르는 달을 향해 자신의 시선을 모음으로써 생의 본질적인 세계를 마주하기 위한 준비를 하는 것이다.

밤은 목목천의 영혼으로 하여금 정서의 내면을 통찰하게 하는 눈을 뜨게 하는 시간인 동시에 그 속에 존재하는 사물들을 신비스럽게 변형시키는 힘을 가진 순간이다. 목목천은 밤이 지닌 빛을 통해 작품세계를 신비하고 몽롱한 분위기로 이끌고 가는데, 그 대표적인 것 가운데 하나가 눈물의 광물화 현상으로서 이는 보석 이미지를 통해 구체적으로 실현된다.

> 나는 그대의 진주 같은 눈물방울이
> 장밋빛 뺨에 방울지는 소리를 듣는다
> 얇고 몽롱한 달빛으로 뒤덮인
> 쓸쓸한 백양나무 은빛 그늘 속에서
>
> 나는 그대의 수정 같은 눈물방울이
> 솔솔 불어오는 밤바람에 걸려서
> 호수 위에 쏟아지는 빛살과 마주하며
> 거위 빛 하얀 명주 위에 방울지는 소리를 듣는다
>
> 나는 그대의 이슬 같은 눈물방울이

파란 융단이 깔린 잔디에 방울지는 소리를 듣는다
그대의 상아를 새긴 두 개의 하얀 다리가
잿빛 푸름으로 까만 그늘을 비춘다

......

누이야 네 눈물은 소태처럼 쓰다
누이야 네 눈물은 꿀처럼 달콤하다
누이야 네 눈물은 가장 아름다운 새 술
누이야 나는 그것을 가장 좋아한다
목목천 <눈물(淚滴)>

밤은 현상적으로 드러난 외계의 사물을 신비로운 보석으로 변형
시키는 힘을 가진 시간이다. 우주의 모든 만물은 밤에 비취는 달빛
이나 별빛을 통해 더욱 영롱하게 반짝이며 보석과도 같은 신비스러
운 색깔을 드러낸다.

목목천은 자신이 노래하고자 하는 대상, 즉 '누이'의 눈에서 흘러
나오는 '눈물'을 '진주'와 '수정', '이슬' 등 보석화된 이미지를 사용
하여 고귀한 미(美)의 대상으로 정화시키고 있다. 인간의 몸이 보석
의 단단함과 스스로 빛나는 물질의 속성 그리고 오색찬란한 빛깔의
속성과 연결될 때 그것은 단순한 외형의 묘사가 아닌 내적 이미지
로 파악되어 구체적인 의미에서의 인간이 아니라 영원의 미와 진리
의 세계를 나타내는 시작(詩作) 상징의 대상으로 전환된다.

위의 인용시에서 누이의 눈물은 진주와 수정, 이슬로의 변형과정
을 통해 주로 흰빛을 지닌 보석 이미지로 이어지면서 누이에 대한
화자의 심리적 투명성을 보여준다. 진주와 수정, 이슬은 눈물이 변
형된 자아 탐구의 정화된 의식이며, 이것은 목목천의 전인적(全人

的) 삶의 깊이라고도 말할 수 있다. 즉 누이에 대한 화자의 순수하고도 고결한 내면의식의 결정체가 바로 눈물을 보석 이미지로 변형시킨 진주와 수정, 이슬인 것이다. 여기에서 진주나 수정은 모두 흰빛을 띠는 특별한 결정체이며, '이슬' 역시 본질적으로는 액체적 성질을 띠고 있지만, 이 시에서는 고체화된 하얀 결정체로서의 투명한 보석 이미지를 띠고 있다고 말할 수 있다.

이처럼 누이의 액체적인 눈물을 진주와 수정 및 보석 이미지의 이슬로 고체화시키고자 하는 화자의 마음은 누이의 눈물이 흘러내렸다가 사라지는 지극히 짧은 순간을 정지시킴으로써 찰나적인 시간을 영원히 간직하고자 하는 소망을 표현한 것이다. 눈물을 눈물 그 자체로 액체화시키지 않고 고체화된 보석의 이미지로 변형시켜 흘러가는 액체로서의 시간개념을 극복하고 영원성을 추구하고자 하는 것이다. 다시 말해 눈물의 보석 이미지로의 변형은 떨어져 금방 사라질 눈물이 지닌 액체성을 단단한 보석으로 투명하게 고정시키는 시적 묘사를 통해 유동적이고 한시적인 현실세계에서의 한계를 초월하여 영원하고도 절대적인 세계로의 이행을 추구하고 있는 화자의 지향의지가 만들어 낸 것이다.

그러나 화자의 의식은 다시 고체화된 눈물에서 다시 액체적 본질인 누이에게로 전환된다. 즉 누이의 눈물을 '소태 → 꿀 → 술'의 과정을 통해 '고체 → 반고체·반액체 → 액체'로의 상태로 전환시키는 동시에, '쓰다 → 달콤하다 → 가장 아름답다'이라는 의식형태의 변형과정을 거쳐 세상에서 가장 아름다운 상태로 승화시킨다. 화자는 누이의 눈물을 가장 좋아함으로써 자신이 누이와 일체가 되는 계기를 마련하는 것이다. 이처럼 밤은 뿌연 달빛 아래서 누이의 눈물을 세상에서 가장 아름다운 눈물로 승화시키면서 신비스러운 분위기를 연출하고 있는 것이다.

① 박쥐가 퍼드덕 날아가는 소리
　　천천히 흘러나오는 벌레 소리의 울음 물결
　　……
　　때때로 들려오는 노 젓는 소리
　　빽빽한 버들 그늘 오솔길에
　　밤늦게 행인의 노랫소리 끊겼다가 이어지고
　　개천의 물 흐르는 소리 고요히 들려오네……
　　목목천 <해질녘의 향촌(薄暮的鄕村)>

② 비취색 버들은 나의 하늘 휘장
　　목초는 나의 가벼운 침대
　　한밤에도 여전히 잠에서 깨어난 꾀꼬리의
　　노래 소리가 들리네
　　목목천 <거지의 노래(乞丐之歌)>

③ 산 오목한 좁은 길에 물통 진 시골사람 걸어가고
　　끊겼다 이어지는 산속 샘에서 보내오는 물 긷는 소리
　　산사의 저녁 종 서서히 풀밭 끝으로 미끄러져 넘어오고
　　배회하는 들개 우릴 향해 짖지만 그냥 내버려 두네
　　목목천 <북산 언덕에서(北山坡上)>

　　화자의 자아가 깨어남과 동시에 그에게는 대낮에 들리지 않던 많은 밤의 소리들이 들리기 시작한다. '박쥐 날아가는 소리', '벌레 소리', '노 젓는 소리', '행인의 노랫소리', '물 흐르는 소리', '꾀꼬리 소리', '물 긷는 소리', '저녁 종소리', '들개 소리' 등 수많은 소리들이 울림을 통해 화자에게 전달된다. 이 소리들은 일상세계에서 흘러나오는 것이 아니다. 모든 우주 공간에서 흘러나오는 생의 본질적인 소리인 동시에 상징의 숲에서 흘러나오는 신비한 소리인 것이다. 그런 측면에서 소리는 생의 본질적인 세계에서 울려 나오는 우주적 질서를 화자에게 전달해 주는 흐름의 매체로 자리잡는다. 그

래서 화자는 밤의 시간을 통해 영원의 세계에 맞닿기 위해 의식의
저편에서 들려오는 소리에 귀를 기울인다.

> 벗이여 창문을 굳게 닫고
> 어둠 속에서 울려 나는 우리 마음의 진동을 듣자
> 목목천 <현 위에서(絃上)>

창문은 건물의 내부 세계와 외부 세계를 구분하는 경계지점인 동
시에 내부 세계와 외부 세계를 서로 연결하는 통로가 된다. 즉 창
문을 통해 창밖의 일상적인 세계에서 흘러나오는 소리가 창 안으로
전달되는 것이다. 그러나 화자는 창문을 굳게 닫는 행위를 통해 창
밖의 세계에서 전달되는 모든 빛과 소리를 거부한다. 화자에게 있
어서 창문 밖에서 들려오는 소리는 모두 일상적인 세계에서 들려오
는 인위적인 소리인 동시에 허위적인 소리로 인식되기 때문이다.

그래서 화자는 모든 허위적인 소리가 정지된 어둠 속에서 우주적
인 질서로부터 흘러나오는 본질적인 소리를 지향하고 있는 것이다.
이 어둠은 세계가 창조되기 이전의 카오스(chaos)적인 세계로서 만
물을 창조하기 이전 단계로서의 어둠을 의미한다. 이처럼 화자가
캄캄한 어둠 속에서 침묵하고 있을 때 비로소 의식의 저편에 자리
잡고 있던 참된 우주의 본질적인 모습이 그 형태를 드러내기 시작
한다. 이와 동시에 허위적인 일상세계에 의해 가리어져 있던 거대
한 영원의 세계가 침묵 속에서 들려오기 시작하는 것이다.

> 창백한 종소리 노쇠한 몽롱
> 황량하고 어슴푸레한 골짜기로 영롱하게 흩어지네

　―시든 풀 천겹 만겹―
　들린다 영원하고 황당한 오래된 종
　들린다 천번 만번

　오래된 종 새하얗고 맑은 물결 위에 흩어지네
　오래된 종 잿빛 푸름의 백양나무 끝에 흩어지네
　오래된 종 쓸쓸한 바람소리 속으로 흩어지네
　―달그림자 소요하네 소요하네―
　오래된 종 나부끼는 흰 구름에 흩어지네

　……

　부드러운 오래된 종 달빛 물결 따라 나부끼네
　부드러운 오래된 종 서서히 은하수로 들어간다
　―멀리서 오래된 종은 고향 노래를 메아리치고―
　아득한 오래된 종 고향의 노래를 반영하네
　먼 곳의 오래된 종 창망한 고향으로 들어간다

　들린다 노쇠한 오래된 종 황회색 골짜기에서
　끝없는 망망함 속으로 흩어져 영롱히 울리고
　말라 버린 풀과 잎은 멍하니 북풍에 날린다
　들린다 천번 만번 ―몽롱 몽롱―
　황당하고 망망하며 퇴폐적이고 영원한 고향의 종소리가
　황혼의 골짜기에서 들린다.
　목목천 <창백한 종소리(蒼白的鐘聲)>

　　종소리는 울림과 관계를 맺고 존재의 인식을 깨우치는 암시로 나
타난다. 산골짜기, 나무 끝, 구름, 물가 등이 황혼에 조용히 물들면
서 몽롱한 분위기를 연출한다. 이처럼 황혼은 모든 사물을 자신의
세계로 포용하며 일상의 세계를 신비한 세계로 전이시킨다. 이와

동시에 화자는 과거부터 울리던 종소리를 통해 현재라는 시간적인 제약을 뛰어넘어 영원한 시간 속으로 흡수된다. 여기에서 말하는 영원한 시간은 무시간성(無時間性)을 말하는 것이 아니라, 물리적 차원에서의 시간적 한계를 넘어서는 것을 의미한다. 이때 산골짜기에서 들려오는 종소리의 울림 속에서 화자의 눈과 귀가 새롭게 뜨이기 시작한다. 우주적인 질서에 대한 눈이 열리면서 거기에서 전해 오는 상징의 소리가 들리기 시작하는 것이다. 이 소리들은 밝음 속에서 들을 수 있는 것이 아니라 어둠 속에서만 들리는 소리로서, 인간의 의식 속에 내재된 생명의 신비와 우주의 망망하고도 무한함을 암시한다. 화자는 어둠 속에서 자신의 삶을 재창조하려고 하고 있으며, 그것은 밤이라고 하는 시간을 통해 성취되는 것이다.

동시에 종소리는 화자에게 현재의 의식세계에서 자신이 지향하는 다른 의식세계로 건너게 해 주는 다리의 역할을 하기도 한다. 화자는 종소리를 통해 고향의 노랫소리를 듣게 되고, 다시 그 종소리를 통해 자신이 그토록 지향하던 고향, 즉 인간의 본질적인 고향으로 시선을 모아 그곳으로의 회귀가 가능케 되는 것이다.

떠돌아다니는 나그네의 그림자 보이지 않고
슬프고 사랑스런 심장 박동의 미미한 떨림 들리지 않네
우리 둘 하늘 쳐다보며 부드러운 풀밭에 누워
유랑하는 달빛을 하나씩 바라본다
떠돌아다니는 나그네의 그림자 보이지 않고
슬프고 사랑스런 심장 박동의 미미한 떨림 들리지 않네
우리 둘 하늘 쳐다보며 부드러운 풀밭에 누워
유랑하는 달빛을 하나씩 바라본다

성에 가득한 마을사람 모두가 쿨쿨 잠자는데

어째서 밥 짓는 연기가 그들 집에서 오르나
교회당의 첨탑은 차갑게 맞은편
폐허가 된 무기 공장을 바라보고
반짝이는 달의 은빛 침은 미소를 머금고
조용히 잠자는 수면을 어루만진다

모두가 잔다 산도 잔다 물도 잔다
무엇이든 잔다 사람도 잔다 개도 잔다
나만 누워 그녀 마음의 물결을 어루만진다
빙그레 웃으면서
아 우리에게 무슨 소식을 알려 주듯
산속 샘에서 들리는 물소리가 더욱 분명하다
목목천 <북산 언덕에서(北山坡上)>

시간이 밤의 한복판에 다다르면서 주위 모든 사물의 움직임이 정지되며 소리도 들리지 않는다. 화자의 영혼은 밤의 세계를 통해 영원의 세계에 맞닿기 위해 밤을 움직임과 소리가 없는 시간으로 지향시키고 있는 것이다. 이처럼 '나그네의 오가는 그림자가 보이지 않고', '심장 박동의 미미한 떨림이 들리지 않을' 때, 비로소 화자는 그 심층의 가치가 지향하는 세계와 만나게 된다.

제1연에서 화자는 지상세계로 상징되는 풀밭에 누워 달빛을 바라보는 행위를 통해 의식의 상승을 추구한다. 반대로 달빛은 풀밭에 누운 화자를 비춤으로써 천상세계의 지상으로의 하강을 보여준다. 이와 같이 천상세계의 하강과 화자 의식의 상승을 통해 비로소 서로가 만나 하나가 되는 계기를 마련하게 되는 것이다. 이는 밤의 수평적인 시간이 수직적인 공간질서로 이행되어 그 수직공간을 통해 우주적인 질서와 동화하는 것을 의미한다.

제2연에 나타나는 첨탑은 교회당의 맨 꼭대기에 위치해 있고, 그

위에는 달빛이 있으며, 다시 그 위에 하늘이 있다. 즉 교회당의 첨탑은 묵시적인 세계와 자연적인 세계가 일치하는 지점(point), 곧 우리가 현현(epiphany)이라고 부를 만한 상징적인 지점이다. 교회당 첨탑의 상승구조는 하늘을 향해 뻗은 수직성을 통해 확고해진다. 때문에 지상세계에 존재하는 화자는 이 첨탑을 매개로 하여 천상세계로의 상승의식을 보여주는 동시에 천상세계의 소리를 지상세계에서 듣게 된다.

반면에 무기 공장은 인간들의 욕심과 다툼이 만들어 낸 지상의 속된 세계이다. 화자는 바로 이 속된 지상세계에서 살고 있으며, 그곳에서 자신의 본질적인 모습을 잃어버린 채 방황하고 있었던 것이다. 동시에 그는 이 속된 지상세계의 질서에서 벗어나고자 한다. 때문에 그는 교회당의 첨탑을 통해 지상세계의 속된 질서를 정화하고, 공중에 떠 있는 달을 통해 지상세계를 감싸 안고자 한다.

이처럼 화자는 밤의 이 수직적인 질서를 통해서 인간의 본질적인 고향으로 상징되는 '그녀'를 만나게 되고 그녀와 화자는 개별적인 존재가 아닌 '우리'라는 동질적인 승화된 관계를 회복하게 된다. 그리고 이 동질성의 회복을 통해 비로소 '산속 샘'이라는 피안(彼岸)의 세계 혹은 상징의 세계에서 울려 나오는 소리들이 화자에게 분명하게 들려오는 것이다.

> 밤의 장막 너는 숲의 끝에 걸렸구나
> 밤의 장막 너는 연못 중간을 덮었구나
> 아! 밤의 장막 너는 나를 덮었구나
> 아! 그녀와 함께 포옹하네
> 목목천 <비온 뒤의 이노카시라(雨後的井之頭)>

위의 인용시에서 밤이라고 하는 수평적인 시간질서는 공간질서로 전이된다. 밤의 장막이 '숲 → 연못 → 나'로의 전이를 통해 화자는 '그녀'와의 포옹을 이루게 되며, 이 밤의 어둠을 통해 우주적인 질서로의 회귀가 이루어진다. 때문에 목목천에게 있어서 밤의 시간은 심리적인 어둠으로 마무리되지 않는다. 오히려 내면적인 밝음을 통해 시적 건강성을 보여준다. 목목천의 밤은 '그녀'와 '포옹'하게 되는 포근한 안식의 시간인 동시에 상실된 자아가 회복되는 창조의 공간으로 인식된다. 그러므로 목목천의 ≪나그네의 마음≫에 나타나는 밤은 낮으로 상징되는 허위적인 현실 속에서 존재하는 모든 우주만물을 어둠으로 덮어 안식게 하며, 생의 근원처, 즉 우주의 창조적인 질서와 만나 동화되는 시간이다. 그것은 화자의 잃어버린 자아의 회복을 의미하며, 궁극적으로는 시적 화자인 목목천 자신이 잃어버린 우주적인 질서의 회복이라는 상징체계를 형성한다고 하겠다.

② 안식과 공포의 이중성

이금발에게서도 밤은 중요한 시적 제재로 등장한다. 그 스스로도 밤이 지닌 문학적 기능을 다음과 같이 말하고 있다.

> 밤의 무한한 아름다움은 그 능력이 만물을 다만 절반만을 드러내는 데 있고, 베토벤 및 전체 독일 국민들이 노래하는 달밤은 만물이 모두 그 원형을 변하게 하여, 설령 가장 평범한 오솔길일지라도 역시 시적인 맛이 충만하여, 어렴풋한 만물의 윤곽이 일종의 유약한 아름다움을 조성하는 데 적합하다. 왜냐하면 어두운 그림자는 만물의 옷이기 때문이다. 이금발 <예술의 본질과 운명(藝術之本原及其命運)>

이금발의 시에서 밤이 지니고 있는 기능은 사물의 전체 모습을 가리고 그 원형을 변형시켜 일종의 어렴풋하고 몽롱한 분위기로 이 끌어 가는 데 있다. 이러한 밤의 세계는 낮의 세계와의 관계 속에 서 그 의미를 드러낸다. 먼저 이금발이 인식하고 있는 낮의 세계를 살펴보자.

> 태양은 불꽃의 눈을 뜨고
> 뒤척이는 우주 공간을 감시한다.
> 사람과 짐승들, 꽃과 풀잎들은
> 찌는 듯한 더위에 꿈틀거리지만
> 그는 높은 곳에서 웃고 있다.
> 이금발 <한여름(盛夏)>

이 시는 태양이 이글거리는 한여름의 대낮에 대한 시인의 감각적 인 느낌을 묘사하고 있다. 마치 태양은 온 '우주 공간을 감시'라도 하듯이 '불꽃의 눈을 뜨고' 강렬한 열기를 내뿜고 있으며, 이 우주 공간에 살고 있는 모든 생물들은 '찌는 듯한 더위에 꿈틀거리고' 있 다. 이처럼 대낮에 내뿜는 강렬한 태양의 열기는 모든 생명체를 고 통 속에서 허덕이게 하지만, 오히려 태양은 의기양양하게 하늘 높 은 곳에서 그들을 비웃고 있을 뿐이다. 때문에 이금발에게서 대낮 은 태양이 잠시도 쉬지 않고 사물들을 잔인하게 자극하는 고통과 힘겨움의 세계이다. 그래서 이금발도 향암성을 지향하며, 이글거리 는 태양이 사라지길 기다리는 것이다.

① 조용히 기다린다. 태양이 지고 저무는 산이 붉어지길.
  이금발 <한여름(盛夏)>

② 햇볕이 사라질 때
  내 마음은 이미 달콤하게 잠잔다.
  이금발 <노래하네……(歌唱呀……)>

  위의 인용시에서도 볼 수 있듯이 화자는 태양이 이글거리는 낮보다
는 태양이 지고 어둠이 찾아오는 밤을 지향하고 있다. 여기에서 밤을
맞이하는 화자는 낯설거나 전혀 거부감을 보이지 않는 태도이다. 즉
밤이 지닌 어둠은 결코 절망에 가라앉아 버리는 좌절이 아니다. 오히
려 화자는 "햇볕이 사라질 때 내 마음은 이미 달콤하게 잠잔다."라고
고백하면서 그 어느 때보다 평안한 심리적 안정감을 보이고 있다. 이
처럼 화자가 간절히 기다리는 밤은 목목천과 마찬가지로 강렬한 태양
이 지배하는 대낮의 세계를 붉게 물들이는 황혼에서 시작된다.

① 석양은 생명을 금빛으로 물들이고
  이금발 <뾰로통함이 부드러움이라면(如嬌嗔是溫柔)>

② 신비스런 노랫가락이 황혼 속에서 흩어진다.
  이금발 <자비를 반대함(反慈悲)>

③ 석양이 산 너머에 다다르자,
  저녁노을이 군대처럼 모인다.
  이미 시든 해당화를 제외한 지상의 만물들이
  기뻐 날뛰며 모두 따스한 선홍색으로 물든다.
  이금발 <풍경(景)>

밤은 황혼을 통해 화자에게 다가오는데, 그것은 석양이 모든 추악한 사물을 미화시켜 낮 동안의 세계와는 다른 세계를 만들어 주기 때문이다. 위의 인용시 ①②③에서도 보듯이 '석양은 모든 생명을 금빛으로 물들이고', 그 속에서 '신비스런 노랫가락'이 온 사방으로 흩어지면서 낮 동안에 죽은 듯이 숨어 있던 '지상의 만물들이 기뻐 날뛰며 모두 따스한 선홍색으로 물든다.' 이처럼 석양은 시간적인 종말이나 죽음을 의미하는 시간이 아니라, 순간적이기는 하지만 공간이 새롭게 변화되는 시간이다. 동일한 풍경이 석양이라는 시간의 조명으로 인해 대낮 세계에서 존재하던 추악한 사물들이 아름답고 신비스럽게 변형되어 비현실적인 세계로 바뀌며, 현실적으로 경직되어 있던 모든 사물들이 현실의 벽을 뛰어넘어서는 미학적 변화를 일으키는 시간이 바로 석양 무렵인 것이다.

황혼은 마침
죽은 뒤의 유언을 준비하고
남아 있는 바람은
임종의 신음 소리를 내며
황혼은 마침
죽은 뒤의 유언을 준비하고
남아 있는 바람은
임종의 신음 소리를 내며
힘없이 다시 한 번
창백한 얼굴을 쳐다본다.
바다는 푸르고
보리 물결은 붉었다가 갈색으로 바뀌고
둥지를 찾아가는 제비의 평화로운 날갯짓은
마치 생명의 우언 같고
숲에 사는 새들이 지저귀는 소리는

숲으로 하여금 곧 잠에 **빠져들게** 하지만
그 음악이 아름답지는 못하다.
이금발 <밤이 오네(夜之來)>

이 시는 황혼이 지나 밤이 도래하는 광경을 묘사하고 있다. 석양에 붉게 물든 세계로 밤의 장막이 내려올 때, 황혼은 곧바로 자신의 흔적을 감추어 버린다. 이금발은 밤의 도래를 황혼의 죽음으로 비유했다. 낮의 시간에서 밤의 시간으로의 교체는 새로운 세계의 탄생을 의미하며, 바로 그 이전 세계의 죽음을 의미한다. 때문에 황혼은 이전 세계에 남아 있던 바람 소리를 유언으로 남긴 채 창백해진 얼굴로 새로 도래하는 밤의 세계에서 사라져 버리는 것이다.

제7행과 8행은 밤이 도래하는 과정을 색채를 통해 묘사하고 있다. 바람이 불자 석양에 붉게 물든 보리가 물결치다가, 다시 어두운 갈색으로 변한다. 사실 시간의 흐름에 따른 사물의 색채 변화는 매우 자연스러운 현상이지만, 이금발에게 있어서는 그것을 단순한 자연현상만으로 파악할 수는 없으며, 오히려 주관적인 감각의 변화로 보아야 할 것이다. 왜냐하면 이러한 색채의 변화는 이금발이 자신의 주관적인 감정을 전달하는 주된 표현수법 가운데 하나로서, 그 목적은 내면의 심층심리를 표면적으로 드러내지 않으면서도 더욱 효과적으로 암시하여 강렬한 심미효과를 거두는 데 있기 때문이다.

제9행과 10행에서 화자는 자신의 보금자리로 돌아가는 제비의 날갯짓을 통해 밤의 따스함을 읽는다. 이 시에서 제비가 날개 치는 동작은 빠르거나 초조하지 않으며, 오히려 여유 있고 평화로운 모습이다. 오직 밤만이 사람들을 대낮의 당당한 위장(僞裝)에서 벗어나게 하여 진정한 자신의 모습을 드러내며, 진실을 말하게 하고, 인간다운 모습으로 돌아가게 하기 때문이다. 때문에 밤이 평화롭게 느껴져 오고, 둥지는 그 밤에 안식의 따스함을 느끼게 한다.

마지막 제11행, 12행, 13행에서는 새들의 시끄럽게 지저귀는 소리로써 숲이 잠에 빠져들기 전의 모습을 묘사하고 있다. 이 새들의 소리는 황혼의 임종을 위한 장송곡이기에 아름답지 못하다. 이 소리와 함께 밤이 숲에 이어지면서 숲조차 밤의 이미지로 변형된다. 숲은 어둠을 환기시켜, 새들뿐만 아니라 숲 전체를 잠 속에 빠지게 하여 포근한 안식처로 바뀐다. 그렇기 때문에 숲은 새들이 잠을 자는 안식처가 되며, 그 숲을 밤의 장막이 덮고 있는 것이다. 이러한 밤은 대낮의 모든 추악과 고통을 어둠으로 덮어 현실세계로부터 그를 보호하는 역할을 하고 있다.

① 칠흑 같은 밤은 사방의 험악함을 차단해 버리고
  이금발 <처음의 마음(初心)>

② 어두운 밤이 다가와 일체의 치욕과 아름다움,
  기아와 다정을 뒤덮기를 간절히 바란다.
  이금발 <초인종에게(給蜂鳴)>

③ 아, 이 스산한 기나긴 밤은
  시인의 도피처.
  이금발 <먼 곳(遠方)>

밤은 칠흑 같은 어둠을 가지고 대낮의 모든 사물을 포용하듯이 추악한 현실세계를 덮어 가리는 기능을 수행한다. 인생과 운명에 의해 버림받고 현대성의 산물인 기계문명에 의해 인격체로서의 존재를 거부당한 인간은 바로 이 밤의 어둠을 통해 자신의 삶을 조여오는 '사방의 험악함을 차단'하며, 현대문명이 안고 있는 '일체의 치욕과 아름다움, 기아와 다정을 뒤덮는' 것이다. 때문에 밤은 바로 현실세계로부터 자신을 보호하며, 현실세계로부터 느끼는 초조와 공포 그리고 혐오로부터 벗어날 수 있는 '시인의 도피처'가 된다.

> 바람이 산꼭대기에서 불어오니
> 등불은 꺼지고
> 나는 내 사지를 더듬어 찾는데
> 이것이 모난 것인가? 그것이 둥근 것인가?
>
> 앞의 일 초가 지나가자
> 바로 뒤의 일 초가 다가오니
> 그들의 여정은
> 사막이나 화산으로도 멈출 수 없네.
>
> 나는 어두운 밤이 와서 위로해 주길 기다리지만
> 뜻밖에 새날의 미소를 보네.
> 아, 적막한 세월이여!
> 너만이 비로소 사람에게 완전함을 주는구나.
> 이금발 <완전(完全)>

이 시는 내면의 고독하고 적막한 감정을 어두운 밤을 통해 위로 받고자 하는 심정을 나타냈다. 하늘이 점차 어두워지기 시작하면서, 아무도 없는 방 안에는 다만 희미한 등불 아래 화자의 조심스런 움직임만 있을 뿐이다. 계속해서 방 밖에서 불어오는 바람으로 인해 등불이 꺼지고 화자는 다만 어둠 속에서 휴식을 찾고자 한다. 이때 시간은 일 초씩 지나가고, 이 시간의 여정은 설사 여행자를 방해하는 사막이나 화산 같은 장애물이 나타난다고 해도 그들의 발걸음을 멈추게 할 수는 없다. 자신의 생명이 고독 속에서 점차 사라져 갈

때, 다만 이 어두운 밤만이 자신에게 한 가닥의 따스한 위로를 가져다줄 수 있다. 즉 고독하고 삭막한 사회에서는 오로지 밤만이 인생에서 가장 완전하고 아름다운 순간이다. 이처럼 이금발에게 있어서 밤은 현실로부터 상처받은 감정을 어루만지고 위로받는 안식의 의미로 받아들여진다.

그러나 이금발의 시에서 밤은 이런 안식의 의미로만 상징되는 것은 아니다. 마지막 연에서 보듯이 그가 기대하는 어두운 밤으로부터의 안식은 다시 떠오르는 태양의 미소에 의해 여지없이 깨어지고, 결국 그는 적막한 세월만이 인생에 대한 완전한 감각을 준다고 말하면서 인생에 대한 냉소적인 태도를 보인다. 이와 같이 밤이 위로와 안식이라는 제 기능을 수행하지 못할 때, 그것은 이금발에게 또 다른 의미로 인식된다.

① 나는 어두운 곳에서 이 수치와 두려움을 숨기고 싶지만,
어느새 산 뒤에선 새벽빛이 솟아올랐다.
이금발 <내 서투른 사랑(吾生愛)>

② 밤 빛깔이 온 도시를 덮지만,
내 마음만은 가릴 수 없네.
이금발 <마음(心)>

화자는 밤을 통해 자신이 현실생활 속에서 느끼는 '수치와 두려움을 숨기고', 그로 인한 상처를 위로받고자 한다. 이처럼 밤이 지닌 어둠의 속성은 그가 그토록 혐오하는 현대 문명도시의 추악한 모습을 검게 칠하여 보이지 않게 하는 데 있다. 그러나 그 밤이 영원히 지속될 수는 없다. 밤의 세계는 화자의 내면에 존재하고 있는

불안과 초조감을 가릴 수 없을 뿐만 아니라, 궁극적으로는 새벽에 떠오르는 태양에 의해 깨뜨려지기 때문이다. 이처럼 화자가 '낮'으로 상징되는 현실세계에서 벗어나 '밤'이라는 비현실세계로 도피하지만, 거기마저도 자신의 진정한 도피처가 되지 못할 때 불안과 좌절감은 더욱 배가되며, 더 이상 도망칠 출구가 없음을 확인할 때 밤은 안식이 아니라 공포의 의미로써 다가오는 것이다.

① 어두운 밤은 모기와 한 걸음으로 천천히 다가와
　여기 낮은 담 모퉁이를 넘어서
　내 가냘픈 귓가를 미친 듯 두드린다.
　황야를 휘몰아치는 광풍의 울부짖음에
　무수한 유목민이 몸서리치듯.
　이금발 <버림받은 여인(棄婦)>

② 심장의 박동이 아주 급하게 뛰는 것은
　밤 빛깔이 위세를 부려
　공간이 고독해질까 두렵기 때문이오.
　이금발 <높은 곳에서 밤이 말하다(高原夜語)>

인용시 ①에서 어두운 밤은 모기와 함께 버림받은 여인에게 다가온다. 사실 모기는 예리한 침으로 사람들을 찔러 피를 빨아먹는 공격적인 속성을 지니고 있으며, 이 시에서는 바로 밤이 지닌 공격성을 상징하고 있다. 이러한 공격적인 밤은 여인이 외부로부터 자신을 방어하기 위해 만들어 놓은 낮은 담 모퉁이를 넘어서 그녀의 가냘픈 귓가를 미친 듯이 두드린다. 이제 자신의 영혼을 보호하기 위해 마련해 놓은 마지막 보호막마저 무너져 버린 여인은 드넓은 황야에서 휘몰아치는 광풍에 무수한 유목민이 도망치지도 못하고 두

려움에 떨듯이, 그녀 자신도 이제 더 이상 달아날 곳도 없는 상황
에 대한 공포감에 전율한다.

인용시 ②에서도 상황은 마찬가지이다. 여기에서도 밤은 화자의
심장 박동을 빠르고 불규칙하게 만드는 공포의 대상으로 등장한다.
이처럼 위의 인용시 ①②에서 밤이라는 시어가 제공하는 핵심적인
정서는 공포감이다. 이와 같은 공포감은 <싸늘한 밤의 환각(寒夜之
幻覺)>에서 더욱 뚜렷하게 나타난다.

> 창밖의 밤 빛깔이 외로운 나그네의 마음을 물들이니
> 거역할 수 없는 냉기는 모든 공간의 존재와 마음속의
> 용기를 부수어 버리려고 한다.
>
> ……
>
> 갑자기 사람과 짐승의 손이 이처럼 차갑게 느껴져
> 나는 마침내 놀라서 바닥에 넘어져 버리니
> 눈은 감겨지고
> 사지는 싸늘한 밤처럼 차갑게 경직되어 버렸다.
> 이금발 <싸늘한 밤의 환각(寒夜之幻覺)>

위의 시는 싸늘한 밤기운이 고독한 나그네의 마음을 물들이면서
발생하는 두려운 환각 현상을 묘사하고 있다. 나그네는 이 싸늘한
밤기운에 의해 그가 생활하고 있는 모든 공간뿐만 아니라 그의 마
음속의 용기조차도 위협을 받는다. 이미 그의 내면세계조차 안전한
장소가 아니다. 이처럼 이 시에 나타난 밤은 사람과 짐승의 손이
차갑게 느껴지고, 사지가 차갑게 경직되어 버린 어둡고 싸늘한 밤
이다. 여기에서 어둠과 싸늘함은 시적 화자에 대한 존재적 위협을

상징한다. 왜냐하면 어둠은 밝음의 반대적인 개념으로서 밝음이 사물의 존재를 드러내는 데 반해서 어둠은 그것을 은폐시키기 때문이다. 또한 싸늘함은 겨울 이미지를 연상시키며, 이 겨울 이미지는 노드롭 프라이가 논의한 이미지의 순환형식에 따르면 하루의 네 시기에서는 밤과 대응하며, 인생의 네 시기에서는 죽음과 대응한다. 결국 싸늘함은 반(反)생명적인 것, 즉 죽음을 의미한다. 그러므로 밤은 생명을 가진 존재에게는 위협적인 대상이 되며, 바로 죽음을 상징하는 것이다.

따라서 밤이 주는 이러한 어둠의 이미지는 바로 추악한 현실세계에서 비롯된 불안과 두려움, 더 이상 바랄 희망이나 도망칠 출구가 없는 현실 상황에 대한 미래 부정적인 인식에서 찾아오는 공포를 상징하고 있다.

③ 침묵과 절망

밤이 목목천에게 일상적인 생활에서 상처받은 영혼에 대한 포용과 우주적 질서에 대한 성찰로서의 의미를 띠고, 이금발에게서 안식과 공포의 이중적인 의미를 띠고 있다면, 풍내초와 왕독청에게 있어서는 침묵과 절망의 의미로 다가온다.

풍내초가 ≪홍사등(紅紗燈)≫에서 구축한 밤의 세계는 음침하고 차가우며 두려운 정서로 가득하다. 설사 그가 극단적인 절망으로 인해 마음속으로는 피눈물을 흘리며 통곡할지라도, 겉으로 드러나는 그의 시에서는 결코 감정의 지나친 노출을 보이지 않는다. 뿐만 아니라 목목천에게서 나타나는 경쾌한 움직임이나, 왕독청에게 나타나는 활동적인 움직임도 나타나지 않는다. 즉 그의 내면에 가슴 가득한 슬픔이 간직되어 있다고 할지라도, 그는 다만 침묵을 유지할 뿐 움직임을 드러내지는 않는다. 때문에 그를 둘러싸고 있는 주

위의 모든 사물이나 배경도 모두 움직임이 정지한 듯한 고요함을
유지하며, 울음소리조차도 크게 내지 못하고 소리의 크기를 최소화
한다.

① 밤 깊어 고요한 한밤중에
  가볍게 고음의 발자국 소리 죽이고
  풍내초 <나의 짧은 시(我底短詩)>

② 힘없이 부서지는 물결은 흐느끼며 밤이 오는
  흔적을 씻어 버린다
  풍내초 <환영(幻影)>

③ 사람 없는 적막한 정원 여인이여
  난 밤 그림자의 그늘에서 배회하네
  소침한 만물의 소리가 낮게 울린다
  어쩌나 그대 발자국 소리 같은지
  아 초조한 내 마음
  풍내초 <서로의 약속(相約)>

위의 인용시에서 보듯이 풍내초는 '발자국 소리 죽이고', '흐느끼
며', '적막한', '소침한', '소리가 낮게 울린다' 등 표현을 통해 소리
의 크기를 최소화시킨다. 그가 <절망(絶望)>에서 '소리를 삼키고 눈
물을 마시며 말없이 절망하듯'이라고 표현한 시구처럼 지극히 절제
된 감정을 유지하고 있는 것이다.
  이처럼 풍내초의 시에서 울려나오는 소리는 그 형태가 어떻든지
간에 한 가지 공통적인 사실은 바로 소리가 그의 내면적인 슬픔이
응축되어 밖으로 울려 나오는 소리이며, 또 소리의 크기를 최소화

하기 위해 애쓴다는 점이다. 이는 목목천이 인위적인 소리가 정지된 생의 본질적인 세계를 마련하기 위해 소리 없는 고요함을 추구하던 것과는 그 의미가 본질적으로 다르다. 목목천의 시에서 나타나는 소리가 생(生)의 저편, 즉 피안의 세계에서 들려오는 고향의 소리인 반면에, 풍내초의 시에서 들려오는 소리는 바로 내면세계의 슬픔이 극도로 절제된 채 흘러나오는 신음소리인 것이다.

> 황혼의 남은 빛은 인상이 아직 사라지지 않고
> 석양은 비통하게 서쪽 허공에서 머뭇거리며
> 창백하게 흐려진 임종을 알리네
> ― 만물의 색채가 이처럼 소침해지고
> 암담한 '현재'는 과거의 꾸민 황금을 벗겨낸다
> 풍내초 <밤(夜)>

목목천과 마찬가지로 풍내초의 시에서도 밤은 황혼에서 시작된다. 석양은 추악한 현실세계를 황금빛으로 꾸며 아름답게 만들어 버린다. 설령 그 세계가 인위적으로 꾸며진 황금세계일지라도 화자에게는 추악한 현실세계에서 벗어나 잠시라도 도취할 수 있는 시간이다. 다시 말해 인생의 본질적인 안식을 줄 수는 없어도, 잠시라도 현실에서 도망하여 안식할 수 있는 세계이다. 그러나 궁극적으로는 이 황혼녘의 황금세계 역시 풍내초에게 영원한 안식을 제공하지는 못한다. 왜냐하면 황혼은 밤이라고 하는 현재의 시간에 의해 과거의 시간으로 밀려나, 결국 임종을 맞이하기 때문이다.

특히 풍내초의 시에서 밤은 '달밤'으로 자주 표현되며, 달밤은 그에게 있어서 침묵의 시간이다. ≪홍사등≫에 실린 전체 43수의 시 가운데 절반 이상이 달밤을 시적 배경으로 삼고 있으며, 달은 바로 풍내초의 절망적인 심정을 상징하는 객관적인 상관물이다. 따라서 풍내초의 내면세계가 절망적인 침묵을 유지하고 있을 때, 그의 내면적인 절망은 그대로 달에게 이입된다.

① 달은 머나먼 거친 바다에 떠 있고
   풍내초 <탄식(歎息)>

② 만일 해가 서쪽에 가라앉는다면 밤 그림자 깊어지고
   새하얗게 밝은 달은 슬픈 정이 가득하다
   풍내초 <슬픈 노래(哀唱)>

③ 영원히 침묵하는 달
   풍내초 <절망(絕望)>

태양이 낮을 밝혀 주는 빛이라면, 달은 밤을 밝혀 주는 새로운 빛이다. 그러나 인용시 ①에서 달은 거친 바다에 떠 있어 언제 가라앉을지도 모르는, 다시 말해 자신의 존재마저도 위태로운 불안한 상황을 드러낸다. 인용시 ②에서도 새하얀 달은 생명이 끝나 버린 사자(死者)의 창백한 모습을 연상시킨다. 또한 인용시 ③에서도 달은 영원히 침묵하고 있을 뿐이다. 이와 같이 ≪홍사등≫에 나타나는 달은 한결같이 '차가운 깊은 밤 물에 비친 쓸쓸한 달'(<달빛 아래서>)이거나 혹은 '성근 숲 끝에 숨어'(<눈동자(眼睛)>) 있는 달이거나 혹은 '지평선 위에서 울고 있는 창백한 옛 달'(<창백한 옛 달(蒼黃的古月)>)로 표현된다. 이러한 사실은 풍내초의 밤이 얼마나 고독하고 슬픔에 가득 차 있는지를 가늠케 한다.

   적막하게 우울한 깊은 밤
   흑암은 창백하게 말을 떨고 있다

   침묵하는 일체의 검은 빛
   신비스런 일체의 고요함

   적막하게 우울한 깊은 밤
   흑암은 창백하게 말을 떨고 있다

   침묵하는 일체의 검은 빛
   신비스런 일체의 고요함

   아 중세기의 한밤중
   스토아 철학의 정신

   밤은 한층 절망적으로 깊어지고
   다만 내일의 약속의 한밤중에 있네

   아 잠이 없는 밤
   꿈이 없는 밤
   풍내초 <잠이 없는 밤(沒有睡眠的夜)>

   밤은 '잠'이나 '꿈'을 통해 낮으로부터의 힘겨운 노동으로부터 안식이라는 보상을 받는다. 잠이나 꿈을 통해 대낮의 모든 고통을 잊어버린 채 달콤한 수면 속으로 빠져드는 것이다. 때문에 잠과 꿈은 인간이 대낮 동안의 현실적인 고통을 잊고 자신의 본질적인 자아를 회복하는 시간이자, 현실적으로 실현이 불가능했던 욕구를 가능하게 만드는 순간이다.
   그러나 풍내초에게 있어서 밤은 낮의 고통에서 벗어나 달콤한 꿈

을 꾸는 안식의 시간이 아니라, 중세기의 한밤중으로 인식된다. 일
체의 사상과 자유가 억압되었던 중세기, 풍내초의 밤은 바로 그 절
망적인 중세기의 한밤중과 동일시된다. 때문에 밤은 곧 한밤중의
심연으로 빠져드는 극단적인 고통과 절망의 시간이다. 밤이 시간의
흐름 속에서 파악될 때, 그것은 새벽을 향하는 희망으로 존재하지
만, 이 시에서는 내일의 새벽을 뛰어넘어, 그의 앞에는 여전히 내일
의 한밤중만이 도사리고 있는 것이다. 이처럼 잠도 없고 꿈도 없는
밤은 아무리 사방을 둘러보아도 탈출구를 찾을 수 없는 절망적인
실존의 모습을 보여줄 뿐이다.

> 겨울밤 죽어 버린 겨울밤
> 깊숙이 눈 쌓인 침묵하는 들판
> 어두운 안식 없는 겨울밤
>
> 겨울밤 사망해 버린 겨울밤
> '과거'의 호흡을 삼켰다 내뱉는 겨울밤
> '현재'의 태아가 요절한 겨울밤
> 풍내초 <겨울밤(冬夜)>

'겨울'과 '밤'은 모두 죽음의 이미지로서 쓸쓸하고 음산한 느낌을
전달한다. 특히 어둠이 지닌 검은 색채는 공포와 우울이 서로 만나
게 되면서 얼어붙는 냉혹성을 유발한다. 특히 '현재'라고 하는 가장
실존적인 시간마저도 요절해 버린 절망적인 시간, 그래서 풍내초의
밤은 바로 그의 내면세계가 차갑게 얼어붙어 죽어 버린 겨울밤인
것이다. 이처럼 잠시도 안식할 수 없는 화자에게 '현재'는 암담할
수밖에 없으며, 그로 인해 절망적인 침묵 속으로 빠져드는 것이다.

밤이 지닌 이러한 절망적인 이미지는 왕독청에게 있어서도 그대로 적용된다.

> 나는 상상해보네 대낮의 빛이 급하게 사라지고,
> 달은 이미 높은 하늘 위에 떠서,
> 황량한 내 영면할 곳을 비추네.
> 왕독청 <실망의 애가5(失望的哀歌 · 五)>

태양 빛이 사라진 뒤 차갑고 창백한 달빛만이 장차 내가 묻힐 장소를 비추는 밤은 모든 생명의 열기가 사라져 따스함이라고는 조금도 찾아볼 수 없는 왕독청의 시 세계를 단적으로 보여준다. 그의 시에서도 밤은 생명력이 결핍된 쓸쓸한 분위기가 형성하는 절망감을 바탕으로 생명에 대한 강한 전율을 느끼게 한다.

이상에서 살펴본 바와 같이 1920년대 상징파 시인들에게 있어서 밤은 이제 더 이상 과거 낭만주의자들이 노래하던 것처럼 낭만적인 분위기를 연출하는 환상적인 밤으로 예찬되지는 않는다. 기계문명의 역효과로 인한 추악한 현대성이 지배하는 현실세계에서 벗어나 비현실세계로 향하고자 하는 소망은 상징파 시인들에게 '밤'이라는 시적 공간으로 접근하게 했다. 따라서 상징파 시에서 표현된 시적 공간으로서의 밤은 이중적인 의미로 다가온다. 즉 목목천에게서 '밤'은 현실에서 벗어나 이상세계로 향하는 길목으로서 새로운 가능성을 조망케 하는 포용과 성찰의 의미로 여겨진다. 반면에 풍내초와 왕독청에게 있어서 '밤'은 죽음을 잉태한 절망적인 침묵의 공간으로 여겨지며, 이금발에게서는 위로와 공포의 이중적 의미가 발견되지만, 후자로 그 무게가 기울고 있음을 확인할 수 있다.

4. 세계에 대한 병적 인식

자신들이 존재하는 고통스런 현실세계에 더 이상 탈출구가 없다고 하는 현실상황을 인식할 때 절망감과 공허감은 극단적인 상황으로 치닫게 되고, 인생과 운명에 대한 진지하고도 엄숙한 태도도 사라지게 된다. 그래서 관능적인 본능에 방종하는 소극적인 방식으로써 내면의 절망감과 공포감을 발설하여 병적인 상태에 이르게 된다.

이러한 병적인 상태에 대한 묘사는 이금발과 왕독청, 풍내초의 시에서 두드러지게 나타난다. 이들은 모두 인생과 운명 그리고 현실에 대한 소극적이고 절망적인 인식을 바탕으로 현실세계에서 도피하여 비현실세계로 파고들어 갔지만, 오히려 거기에서도 상처받은 영혼의 피난처를 발견하지는 못했다. 현실세계와 비현실세계, 이 두 세계에서도 자신들이 발 디딜 곳을 찾지 못한 이들은 결국 자포자기 상태에 빠져들어 자신들이 존재하는 세계를 병적으로 왜곡시키는 시적인 행위를 통해 그 절망감을 발설한다.

① 생명이 시들어 병듦을 가져왔으니
　여명은 남은 생명을 재촉하여 더 멀리 데려갈 거예요.
　이금발 <장황한 말(絮語)>

② 석양은 비통하게 서쪽 허공에서 머뭇거리며
　창백하게 흐려진 임종을 알리네
　풍내초 <밤(夜)>

③ 고요한 밤, 창백한 달만이 나의 길을 비추네
　……

　가련한 고향! 거기엔 반쯤 무너진 무덤만 남았네
　거기에는 이미 시들어 말라 버린 풀만 남았네

    거기엔 떨어진 꽃으로 된 티끌만 남았네
    왕독청 <달 아래 병자(月下的病人)>

  절망의 심연에 빠진 사람들에게 인생은 더 이상 생명력이 충만한 황금빛 인생일 수 없으며, 이 생명력의 결핍상태는 곧바로 자신들이 존재하고 있는 세계에 대한 병적인 인식으로 이어진다.

  이 병적인 인식은 먼저 생명의 시듦에서 비롯된다. 위에서 인용된 시들을 살펴보면 한결같이 생명이 시들어 버린 핏기 없는 모습을 띠고 있다. 인용시 ①에서 화자는 이미 자신의 생명이 시들어 병들고 있음을 고백하며, 그 남은 생명조차도 곧 사라질 것이라는 절망적인 탄식을 내뱉고 있다. 인용시 ②에서도 붉은 석양이 창백하게 흐려지면서 임종을 눈앞에 두고 있다.

  인용시 ③에서도 이러한 경향은 동일하게 나타난다. '창백한 달', '반쯤 허물어진 무덤', '시들어 말라 버린 풀', '떨어진 꽃', '티끌' 등 생명의 열기가 사라진 시어를 통해 생명력이 결핍된 병든 세계의 모습이 전개된다. 물론 이러한 감상적 색채는 서구 상징주의 시인들의 세기말적인 정서에서 그 영향을 받은 것이기는 하지만, 한편으로는 중국의 상징파 시인 자신들이 존재하는 세계에 대한 절망적인 인식을 내면으로 고착화시키는 과정이기도 하다. 즉 사물에 대한 병적인 자극을 통해 객관적인 세계를 주관적으로 변형시켜 절망적 세계에 대항하면서, 아울러 그 절망적인 상황에서 벗어날 수 있는 새로운 방향을 모색하는 것이다.

  그 새로운 방향이란 다름 아닌 주위의 정상적인 사물에 대한 병적인 자극을 가함으로써 얻게 되는 병적인 유희를 의미한다. 때문에 이들이 실존하는 공간의 곳곳에서는 병적인 모습으로 가득 채워진다. 이러한 병적인 모습은 그들이 존재하는 세계에 대한 절망적

인 인식에서 시작되어 그들을 자포자기의 상태로 몰아가지만, 한편
으로는 그들에게 강렬한 자극이 되어 새롭고 낯선 도취감을 맛보게
한다. 즉 미(美)는 아름다워야 한다는 기존의 견해에서 탈피하여 추
(醜)의 미학이라는 현대시의 한 특성이 이들 상징파 시인들에 의해
서 발견되는 것이다.

> ① 최후의 일요일이
>   하늘 가득한 먹구름에 방해되고 손상되어!
>   나를 무척이나 놀라게 하네,
>   모든 색깔이 마르고,
>   모든 향기가 사라지고,
>   모든 가락이 흩어진다.
>   가련한 물가 숲!
>   가련한 두렁가 꽃!
>   가련히 울부짖는 작은 새들!
>   아, 가련한 나
>   난 실망으로 인해 치료할 수 없는 피로를 입었네,
>   왕독청 <최후의 일요일(最後的禮拜日)>
>
> ② 병든 참죽나무 꽃은 짙은 어둠 속에서 눈살을 찌푸리고
>   그림자 주위는 눈물 젖은 향기로 가득 차 있네
>   잎에서 흐르는 푸른빛은 참담하게 그을린 은이 되고
>   몽롱한 하늘은 늘 창백한 눈물 흔적만 띠고 있다
>   풍내초 <그림자 속의 꽃(陰影之花)>

<최후의 일요일(最後的禮拜日)>은 병적인 기운이 충만한 시이다.
그 스스로도 "당시 염세적이던 나의 심정이 여전히 나를 핍박하고
있는 것 같았다. 이상하게도 당시 내가 본 사물들은 모두 죽음의

안색을 띠고 있었다. ……<최후의 일요일>은 나의 병적인 기분이 충분히 표현되었다."라고 말한 사실에서도 나타나듯이, 당시 파리에서 생활하면서 염세적이고도 절망적인 분위기에 빠졌던 왕독청은 병적인 심리상태를 자신의 시에 끌어들인다.

'최후의 일요일'이라는 현실세계에 대한 절망적인 인식은 왕독청으로 하여금 그가 존재하고 있는 주위 사물들을 병적인 모습으로 바라보게 했다. 세상을 아름답게 장식하는 시각적 요소인 색깔, 후각적 요소인 향기, 청각적 요소인 가락 등 모든 감각적 요소들이 사라진 이 세계는 더 이상 아름다운 세상이 아니라, 오히려 '먹구름에 손상되어 나를 놀라게 하는' 소름 끼치는 세계이다. 때문에 거기에서 살아가야 하는 나는 색깔이 말라 버린 숲이나 향기가 사라진 꽃이나 노랫가락이 흩어져 버린 새처럼 '치료할 수 없는 피로'를 입은 채 병들어 가고 있는 것이다.

인용시 ②의 어느 곳에서도 사물의 건강한 모습을 찾아볼 수 없다. 참죽나무 꽃은 병들어 눈살을 찌푸린 채 병약한 모습을 드러내고 있으며, 그림자 주위는 눈물 젖은 향기로 가득한 애상적인 모습이다. 잎 끝의 푸른빛은 본래 자신의 싱싱한 빛깔을 잃어버린 채 참담하게 유황에 그을린 은빛으로 변하고, 하늘도 창백한 눈물 흔적을 띠고 있듯이, 이 시에서는 주위의 모든 환경이 병든 모습으로 표현된다. 이처럼 객관적 세계의 건강한 사물에 대한 병적인 자극을 가함으로써 화자는 병적인 미에 도취되어 있는 자신의 주관적인 정서를 노출시킨다.

① 나의 약혼녀, 두려운 폐병 속에서 훌쩍이고!
　　왕독청 <유랑하는 죄인의 예약(流罪人的預約)>

② 이른 아침의 청명함은
　폐병 걸린 부인의 숨결
　아 창백한 미소가 내 마음에 전해지네
　희게 칠한 병원 에테르의 향기가
　풍내초 <단음계의 가을정(短音階的秋情)>

③ 교회당 안은 엄숙
　폐병병원은 정숙
　풍내초 <일요일(禮拜日)>

　인용시 ①에서는 나의 약혼녀가 '두려운 폐병 속에서 훌쩍이고'
있으며, 인용시 ②에서도 '폐병 걸린 부인의 숨결'이 '이른 아침의
청명함'으로 여겨지고, 시큼하게 코를 자극하는 '병원 에테르의 향
기'가 그녀의 '미소'로 여겨진다. 병에 걸린 사람이 아름답게 느껴지
고, 병적인 상태의 환경이 평화로우며, 병적인 숨결이 사람을 깊이
도취시킨다. 또 인용시 ③에서 교회당의 엄숙한 분위기가 폐병 병원
의 정숙한 분위기와 동일시될 때, 이 세계는 하나의 '희게 칠한 병
원'으로 인식된다. 보들레르는 그의 시에서 세계를 하나의 커다란
'병원'이라고 보았으며, 말라르메도 '병원'이라는 어휘를 자주 쓰고
있는 것을 보면, 서구의 상징주의 시인이나 중국의 상징파 시인에게
있어서 이 세계는 이미 병들어 앓고 있는 하나의 커다란 병원이다.
　세계가 하나의 커다란 병원으로 인식될 때, 그 안에서 생활하고
있는 사람들도 모두 병든 사람일 수밖에 없다. 이처럼 상징파 시인
들에게 있어서 병든 세계는 자신들을 건강한 상태에서 병들게 하는
부정적인 요소로 인식되지만, 한편으로는 그들에게 이 병적인 자극
을 통해 새로운 미의 세계를 인식하게 되는 계기가 된다. 즉 자신
과 세계에 대한 병적인 자극을 통해 미에 대한 기존의 보편적이고

도 진부한 개념에서 탈피하여 '병적인 미'라고 하는 추하지만, 오히려 자극적이면서도 참신한 미의 세계를 발견하게 되는 것이다. 따라서 상징파 시인들이 이 병든 세계 속에서 추구한 미는 건강한 미가 아니라, 시들고 창백한 병적인 미이다.

이금발도 "세상의 어떠한 미(美)·추(醜)·선(善)·악(惡)도 모두 시의 대상이다."라고 여겼다. 그러나 그가 미·추·선·악을 판단하는 기준은 기존의 일반적인 평가 기준과는 차별성을 띤다. 그가 쓰는 시의 대상들은 기존의 습관적인 미 개념과는 부합되지 않는다. 이들에게서 병적인 창백한 모습들은 이제 더 이상 추한 모습으로 인식되는 것이 아니라, 새로운 미의 한 기준으로 제시되고 있다.

이러한 미학원칙은 보들레르에게서 영향을 받은 것으로서, 그 스스로도 "보들레르의 ≪악의 꽃≫과 베를렌느의 시집을 손에서 떼지 않을 정도로 보았고, 그래서 점차로 상징파의 작품에 심취하게 되었다."라고 고백했듯이, 그의 시에서 나타나는 추의 미학은 보들레르가 미에 공격적인 자극, 즉 '낯설게 하는 향료'를 부여하기 위해 변용해석과 역설이라는 보충수단을 동원함으로써 미를 범속성(凡俗性)으로부터 보호하고 진부한 취향에 자극을 주기 위해서는 미는 기이한 것이 되어야 한다는 미에 대한 그의 정의와 서로 연결된다.

　　가장 높은 음으로 연주할 때에는
　　마치 인생의 가득한 미를 예언하는 듯하다.
　　햇빛이 비치지 않는 하늘에
　　흰 구름이 떠돌아다니니
　　나의 기대는 태양과 함께 드러나고 있네.

　　내가 가지고 있는 모든 우수와
　　끝없는 공포를

그녀들은 결코 이해하지 못할 것이네.
내가 만약 평원을 거닐 때면
거문고 소리는 뚝 멈추어 있거나
여리게 흐르고 있을 것이다.
이금발 <거문고의 슬픔(琴的哀)>

　따라서 이금발에게 있어서 미는 병적인 것이어야 했다. 전통적으로 인식되고 있는 미의 세계는 그가 도달할 수 없는 공간으로 비쳐진다. 그는 미의 세계를 추구하여 자신의 거문고 소리가 '인생의 가득한 아름다움'을 노래할 수 있기를 희망하지만, 그의 내면에는 오히려 '일체의 우울'과 '끝없는 공포'가 충만하다. 이처럼 미의 세계는 이금발에게 도달 불가능한 세계로 남게 된다. 때문에 그는 도달 불가능한 미를 추구하기보다는 오히려 새로운 미의 개념으로 인식의 방향을 전환한다. 미는 아름다운 것이어야 한다는 전통적인 가치척도에서 벗어나 오히려 추에 가까운 새로운 미의 개념을 통해 불안한 현대사회와 그 속에서 살고 있는 상징파 시인들의 절망적인 정서의 한 본질을 꿰뚫고 있는 것이다.

　때문에 이들이 추구한 미는 모두 퇴폐, 불안, 우울, 절망, 염세, 비애 등 현대정서의 색채를 띠고 있으며, 그것은 1920년대 상징파 시인들의 시에서 '창백(蒼白)', '잿빛[灰色]', '암담(黯澹)', '음침하고도 차가운[陰冷]' 등 인생에 대한 엄숙함을 상실한 색채로 칠해진다. 병적인 미는 바로 이러한 퇴폐적인 현대정서가 구체화된 내적인 체험인 것이다. 상징파 시인들에게서 이러한 병적인 미는 대부분 백색 계열, 그중에서도 핏기가 하나도 없는 '창백한' 백색으로 칠해진다.

① 그녀의 창백한 두 손
  왕독청 <슬픈 노래(哀歌)>

② 창백한 그녀의 두 뺨
  왕독청 <장미꽃(玫瑰花)>

③ 창백한 종소리 노쇠한 몽롱
  황량하고 어슴푸레한 골짜기로 영롱하게 흩어진다
  목목천 <창백한 종소리(蒼白的鐘聲)>

  곽말약(郭沫若)의 시에서 나타나는 백색이 강렬한 빛과 열을 지닌 생명력이 충만한 이미지를 띠고 있는 것과는 달리, 위의 인용시 ①②에서 사용된 백색은 '창백한 두 손'이나 '창백한 그녀의 두 뺨'처럼 모두 이미 죽어 버린 싸늘한 시체를 연상시키게 하며, 인용시 ③에서의 '창백한 종소리' 역시 조의(弔意)의 의미를 지니고 있어, 한결같이 생명의 열기가 사라진 소름끼치는 죽음의 전율을 상징하고 있다.
  특히 다른 상징파 시인들에 비해 색채언어를 많이 사용했던 풍내초의 경우에는 '백색'이 다른 색채보다 압도적인 빈도로 사용되고 있다.

① 창백한 안개의 얇은 천
  풍내초 <달빛 아래서(月光下)>

② 전율하는 창백한 추위
  풍내초 <12월(十二月)>

풍내초는 다른 색채보다는 백색을, 특히 '창백한 백색'을 즐겨 사용했다. 이렇게 풍내초의 시에서 백색의 빈도수가 높은 것으로 미루어 보아 풍내초에게 있어서 백색은 상투적인 수식으로 쓰인 색채언어라기보다는 자신의 주관적인 정서를 표현하는 데 사용되었을 개연성이 더 커진다. 일반적으로 백색은 순결과 평화 그리고 냉정을 상징하지만, 다른 한편으로는 불길, 비애, 무상, 고독, 조의, 허무, 죽음 등을 상징한다. 인용시 ①에서 사용된 '창백한 안개의 얇은 천'은 시체를 덮는 하얀 천을 연상시키며, 인용시 ②의 '전율하는 창백한 추위'는 겨울 이미지를 연상시키며, 이 겨울 이미지는 노드롭 프라이의 계절의 순환 이미지로 볼 때 죽음을 상징한다. 따라서 인용시 ②는 죽음 앞에서 느끼는 소름끼치는 전율을 나타낸다. 이처럼 풍내초의 경우에 백색은 순결·평화·냉정 등 전자의 의미보다는 후자의 의미와 관련되어 생명의 상승적인 열기가 없는, 지상의 차가운 무덤으로의 하강 내지는 후퇴의 이미지를 나타낸다. 이처럼 풍내초가 자신의 시에서 색채언어를 자주 사용했던 것은 그가 일본에 있을 때 회화를 전공하면서 익혔던 주관적인 정서를 객관적인 즉물적 이미지로 바꾸는 회화적인 기법의 결과로 보인다. 풍내초의 이러한 주관적인 정서는 창백한 달과 연관되어 자주 등장한다.

① 달이여 너의 창백한 은빛
　어찌나 고귀한지
　어찌나 냉담한지
　또 어찌나 아름다운지
　풍내초 <절망(絶望)>

② 창백한 옛 달이 지평선에서 울고
　풍내초 <창백한 옛 달(蒼黃的古月)>

일반적으로 달은 여성의 생식력을 상징한다. 그러나 위의 인용시에서 등장하는 달은 화자의 절망적인 정서를 반영하는 듯, 그 충만한 생식력을 찾아볼 수 없는 창백한 은빛으로 표현된다. 그럼에도 불구하고 화자는 오히려 창백한 달에 대해 '고귀하다'든지 '아름답다'고 하는 자신의 주관적인 감정을 띤 언어를 부여함으로써 미에 대한 그의 인식 경향이 사물의 건강한 모습보다는 병들어 핏기 없는 창백한 상태에 더욱 접근하고 있음을 볼 수 있다. 미에 대한 이러한 새로운 인식은 다른 상징파 시인들에게서도 함께 발견된다.

> 우리는 폐허를 표현할 수 있는 시―그것은 색다른 향기인 동시에 또 자아의 반영이다―를 써서 중국인에게 무한한 세계를 드러내 보이려고 생각했다. 목목천 <시를 말함(譚詩)>

이 글을 쓸 당시 목목천과 풍내초는 서구의 세기말적인 정서에 깊이 심취되어 있었다. 이들은 모두 폐허적인 현실을 표현하는 시를 통해 기존의 미의 개념과는 차이가 나는 색다른 향기를 드러내 보이려고 했다. 그중에서도 풍내초는 모레아스의 퇴폐적인 정서에 빠져 있었기 때문에 그의 시에는 ≪절구집≫에 나타나는 모레아스 특유의 퇴폐적인 정서가 스며 있다. 이처럼 풍내초를 비롯한 이들 상징파 시인들은 구석구석 썩어 들어가는, 눈에 보이는 모든 실존적 상황에 대한 병적인 자기만족을 추구한다.

> ① 시든 장미 꽃잎을 두 손에 받쳐 들고
>   고개 숙여 몇 번이고 강렬히 입 맞추곤
>   내 얼굴 가까이 떠받쳐 주며

자신처럼 입가에 받쳐 들고 입맞춤하라는 그녀……

아, 장미꽃! 내심 네게 감사하나니
그녀의 분 향기를 떨리는 내 입술에 보내 주어
네 영혼 속에서 우리의 호흡을 합장시키고
네 향기로운 몸속에서 우리를 입 맞추게 하네!
왕독청 <장미꽃(玫瑰花)>

② 시들어 버린 꽃이여 어째서 너는 다시 피어
   내 황량한 현재를 장식하지 않느냐
   ……

   나는 당신의 창백한 꽃이 피는 걸 보기 원하네
   나는 당신의 병약한 꽃이 피는 걸 보기 원하네
   풍내초 <나는 당신의 창백한 꽃이 피는 걸 보길 원하네(我願
   看你蒼白的花開)>

꽃은 나무의 생명력이자 아름다움의 극치라고 할 수 있다. 그러
나 인용시 ①에서 나타나는 장미꽃은 그 아름다운 자태를 자랑하는
꽃이 아니라, 이미 생명력을 상실하여 시들어 버린 꽃이다. 그럼에
도 불구하고 그 꽃은 화자와 그녀를 잇는 정신적인 유대, 즉 사랑
의 즉물적인 형태로 나타난다. 이제 시든 장미꽃은 '그녀의 분 향
기'를 '떨리는 내 입술에 보내 주어', '우리의 호흡을 합장시키고',
'우리를 입 맞추게' 함으로써 사랑을 회복시키는 새로운 미의 존재
로 등장하는 것이다.

인용시 ②에서도 화자는 자신의 황량한 현재를 꽃을 통해 아름답
게 장식하길 원한다. 그러나 여기에서도 화자가 현재를 장식하고자
원하는 꽃은 아름답고 화려한 꽃이 아니라, 창백하고 병약한 꽃이

다. 비록 지금은 아무리 아름답고 화려한 꽃일지라도 시간이 지나면 시들어 추한 모습으로 남게 된다. 꽃이 지니고 있는 화려한 생명력은 한순간인 반면에, 생명력을 잃고 시들어 버린 창백한 모습은 영원히 존재하기 때문에, 오히려 이 현상세계에서는 병들어 시든 모습만이 사물의 진실한 모습이다. 따라서 건강하고 생명력이 넘치는 꽃보다는 오히려 병적인 모습을 띤 꽃이야말로 화자가 지향하는 진정한 미의 가치에 부합하는 것이다. 이 추(醜)의 미학은 상징파 시인들에게 지긋지긋한 현실에서 벗어날 수 있는 새로운 가능성을 제시한다. 바로 이금발의 표현대로 '생의 피곤함'으로 가득한 현실에 대한 극도의 긴장으로부터 탈출할 수 있는 유일한 돌파구, 그 돌파구의 맨 끝에 죽음이 자리잡고 있는 것이다.

① 차가운 바람이 병든 숲에서 바깥으로 불고,
　가련한 낙엽은 내 무덤을 둘러싸네.
　왕독청 <실망의 애가(失望的哀歌)>

② 부드럽고 매력적인 죽음의 도취를 추구하며
　풍내초 <타다 남은 초(殘燭)>

인용시 ①에서 숲의 병든 상태는 바람에 의해 숲의 바깥, 다시 말해 이 세계를 향해 확산된다. 온 세계가 병적인 상태에 도취될 때 생명을 지닌 모든 사물들은 시들어 버린 낙엽처럼 죽음의 언저리를 서성일 뿐이다. 그러나 이미 병적인 미에 도취되어 있는 상징파 시인들에게 이 죽음은 인용시 ②에 표현된 풍내초의 말처럼 그들을 자연스럽게 새로운 세계로 인도하는 역할을 하는 '부드럽고 매력적인' 선택으로 인식된다. 이와 같이 병적인 결핍상태라는 상징파 시인들이 발견한 이 새로운 미는 궁극적으로는 이들이 현실의 억압으로부터 벗어나기 위해 들어가려고 했던 죽음이라는 절대적 세계로의 조망을 가능케 한다.

5. 영원한 안식을 찾아서

(1) 최후의 시도로서의 죽음

상징파 시인들에 의하면 20세기의 위대한 물질적 진보를 자랑하는 현대문명 속에서는 신조차도 세상의 고통과 절규에 침묵한 채 구원의 손길인 '십자가는 세속을 떠나 하늘 위쪽을 향해 날아갈' 뿐, 하나님은 이미 어떠한 인간적 고통도 들을 수 없는 무기력한 '귀머거리'일 따름이다. 때문에 이들 시인들은 현대문명의 그늘에서 벗어나 꿈이나 밤 같은 비실재적인 세계를 향해 도피하지만 그곳도 이들이 직면한 인생과 운명에 대한 고통과 절망의 심연에서 해방시키지는 못했다. 이처럼 인생과 운명에 대한 좌절감은 자신들이 존재하는 고통스런 현실세계에 더 이상 탈출구가 없다고 하는 절망적인 현실상황을 인식하게 되는 계기가 되고, 그로 인해 건강한 심리 상태를 병적인 상태로 전이시켜 스스로를 병들게 함으로써 퇴폐적이고 탐미적인 상태로 빠져, 끝내는 죽음이라고 하는 절대적인 세계로 향하게 된다.

1) 생명에 대한 야유와 조소

하이데거가 인간은 죽음으로 나아가는 존재라고 했듯이 일반적으

로 죽음은 인간에게 한 번은 숙명적으로 거쳐야 할 가장 큰 고통이
자 두려움의 의미로 인식된다. 그러나 한편으로는 고단하기 짝이
없는 현세의 삶과 온갖 근심으로부터의 해방으로 받아들여지기도
한다. 1920년대 중국 상징파 시인들에게서 죽음은 전자의 개념보다
는 후자의 개념으로 인식의 방향이 기울고 있다. 그들은 죽음을 절
대적인 해방 또는 인간적인 고통에서의 해탈로 여기고 있는 것이다.

　1920년대 중국 상징파 시에서 나타나는 죽음에로의 지향이라는
주제는 그들의 소극적인 생명인식에서 기인한다. 이금발이 '생명은
곧 사신(死神) 입술 가의 미소'이라고 말한 것에서도 보여주는 것처
럼, 이들 시인은 생명에 대해 소극적이고도 부정적인 인식을 지니
고 있었다.

　　낙엽이
　　우리 발등에
　　피처럼 떨어지고.
　　생명은 곧
　　사신 입술 가의
　　미소.
　　이금발 <유감(有感)>

　이 시는 먼저 자연물인 낙엽을 가지고 인간의 생명을 유지시키는
피로 상징화시키고 있다. 즉 화자는 붉게 물든 낙엽이 땅에 떨어지
는 자연현상을 가지고 피가 우리의 발등에 떨어진다고 하는 관념의
독특함을 통해 생명의 시듦을 보여준다. 낙엽을 피로 상징한 시인
의 의도는 다음 연을 통해 분명해진다. 인간의 생명이란 바로 사신
의 입술 가에 잘 보이지 않는 미소 같아서, 생명과 죽음 사이의 거

리가 매우 가까울 뿐만 아니라, 그 짧은 생명마저도 자신의 의지와
는 무관하게 사신의 손에 의해 좌우되는 연약한 생명이다.

① 월하미인이 순식간에 마르네
　연약한 생명이여
　연약한 청춘이여
　청춘과 과거가 함께 지나갔네
　풍내초 <죽음(死)>

② 생명은 심야에 바람이 내는 미약한 울음소리
　취한 배의 가벼운 움직임
　이금발 <처음의 마음(初心)>

이들에게서 생명은 한순간에 말라 버리는 연약한 '월하미인' 같
고, '심야에 바람이 내는 미약한 울음소리'와 '취한 배의 가벼운 움
직임'으로 비유된다. 이처럼 '연약한', '미약한', '가벼운' 등 시어에
서 보듯이 생명은 언제 숨이 끊어질지도 모르는 연약하고도 위태로
운 모습으로 표현된다. 이처럼 그들은 생명의 의미를 스스로 비하
시키고 있는 것이다.

우리의 간단한 이야기를 기억하자.
가을의 물은 쉼 없이 흐르고
사람이 누워 있으니
풀이 비녀를 거치적거리게 하고
개미가 연달아 어깨 위로 기어오르면서
위세를 부리네.
들어라! 손가락으로 한 번만 퉁기면

순식간에 이 작은 생명은
우주 안에서 없어질 것이다.
이금발 <우리의 간단한 이야기를 기억하자(記取我們簡單的故事)>

이 시에는 인간의 존재적 가치를 최소한으로 축소시켜 버리려는 시인의 고의적인 의도가 깔려 있다. 풀이나 개미 같은 하찮은 생명체가 인간 앞에서 위세를 부리고 있으며, 인간의 생명을 손가락으로 한 번 퉁기면 이 우주 안에서 사라지고 마는 개미와 함께 비교함으로써 인간을 이 우주 안에서 미미한 존재로 만들어 버린다. 인간의 생명은 하찮은 풀과 개미의 생명처럼 미미한 것이다. 이처럼 생명이 지닌 가치의 최소화는 바로 생명에 대한 야유이자 역설적인 조소이다.

2) 현실세계의 고통에서의 해탈

상징파 시인들은 자신들이 존재하고 있는 세계를 가상적이라고 단정하기 때문에 그 가상적인 세계를 넘어 생명의 참모습이 드러나는 불가시(不可視)의 세계, 목목천이 자신의 시를 통해 암시하고자 했던 '일반인이 찾지도 알지도 못할 머나먼 세계'에 잠입하기 위해 현상세계의 현실성을 뛰어넘는다.

이러한 현실세계에 대한 혐오와 생명에 대한 절망은 다른 세계, 바로 죽음의 세계를 꿈꾸게 한다. 이들에게서 죽음은 '나에게 일체의 근심과 끝없는 공포가 존재하는' 혐오스런 현실세계 너머에 존재하고 있는 세계, 다시 말해서 1920년대 상징파 시인들이 도달하고자 했던 피안의 세계이다.

① 우리는 생명 속에서 후퇴하고
　 죽음 속에서 전진한다
　 이금발 <나는 고요함을 찾는다(我求靜寂)>

② 나는 미소 짓는 다정한 미인을 꿈꾸지만
　 다만 풀과 시든 꽃의 무덤만 있네
　 우리의 세계에는
　 오직 이것만이 진실
　 이금발 <마음의 유람(心游)>

　현실세계에서는 '생명'이나 '다정한 미인'이 가치 있게 여겨지지
만, 이들에게서는 '죽음'이나 '풀과 시든 꽃의 무덤'만이 진실성을
띠게 된다. 왜냐하면 시간이 지나면 생명도 얼마 되지 않아 죽음으
로 바뀔 것이며, 다정한 미인도 풀과 시든 꽃처럼 시들어 버려 그
아름다운 모습을 잃고 추해져, 결국에는 무덤 속에 묻히기 때문이
다. 그래서 이들은 눈앞에서 곧 사라져 버릴 현실세계보다는 오히
려 영원히 존재할 수 있는 죽음의 신비한 세계로 시선을 돌려 '우
리의 세계에는 오직 이것만이 진실'이라고 노래한다.

　머리를 감싸 쥐고 나가는 그녀는 원래 선대의 여신,
　잔혹하게 맹목적으로 버리십니까? 우리 유일한 숭배자의
　예민한 눈은 고요하게 용솟음치고 있는
　무성한 잡목 숲의 깊숙한 곳을 둘러보네.
　그대는 높은 언덕에 있는 무덤의 배치를 보지 못했는가?
　무수한 땅강아지와 개미의 궁실이 있고
　당신 귓가에 있는
　모래와 자갈도 드디어 부스러져서 닳아져 버렸네.

피부는 늙으신 어머니가 좋아하는 기름기가 흐르고
해 진 뒤 들려오는 가을벌레의 울음소리.
요람 속의 강보에 싸여 있을 때 어머니의 어루만짐처럼
아, 이것이 겨우 당신이 기억할 수 있는 사랑스러움.

나는 이가 없는 턱과 무색의 광대뼈(뼈)를 보는 데 익숙하여
모든 생명에 흐르는 위엄이
어떤 때는 풀벌레에 가려지고 찢겨 부수어지니
마침내 눈은 마음대로 떠돌아다닐 수 없네.
　　　　이금발 <생활(生活)>

이 <생활(生活)>에는 비관적이고 퇴폐적인 죽음의 분위기가 가득하다. 이금발은 이 시에서 사람들에게 생활의 귀착점은 죽음과 무덤임을 강조한다. 사신(死神)은 화자의 유일한 숭배자이다. 그녀에게는 예민한 눈이 있어서 모든 것을 볼 수 있으며, 모든 것을 통치한다. 이 세계에서는 어느 누구도 그녀의 감시에서 벗어날 수 없다. 때문에 화자는 누구도 그녀가 사람들의 운명을 위해 '높은 언덕'에 만들어 놓은 '무덤의 배치'에서 벗어날 수 없다고 탄식한다.

그러나 한편으로는 높은 언덕에 있는 무덤이 모두 땅강아지와 개미의 궁실 아래서 무너지고 닳아져 버렸지만, 화자는 오히려 '평안'을 느낀다. 화자는 지하에서 쉬면서 생존에 대한 멸시를 완성했다. 비록 현실이 무덤을 무너뜨릴 수는 있지만, 현실은 이제 더 이상 화자를 무너뜨릴 수 없다. 왜냐하면 죽음의 행위적 주체는 바로 화자 자신이기 때문이다. 따라서 화자는 죽음을 마치 늙으신 어머니의 따스한 어루만짐이나, 고요한 풀벌레의 울음소리처럼 평안하게 여긴다. 그렇기 때문에 화자에게서 죽음은 요람 속의 강보처럼 생전의 모든 사랑스런 기억을 회상하게 하는 평안한 안식으로 친근감

있게 다가오는 것이다.

화자는 이미 죽음을 습관화하여 '이가 없는 턱'이나 '무색의 광대 뼈'와 '모든 생명에 흐르는 위엄' 사이에는 아무런 경계도 없다. 이 가 없는 턱과 무색의 광대뼈로 상징되는 죽음은 바로 모든 생명에 흐르는 위엄이 지나가야 할 필연적인 귀착점이다. 이처럼 생명의 위엄도 죽음 앞에서는 무력하여 아주 미미한 존재인 '풀벌레에 의 해 가려지고 찢겨 부수어져' '눈도 마음대로 떠돌아다닐 수 없게' 된다. 결국 생명은 죽음을 통해 자연의 영원함 속으로 스며든다.

죽음에 대한 이금발의 이러한 인식은 생활에 대한 저주이자, 영 원불변한 죽음에 대한 노래이다. 그는 죽음에 대한 노래 속에서 현 실에 대한 혐오와 절망적인 정서를 기탁했는데, 이는 보들레르의 시에서 나타나고 있는 죽음에 대한 퇴폐적이고 절망적인 정서와 썩 은 시체의 인광을 발산시키는 듯한 분위기와 비슷하다.

신비와
잔혹이
생물의 머리 위에서
장난친다.

장난친다!
구할 수 없는 약
그녀의 뼈와 살로 만들어진 몸은
공간에서 흔들리고 있다.

한 달 동안에
12킬로 이상이나 수척해지고
마침내 죽어 나무판자 아래 엎드려
무서운 두 눈을 뜨고 있다.

신비와

잔혹이
생물의 머리 위에서
장난친다.

장난친다!
구할 수 없는 약
그녀의 **뼈**와 살로 만들어진 몸은
공간에서 흔들리고 있다.

한 달 동안에
12킬로 이상이나 수척해지고
마침내 죽어 나무판자 아래 엎드려
무서운 두 눈을 뜨고 있다.

짙푸른 혈관은
사람들의 영원한 유언이 되어
들판과 먼 산에서
빛깔이 어울리며 떨고 있다.

아! 하나님으로부터 멀리 떨어진 사람
꿈틀거리지도 않은 채 내버려지고!
어지러이 흩어진 돌 아래 길게 누워
자신의 호가(胡笳)를 연주하고 있다.

......

나, 선악의 도망자
배고프고 목말라
일체의 우울과 근심을 잘라 부수며
'구할 수 없는 약'을 맞아들인다.
　　　　　　이금발 <죽은 사람(死者)>

　생명은 신비롭지만, 또한 잔인하다. 왜냐하면 죽음의 시간이 그를
위협하기 때문이다. 생명의 신비로움은 죽음에 의해 '한 달 동안에

12킬로 이상이나 수척해져', '무서운 두 눈을 뜬 채', '나무판자 아래 엎드려' 있는 추한 모습으로 변형된다. 죽음은 바로 생명의 신비로움을 박탈하여 잔혹한 모습으로 바꾸는 무시무시한 존재이다.

그러나 생명에 대한 집착적인 욕구에서 벗어난 사람은 오히려 죽음을 통해 쾌락을 느낀다. 생명에서 내버려진 채 '어지러이 흩어진 돌 아래 길게 누워 있는', '하나님으로부터 멀리 떨어진 사람'은 평안하게 '자신의 호가(胡笳)를 연주하고 있다.' 이 사람은 살아 있는 생명에서보다도 오히려 죽음에서 더욱 평안함을 느낀다. 그에게 있어서 죽음은 세속의 '일체의 우울과 근심'으로부터의 해방인 동시에 해탈로 간주된다. 이것은 불가(佛家)에서 말하는 '열반'과 같은 개념이다. 때문에 이금발은 아름다운 시구를 가지고 죽음을 찬송할 뿐만 아니라, 한시라도 빨리 '구할 수 없는 약', 즉 죽음의 세계에 도달하고자 한다.

> ① 죽음이여! 맑게 갠 봄날처럼 아름답고,
> 　계절이 찾아오는 것처럼 충실하여,
> 　당신이 벗어날 도리가 없다.
> 　아 두려워 통곡할 필요도 없으니,
> 　그는 결국 우리를 따스하게 만드네.
> 　이금발 <죽음(死)>
>
> ② 아, 빨리 평안한 무덤을 선택하자.
> 　이금발 <엘레지(Elégie)>

인용시 ①에서 보듯이 이금발에게 있어서 죽음은 봄 · 여름 · 가을 · 겨울이 어김없이 순서대로 찾아오는 것처럼 인간이 도달해야 할

최종적인 귀착점이자, 생(生)에 지친 현대인이 평안히 쉴 수 있는 안식처이다. 때문에 죽음은 초조할 필요도, 두려워할 필요도 없다. 죽음은 '맑게 갠 봄날처럼 아름다운' 것이지, 결코 두려운 존재가 아니다. 두려운 것은 오히려 현실생활이다. 죽음은 바로 인간으로 하여금 현실생활에서 직면하게 되는 불안과 번뇌에서 벗어나게 한다.

현실생활은 생명에 대한 멈추지 않는 억압을 통해 고독·우울·공포 등 정서를 불러일으키게 한다. 어떻게 해야 이러한 고통에서 벗어날 수 있는가. 이금발은 그 해답이 바로 죽음이라고 여겼다. 바로 여기에서 그가 죽음을 노래하고 있는 근본적인 이유를 알 수 있다. 그것은 추악한 사회현실에 대한 철저한 절망이자, 자신이 죽음으로써 생명에 대한 자신의 마지막 저항이자 저주를 완성시키는 것이다. 그래서 그는 '빨리 평안한 무덤을 선택하여' 지긋지긋한 이 현실에서 벗어나 절대적인 세계로 향하는 최후의 방법을 시도하는 것이다.

이러한 죽음에 대한 도취와 찬미는 풍내초의 시에서도 뚜렷이 나타나고 있는 현상 가운데 하나이다. 그는 이금발처럼 죽음을 그렇게 평온하게 받아들이지는 못했지만, <죽음의 자장가(死的搖籃曲)>, <죽음(死)>, <겨울밤(冬夜)> 등에서 죽음에 대한 찬미와 자신의 과거 생명에 대한 탄식을 결합하여 고통스런 생명으로부터 벗어날 수 있는 해탈의 가능성을 발견한다.

> 누가 길가 시든 풀 속에서
> 흩어진 이름 없는 황폐한 무덤
> 그 안에 잠자고 있는 불행한 옛사람
> 영화가 시들어 버린 한 세대의 옛 꿈을 발견할 수 있는가
> 나는 고귀함을 자랑하는 제왕이 부럽지 않네
> 나는 근심 없는 거지가 부럽지 않네

만일 내 백골이 썩어 문드러진다면
가늘고 긴 하얀 손이여
내 무덤에 꽃다발이나 꽂아 주오

청춘은 꽃병 속의 시든 꽃
애정은 황혼의 꽃구름
행복은 깊이 취한 봄바람
근심은 인생의 안식처

근심은 인생의 안식처
비석은 죽은 뒤의 대가
내 장엄한 비문을 새길 필요는 없어요
늘 장미꽃을 받쳐 준다면
풍내초 <슬픈 노래(哀唱)>

　이 시는 청춘과 애정, 행복의 이면에 깔려 있는 고통에 대한 어쩔
수 없는 탄식을 묘사하고 있다. 화자는 '고귀함을 자랑하는 제왕'이
나 '근심 없는 거지'가 부럽지 않다. 한때는 부귀영화를 자랑하던 사
람도 결국에는 아무도 찾아와 주지 않는 길가의 시든 풀 속에 흩어진
이름 없는 황폐한 무덤 속으로 돌아가기 마련인 것처럼, 그들도 시들
어 버린 자신의 영화를 간직한 채 언젠가는 이 세상에서 잊힐 운명이
기 때문이다. 그에게서 이 세상의 청춘과 애정, 행복과 인생은 '꽃병
속의 시든 꽃', '황혼의 꽃구름', '봄바람'처럼 금방 시들어 눈앞에서
사라질 순간적인 것이며, 영원한 것은 인생에 대한 근심뿐이다.
　이때 화자는 인생의 영원한 근심에서 벗어날 수 있는 가능성을
발견한다. 그 가능성은 바로 죽음이다. 그는 자신이 죽은 뒤 잊히지
않기를 바랄 뿐, 죽은 뒤 찾아오지도 않을 무덤 앞에 놓여 있는 비
석에 장엄한 비문을 새길 필요는 없다고 말한다. 그는 죽음을 통해

오히려 '가늘고 긴 하얀 손'을 가진 그녀에게 영원히 잊히지 않는, 영원히 살아 있는 생명의 존재로 남아 있길 바라는 것이다.

애수에 찬 성모가 애수에 찬 자식을 돌보고 있다
낮은 소리로 죽음의 자장가를 부르며 ―

너의 눈을 감고 가라 검은 옷의 아이여
조용하고 살그머니 죽은 것처럼
잘 자라 내 널 위해 새하얀 죽음의 옷을 덮어 주리라

황혼의 희미한 빛 널 위해 편히 조의의 종 두드리고
적막한 침묵 널 위해 안식의 아름다운 꿈을 맺는다
너는 쉬어야 한다 너는 영겁의 금불상이 아니니
보라 주위는 고이 잠자는 깊은 겨울을 잠그고 있다

흰 눈은 거무스레한 숲을 비춘다
아름답다 세상에서 가장 아름다운 무언의 무덤
네가 숨을 끊고 평안히 잠들면 일곱 천사가
널 위해 기꺼이 뿌연 풍금 들고 너의 영생을 찬송하리라

너의 눈을 감고 가라 검은 옷의 아이여
조용하고 살그머니 죽은 것처럼
잘 자라 내 널 위해 새하얀 죽음의 옷을 덮어 주리라
풍내초 <죽음의 자장가(死的搖籃曲)>

이 <죽음의 자장가>는 풍내초가 죽음을 '세상에서 가장 아름다운' 것으로 찬미한 시로서, '애수에 찬 성모'가 '애수에 찬 자식'에게 '죽음의 자장가'를 불러 주는 대목부터 시작된다. 제1연에서 등장하는 '성모'는 기독교에서 말하는 성모마리아를 의미하며, 그가

안고 있는 '자식'은 바로 예수 그리스도이다. 이들은 모두 '애수에 찬' 모습으로 표현되어, 이들이 지닌 신성한 권위나 품위가 격하되고 상실된다. 사실 '애수에 차다'는 표현은 전지전능한 하나님의 아들인 예수나 그의 어머니인 성모마리아에게 부여된 신적인 권위를 고려할 때, 그들에게는 어울리지 않는다. 특히 이 세상에 영원한 생명을 주기 위한 메시아로 태어난 예수에게 '죽음의 자장가'를 부르는 것은 묘한 아이러니를 보여준다. ≪성경(聖經)≫에 따르면 헤롯왕이 예수를 죽이려고 하자, 그의 부모인 요셉과 마리아는 아기 예수의 생명을 살리기 위해 애급으로 도망치는데, 이 시의 제2연에서는 오히려 예수에게 '조용하고 살그머니 죽은 것처럼 잘 자라 내가 널 위해 새하얀 죽음의 옷을 덮어 주리라.'라고 죽음의 자장가를 부르는 것이다.

제3연에서는 직접적으로 죽음의 아름다움을 이야기한다. 조의(弔意)의 종이 평안하게 들려오고, 무덤 속에서의 적막한 침묵이 안식의 아름다운 꿈으로 맺어지고, 제4연에서도 일곱 명의 천사가 뿌연 풍금을 들고 죽음을 찬송한다. 죽음이야말로 진정한 영생이며 영원한 안식처이다. 때문에 화자는 '세상에서 가장 아름다운', '저 무언의 무덤'이라고 죽음을 찬미한다. 이미 이 시에서는 죽음이 생명에 대한 공포와 저주라는 개념에서 벗어나 자식에 대한 어머니의 따사로운 사랑으로 인식되고 있다.

특히 이 시에서는 풍내초가 겨울이라는 계절을 자신의 시에 끌어들여 죽음이라고 하는 추상적인 이미지를 구체화시키고 있다. 그의 시에서 겨울은 자연의 보편적인 죽음으로 상징된다.

① 교외를 천천히 걷는다
  산림은 흰옷을 입고

봄 꽃 여름 잎사귀는 깊은 계곡에 매장되고
암담한 조의의 종은 덧없이 흐른다 — 한없이 이어지며
풍내초 <겨울(冬)>

② 겨울은 살그머니 텅 빈 쓸쓸한 한밤중에 춤춘다
어제의 애인은 새하얀 죽음의 옷 덮고 가로누웠고
공허한 생명은 접힌 시간의 주름 속에 숨었다

겨울은 살그머니 공포의 한밤중에 춤춘다
천진한 소녀 창백한 상복을 입고 요절해 있다
음험한 눈은 운명이 겹친 휘장으로부터 흘겨본다
풍내초 <겨울 밤(冬夜)>

인용시 ①에서 겨울은 산림이 흰 눈으로 덮여 있고, 봄꽃이나 여름 잎사귀 같은 생명체들이 깊은 계곡에 매장된 자연의 죽음상태로 표현되고 있다. 이러한 겨울은 인용시 ②에서도 '어제의 애인'이 '새하얀 죽음의 옷을 덮고 가로누웠고', '천진한 소녀'가 '창백한 상복을 입고 요절해 있는' 죽음의 상태로 인식된다. 이 죽음의 상태는 풍내초의 시에서 '백색'으로 상징되기도 한다.

① 잘 자라 내 널 위해 새하얀 죽음의 옷을 덮어 주리라
풍내초 <죽음의 자장가(死的搖籃曲)>

② 어제의 애인은 새하얀 죽음의 옷 덮고 가로누웠고
풍내초 <겨울 밤(冬夜)>

③ 흰 명주로 뒤덮인 강물은 들 옆에 엎어진 나체의
시체처럼 흐르네
풍내초 <홍사등(紅紗燈)>

인용시 ①②에서 나타나는 '새하얀' 옷은 바로 '상복(喪服)'을 연상시키며, 상복은 곧 '죽음'을 상징한다. 인용시 ③에 나타나는 '나체의 시체'처럼 흐르는 강물도 '흰 명주'로 뒤덮여 있다. 이처럼 백색은 겨울이라고 하는 계절을 뒤덮는 색채일 뿐만 아니라, 중국인에게 있어서는 죽음에 대한 조의의 뜻을 담고 있는 색채이기도 하다.

주자청(朱自淸)도 "그의 시에는 색채감이 풍부하다."라고 말했듯이, 풍내초의 시에는 프랑스 상징주의 시인들이 주장한 음악과 색채가 결합된 순수시뿐만 아니라, 색채에 상징성을 부여하는 시도가 뚜렷이 나타난다. 이처럼 색채감이 풍부한 시구는 '죽음'이라고 하는 추상적인 개념을 가시적인 색채로 대응시켜 시인의 서정 형상을 더욱 선명하게 드러내는 문학적 장치로 사용되었다.

이와 같이 풍내초는 아름다운 시어와 색채를 죽음이라고 하는 잔인하고도 무서운 개념과 함께 결합하여 그 죽음을 '세상에서 가장 아름다운' 것으로 묘사하고 있다. 때문에 그도 '로마의 폐허처럼 황량한' 이 세상에서 벗어나 죽음의 세계로 향하는 것이다.

> 근심과 비애가 일생 동안 멈추지 않고
> 아침도 가리지 않고 저녁도 가리지 않고
> 어디에 안식하는 무덤이 있어
> 내게 영원히 잠드는 안식을 주리
> 풍내초 <죽음(死)>

가변적이고 불확실한 모든 현상 중에서 죽음만이 확실한 불변의 진리이다. 그러므로 인간은 이 만고불변의 진리인 죽음 앞에서 자신의 생을 다시 바라볼 수 있으며, 근심과 비애로 가득한 이 세상에서 평안하게 안식할 수 있는 곳도 오직 무덤뿐이다. 즉 죽음만이 인간을 영원히 쉬게 할 수 있는 유일한 수단이다.

이와 같이 풍내초도 이금발과 마찬가지로 죽음을 단순한 물리적 죽음으로 받아들이는 것이 아니라, '영원한 안식을 주는' 궁극적인 수단이자 유일한 희망으로 받아들이고 있으며, 바로 죽음의 요람 속에서 생명의 고통으로부터 해탈하는 절대적 평안의 세계를 발견하는 것이다.

3) 영원한 사랑의 회복

죽음이 상징하는 의미가 이금발과 풍내초에게 고통스런 생명으로부터의 해탈이라면, 왕독청에게서는 상실한 애정을 다시 회복하게 되는 계기로 인식된다. 비록 이금발이나 풍내초처럼 죽음에 대한 적극적인 예찬은 없지만, 그 역시 죽음을 통해 절대적인 세계에서의 평안을 추구한다.

왕독청은 생기발랄한 봄이나 여름보다는 창백한 가을과 겨울을 더 좋아하고, 밝은 낮보다는 어두운 밤을, 애정을 꽃피운 기쁨보다는 애정을 상실한 비애를, 현실에서의 일시적인 환락보다는 죽음의 영원한 휴식에 잠기기를 더 좋아했다. 따라서 그의 시에는 '낙엽[枯葉]', '찬바람[冷風]', '잡초더미[荒草堆]', '먼지[灰土]', '외로운 무덤[孤墳]', '낙화(落花)', '영원히 잠들다[長眠]' 등 소극적인 정서를 반영하는 시어들이 그의 시적 분위기를 지배하고 있다.

> 고요한 밤, 창백한 달만이 나의 길을 비추네.
> Nostalgia를 일깨우는 발아래 거친 낙엽소리
> 가련한 고향! 거기엔 반쯤 허물어진 무덤,
> 말라 버린 풀, 떨어진 꽃으로 된 티끌만 남았네.
> 왕독청 <달 아래의 병자(月下的病人)>

  화자는 창백한 달이 비추는 길을 통해 낙엽소리를 연상하게 되고, 다시 그 낙엽소리를 통해 고향에 대한 향수(Nostalgia)를 일깨운다. 그러나 그 고향에는 반쯤 허물어진 무덤만 남아 있을 뿐이다. 이처럼 그의 시에서는 모든 것이 감상적이고 허무하여 비애의 정서로 가득 차 있다. 왕독청도 자신의 시를 "오히려 나는 비애에 친근해 있다. 이것은 바로 내 비애의 잔해이다."라고 고백했듯이, 비애의 정서는 그에게 인생의 본질이자, 생명의 표상이며, 지혜의 원천으로 여겨진다. 왕독청의 시에 나타나는 이러한 비애의 정서는 이미 어린 시절부터 형성되었던 것 같다.

  지금 생각하면 나는 유년기에 정말로 모순적인 분위기 속에서 성장했다. 한편으로는 내가 마치 매우 편안한 처지에서 생활한 것 같지만, 한편으로는 나의 정신은 거의 비참한 암흑에 의해 곱사가 될 정도로 압박을 받았다. ……나의 유년기는 이처럼 불건전한 시절이었다. 나는 우울했다. 매우 일찍부터 나는 저항할 수 없는 우울함에 완전히 포위되어 있었다. 왕독청 <장안성의 소년(長安城中的少年)>

  극단적으로 권위적이었던 아버지와 그 권위에 절대적으로 복종하던 어머니와의 관계 속에서 그의 성격은 신경쇠약에 걸릴 정도로 우울해졌고, 그나마 12살이 되던 해 부모가 죽는 바람에 어려서부터 집을 나와 여기저기를 떠돌아다니며 가난한 생활을 했다. 특히 5·4운동 이후 혼란스런 중국 사회에 불만을 가지고 있으면서도 적극적으로 현실에 대항하지 못하고, 오히려 고국을 떠나 번화한 서구 세계의 환락과 유혹의 거리로 도피했지만, 자신의 비애에서 해방될 수는 없었다.
  그러나 무엇보다도 그에게 비애의 정서를 불러일으킨 가장 중요한 원인은 병든 약혼녀를 고향에 두고 혼자 낯선 이국땅에 건너왔다는 죄책감이다. 때문에 그의 시에서는 늘 사랑하는 사람에 대한 그리움과 실연의 감정이 비애의 정서와 함께 결합되어 나타난다.

이처럼 왕독청이 자신이 처한 존재적 현실에 대한 절망감 속에서 벗어나고자 사용한 방법이 바로 도취이다. 무엇인가에 도취하여 현실을 망각하는 것, 의식의 몽롱한 상태를 통해 자신이 처한 현실적인 고통을 잊어버리는 것이야말로 무기력한 인간이 선택할 수 있는 유일한 해결수단이다. 왕독청에게서는 그 몽롱한 도취를 가능케 하는 것이 술과 여인의 향기로 인식된다. 술은 알코올 성분을 통해 인간의 의식을 취하게 하여 새로운 세계를 경험하게 한다. 그래서 그는 술을 통해 자신의 존재적 현실을 잊고, 새로운 세계로 도피코자 한다.

① 나는 다만 술 찌꺼기 속의 강렬한 힘을 빌려
　멈추지 않고 나를 태우는 폐부 같은 옛정을 끌려고 하네!
　왕독청 <나의 고심(我底苦心)>

② 나는 카페에서 나오네.
　온몸엔
　술에 찌든
　피곤함이,
　왕독청 <나는 카페 나오네(我從Café中出來)>

술은 사람을 순간적으로 도취시키는 강렬한 힘을 지니고 있어, 현실에서의 고통을 잊어버리는 하나의 수단으로 자주 이용되곤 한다. 그래서 화자도 멈추지 않고 타오르는 자신의 비애와 고통을 술을 통해 망각하려고 카페에 들어가지만, '결국 나를 태우는 폐부 같은 옛정'을 끄지 못한 채, 술에 찌든 피곤함만을 안고 나올 뿐이다. 그러나 술보다도 순간적인 도취의 힘이 더욱 강력한 것이 바로 꽃의 향기로 상징되는 '여인'이다.

> 세월은 사람을 홀리는 한 떨기 향기로운 꽃
> 당신에게 이 아름다운 **뺨**을 드립니다.
> 세월은 사람을 취하게 하는 한 잔의 감미로운 술
> 당신에게 이 탐스런 입술을 드립니다……
> 왕독청 <단테의 무덤가에서(但丁墓旁)>

술을 통해 비애의 정서에서 벗어나지 못할 때, 그는 자연스럽게 여인에 대한 퇴폐적이고 관능적인 자기도취로 향하게 된다. 그래서 그는 여인의 향기로운 입술 속에서 자신의 비애를 잊고자 한다.

> 연녹색 등불 아래 내 홀린 듯 바라보는 그녀
> 내 홀린 듯 바라보는 그녀의 담황색 머리칼
> 짙푸른 그녀의 눈동자, 창백한 그녀의 두 **뺨**,
> 아, 이 취하는 연녹색 등불 아래!
>
> 시든 장미 꽃잎을 두 손에 받쳐 들고
> 고개 숙여 몇 번이고 강렬히 입 맞추곤
> 내 얼굴 가까이 떠받쳐 주며
> 자신처럼 입가에 받쳐 들고 입맞춤하라는 그녀……
>
> 아, 장미꽃! 내 내심 네게 감사하나니
> 그녀의 분 향기를 떨리는 내 입술에 보내 주어

네 영혼 속에서 우리의 호흡을 합장시키고
네 향기로운 몸속에서 우리를 입 맞추게 하네!

아! 장미꽃! 네 향기로운 몸뚱일 껴안고 죽어도 놓질 않아
내 호흡을 그녀의 호흡과 영원토록 합장케 하리
― 나는 영원히 이 눈부신 연녹색 등불 곁에
죽어도 이렇게 그녀 곁에 앉아 있고 파!
　왕독청 <장미꽃(玫瑰花)>

　제1연에서 화자는 사람을 현혹시키는 연녹색 등불 아래 그녀의
담황색 머리칼, 짙푸른 눈동자, 창백한 두 뺨을 바라보면서 관능적
인 아름다움에 도취된다. 제2연에서는 그녀가 시든 장미꽃 한 송이
를 입에 대고 몇 번이고 깊이 들이마신 뒤 나의 입가로 이동시켜
입맞춤하라고 권유한다.
　제3연에서 장미꽃을 건네받은 나는 환희에 넘쳐 말없이 기도한다.
그러나 내가 꽃을 향해 기도하는 것은 시든 장미꽃처럼 이 세상에
서 이미 식어 버린 순간적인 사랑을 다시 꽃피우려는 행위가 아니
라, 장미꽃으로 무덤을 아름답게 장식하여 영원한 향기가 풍겨 나
는 절대적인 사랑의 공간을 만들고자 하는 것이다. 이처럼 화자는
시든 장미꽃을 바라보면서 다시는 시들지 않을 영원한 사랑을 추구
한다. 그러나 시간과 공간에 의해 제약을 받는 이 현상세계에서는
화자가 희망하는 절대적인 사랑을 이룰 수 없다.
　때문에 그는 제4연에서 장미꽃을 통해 그녀의 향기를 맡고, 그 향
기를 통해 절대적인 세계로 눈을 돌리게 된다. 여기에서 향기가 환
기시키는 절대적인 세계는 바로 죽음이다. 장미꽃을 통해 그녀의 향
기로운 냄새를 접촉하게 되고, 그 향기를 통해 그녀의 향기로운 몸
뚱이를 떠올리게 되며, 그로 인해 화자는 자신의 호흡을 그녀의 호

흡과 영원토록 합장하는 죽음을 연상하는 것이다. 결국 시들어 버린 장미꽃은 자신의 잃어버린 사랑을 다시 회복하는 계기가 되며, 이 시에서 추구하는 사랑의 마지막 귀착지는 죽음의 음울한 경계이다.

특히 당시 왕독청이 생활하던 프랑스는 이미 각종 기계소리로 가득한 물질문명 속에서 진실한 애정을 상실한 채 관능적인 쾌락만을 즐기는 정신적인 타락의 극치를 이루었고, 그로 인한 정신적인 방황은 세상에 대한 혐오감을 더욱 짙게 만들었다. 왕독청도 '이 땅에서 더 이상 머무를 수 없다', '아, 돌아가자!', '어디로 돌아갈까?'라고 반문하지만, 결국 자신이 돌아갈 곳은 죽음뿐이다.

실제로 정백기(鄭伯奇)가 1922년 7월 30일자로 쓴 편지에 따르면, 왕독청은 이미 프랑스 리용에서 자살을 시도한 적이 있었으며, 그것도 한두 차례가 아닌 것으로 보인다. 그는 이미 죽음의 의미에 대해 상당히 깊이 인식하고 있었으며, 그 결과 그는 자신의 심미관념 중에서 죽음이야말로 애정을 상실한 이 세상에서의 행복보다 더 아름답고 가치 있다고 여긴다. 이처럼 왕독청이 경험한 생의 불안과 사랑의 고통으로 인해 죽음에 대하여 새로운 의미와 가치를 부여한 것은 이 세상의 그 어떠한 것도 사랑의 상실로 인한 비애에서 그를 벗어나게 해 주거나 그에 대한 해답을 주지 못하기 때문이었다.

① 아! 마치 죽음이 천천히 지나가는 것을 본 듯
    정말 죽음이 천천히 지나가는 것을 본 듯……
    왕독청 <최후의 일요일(最後的禮拜日)>

② 아, 오늘 저녁 나는 죽어야 한다. 죽어야 한다.
    왕독청 <유언(遺囑)>

화자는 '마치 죽음이 천천히 지나가는 것을 본 듯' 사방에 가득한 죽음의 흔적을 발견하며, 그 속에서 죽음을 향해 다가선다. 죄악으로 가득한 현대문명을 벗어날 수 있다면, 또 두려운 이 현실세계에서 벗어날 수 있다면, 죽음은 더 이상 두려운 존재가 아니다. 더욱이 죽음이 잃어버린 사랑을 회복하는 계기로 인식될 때, 화자는 죽음에 대해 장밋빛 환상을 펼쳐 보이며, 그것을 미화시키는 것이다.

> 나는 적막하고 황량한 무덤을 보자마자
> 내 마지막으로 쉬어야 할 침실이라고 생각했다
>
> ......
> 다만 너의 입술이 나의 입가를 적셔 주길 바란다
> 아, 내가 나의 무덤 속에서 평안하게 영면하도록
> 왕독청 <죽기 전의 희망(死前的希望)>

삶에 대한 의식의 전환은 왕독청의 시선을 '무덤'으로 향하게 한다. 비록 적막하고 황량하지만 사랑하는 여인의 입술이 나의 입가를 적셔 줄 때 그 무덤은 새로운 의미가 부여된다. 즉 화자는 '황량한 무덤'을 '마지막으로 쉬어야 할 침실'로 인식하며, 그곳에서 평안하게 영면하고자 희구하는 것이다. 이처럼 왕독청의 시에서 자주 등장하는 '무덤'은 평안한 안식처로 인식되며, 그 전제조건은 사랑하는 사람이 그곳에 함께 있는 것이다. 그리고 그 전제조건이 이루어질 때 이 '무덤'은 세상에서 한순간에 사라질 사랑을 영원한 사랑으로 고착화시키는 절대공간으로 변모한다.

아 들판으로 달려가
깊은 웅덩이를 파고
내 휴식을 예비하련다
다시는 구차하게 살고 싶지 않다네!

상상하네, 내 짧은 목숨 죽은 뒤
끊어진 길가의 습기 찬 무덤
흩어진 풀 속에서 외로이 내 야윈 뼈를 덮네.

상상하네, 그때는 바로 쓸쓸한 가을
차가운 바람이 병든 숲에서 바깥으로 불고,
가련한 낙엽은 내 무덤을 둘러싸네.

상상하네, 낮 빛깔 촉급하게 사라지고
높은 하늘에 떠 있는 달
내 긴 잠자고 있는 황량한 곳을 비추네.

……

상상하네, 이제야 내 무덤 앞에 다가선 그녀
재빠르게 무릎 꿇고, 온몸을 떠네.
쌓인 낙엽은 그녀가 절하는 데 깔아 논 융단.

……

상상하네, 얼마 후 슬픔에 복받쳐 지친 그녀,
호흡이 점차로 막히고 가라앉아
끝내 쓰러져 입술로 무덤 위 새 흙과 입 맞추네.

상상하네, 오래지 않아 벙어리가 될 그녀의 입,
달만이 눈물 흐르는 그녀의 뺨을 입 맞추고

찬바람은 흐트러진 그녀 머리칼을 풀어헤치네.

상상하네, 이러다가 다시 회복되는 낮 빛깔
그녀는 여전히 내 무덤가에서 잠자고,
낙엽은 그녀를 감싸고 있네.
이후로 그녀는 흙더미와 벗하며 다시는 깨어나지 않았네……
왕독청 <실망의 애가5(失望的哀歌 · 五)>

　화자는 죽음을 향해 성큼 다가서며, 그것은 무덤이라는 고착화된 모습으로 나타난다. 그는 들판으로 달려가 깊은 웅덩이를 파고 자신의 휴식의 장소를 만든다. 순간 낮 빛깔이 사라지고 시간적으로 달이 지배하는 밤이 된다. 이때 달은 태양의 빛과 탄생에 대비되는 죽음의 원리이다. 그 죽음의 빛이 화자의 무덤을 비추고 있는 것이다. 이처럼 무덤이 놓인 장소는 지리적으로 현실적인 삶의 공간에서 멀리 떨어진 '들판'에 위치해 있을 뿐만 아니라, 심리적으로도 '끊어진 길가'의 '웅덩이' '깊은' 곳에 위치한, 다시 말해 현실세계 그 너머에 있는 명부(冥府)의 세계에 존재한다.

　이때 그녀가 무덤 앞으로 다가선다. 그 순간 '내가 기나긴 잠을 자고 있는 황량한 곳'에 쌓인 낙엽은 아름다운 '융단'으로 변형되어, 황량한 무덤을 아름답게 장식한다. 그리고 그녀도 끝내 무덤가에 쓰러져 '입술로 내 무덤 위 새 흙과 입 맞춘다.' 결국 화자는 무덤이라는 고착화된 장소에서 사랑하는 그녀와 영원히 함께 존재하게 되는 것이다. 따라서 왕독청의 시에서는 죽음의 자리였던 무덤이 사랑하는 여인과 더불어 그들의 영원한 사랑을 확인하는 절대적 공간이자, 이 세상에서의 일시적인 사랑을 고착화하여 영원히 지속시키게 만드는 절대적 안식의 세계로 간주된다.

(2) 생명공간으로서의 고향

목목천(穆木天)의 ≪나그네의 마음(旅心)≫에서는 늘 어딘가를 향해 달려가는 목목천의 내면세계를 발견할 수 있다. '나그네의 마음'이라는 제목에서도 나타나듯이 그의 시에는 나그네로서의 고독한 심정이 스며 있다. 이 고독감은 목목천의 첫 시집인 ≪나그네의 마음≫에 깔려 있는 전반적인 감정의 기조이다. 때문에 고독감을 자신의 감정의 한 중심축으로 형성하고 있는 ≪나그네의 마음≫에는 언제나 감상적이고 고독한 한 개체로서의 목목천의 모습이 투영되어 있다. 이러한 고독감은 <비 온 뒤의 이노카시라(雨後的井之頭)> 등 7편의 시를 ≪창조월간(創造月刊)≫에 발표하면서 그 <부기(附記)>에서 "나는 이 몇 수의 시를 나그네의 마음이라고 총괄적으로 지칭했는데, 이 몇 수로 말하자면 나의 이 일 년 동안의 심경의 변화를 설명해 주기에 충분하다. ……또 나의 회색적인 세계가 파괴된 뒤의 심정을 표현하기에 충분하다."라고 말한 것으로도 확인된다. 특히 목목천의 감정 근저에 깔려 있는 이 고독감은 그의 삶의 궤적이 보여주는 유랑의식과 부합되며, 이 유랑의식은 궁극적으로 고향을 지향하는 목목천의 내면의식과 밀접한 관련을 맺고 있다.

1) 고향 가는 길의 부재

≪나그네의 마음≫에는 목목천이 늘 어딘가를 향해 달려가고자 하는 나그네로서의 모습이 투영된다.

① 나는 멀리 산산이 흩어진 구불구불한
　불빛으로 달리고 싶네
　목목천 <나는 원하네……(我願……)>

② 멀리 하늘 끝까지 달려가자
　아득한 지평선으로 달려가자
　어질러진 잿빛 푸르른 숲으로 달려가자
　목목천 <나그네와 함께 — 무사시노의 길에서(與旅人 — 在武藏野的
　道上)>

　　인용시 ①②에서 화자는 어딘가를 향해 달려가고자 하는 의지를
보인다. '불빛', '하늘 끝', '지평선', '숲'을 향해 무작정 달려가고자
하는 화자의 의식 밑바탕에는 현재 자신이 서 있는 공간에 대한 부
정적인 인식이 깔려 있다. 화자가 현재 서 있는 위치가 어디쯤인지
가늠하기는 어렵지만, 분명한 사실은 화자가 현재 서 있는 공간에
서 멀리 떨어진 다른 공간으로의 이동을 추구하고 있다는 점이다.

나는 한 가닥 저녁연기를 어루만지며
구불구불하고 깊숙한 길을 따라 질주하다가
조용히 멈춘 채 쓸쓸히 길을 찾네
목목천 <이토의 강가에서(伊東的川上)>

　　위의 인용시에서도 화자는 길을 따라 어딘가를 향해 질주하고 있
다. 현재 화자가 질주하고 있는 '구불구불하고 깊숙한' 길은 '한 가
닥'씩 피어오르는 '저녁연기'처럼 언제 사라질지도 모르는 위태로운
모습을 드러내며 화자의 초조하고 불안한 심정을 상징한다. 보일

듯 말 듯한 길을 찾아 질주하던 화자는 발걸음을 멈추었다. 자신이 달려가던 길을 잃어버린 것이다. 자신이 가야 할 길의 부재와 그 길을 찾아 방황하는 화자는 자신의 인생 길 위에서 영원히 멈추지 못하는 나그네이다.

이처럼 목목천이 자신의 삶의 여정에서 보여주는 유랑의식은 자신을 이 세상에서의 나그네로 표현하고 있다.

> 나는 영원한 나그네
> 영원히 잿빛 가느다란 길을 걷는다
> 어스름 황혼이 내릴 때
> 영원한 잿빛 가느다란 길을 걷는다
> 나는 영원한 나그네
> 영원히 쓸쓸하고 담담한 심장소릴 듣는다
> 영원히 아득히 흩어지는 침묵 속에서
> 쓸쓸하고 담담한 심장소릴 듣는다
> 목목천 <헌시(獻詩)>

이 시에서는 떠돌아다니는 나그네로서의 화자의 고독한 심정이 잘 나타나 있다. 나그네는 어딘가를 향해 걸어가고 있다. 자신이 가고자 하는 목적지가 어디인지 가늠하기는 힘들지만 날이 저물어 땅거미가 지는 황혼에도 계속 길을 재촉해야 한다. 세상의 만물들이 모두 자신의 피곤을 달래 줄 보금자리로 돌아가지만, 나그네는 여전히 어딘가를 향해 걸어가야 한다. 이때 나그네는 안식처가 없는 자신의 실존적인 모습을 확인하면서 외로움에 휩싸인다.

나그네가 느끼고 있는 이 외로움은 잿빛으로 물드는 '가느다란 길'에 구체적으로 투영된다. 나그네는 어떤 구체적인 목적지를 향해서 걷고 있는 것이 아니라, 자신도 모를 어딘가를 향해서 떠돌고 있을 뿐이다. 때문에 가야 할 목적지가 불투명한 나그네에게 있어서 길은 넓은 대로가 아닌, 끝없이 '가느다란' 길일 수밖에 없다. 바로 나그네의 유랑의식은 자신의 앞에 놓여 있는 길을 끝없이 길고 가늘게 팽창시키고 있는 것이다.

특히 인용시에서 주기적으로 반복되는 '영원'이란 단어는 화자의 '나그네'로서의 유랑의식을 더욱 절망적으로 만든다. 화자의 앞에 놓인 길은 영원히 끝이 없는 길이다. 목적지 없이 길을 걷는 나그네에게 있어서 '영원한' 길은 끝없는 유랑을 의미하며, 화자를 안식이 없는 영원한 '나그네'로 남아 있게 만든다.

자신이 가야 할 길이 끝없이 가늘게 팽창된 상황에서 나그네의 의식은 자연히 위축되며, 그로 인해 그의 의식은 점점 내면으로 파고들게 된다. 때문에 혼자 쓸쓸하게 걷고 있는 나그네의 의식은 외부 세계에서 들려오는 소리는 들리지 않고, 다만 자신의 내면 깊숙한 곳에서 흘러나오는 심장의 박동소리만 크게 들릴 뿐이다. 그러나 그 심장의 박동소리조차도 아득히 흩어지며 나그네는 침묵에 휩싸인다. 이처럼 무작정 불투명한 세상 어딘가를 향해서 걸어가고 있는 화자는 '영원한 잿빛 가느다란 길'을 걸어야 하는 '영원한 나그네'이다. 이처럼 정처 없이 떠돌아다니는 나그네에게 있어서 이 세계는 황혼이 지나고 아침이 되어도 여전히 비애로 남아 있다.

기름때의 아침 안개
짙은 연기
젖 방울이 뚝뚝 떨어져 엉겼다 흩어진다
어슴푸레한 선잠 속으로

만약 보이지 않는다면 —

아득히 구름 덮인 산
선 하나—
아득히 잿빛 허공 사이에 있네

쓸쓸한 새 보이지 않고
영영 가서 돌아오지 않는다
영원한 도취—
부드럽게 짙은 그물에 연기처럼 덧없이 흩어지네
목목천 <아침 부두(朝之埠頭)>

목목천은 이 시에서 아침 부두의 어두운 정경을 통해 잿빛 세계와 인생에 대한 혐오 그리고 파괴를 상징적으로 표현하고 있다. 노드롭 프라이는 하루의 주기를 '아침 → 정오 → 저녁 → 밤'이라는 이미지의 순환적인 형식으로 설명했다. 그의 견해에 따르면 '아침' 이미지가 가지는 보편적인 의미는 하루의 시작인 동시에 밤이 의미하는 '죽음'에서의 재생이다. 그런 측면에서 아침은 밝고 희망적인 탄생 이미지를 제공한다.

그러나 그것도 자신이 가야 할 방향에 대한 인식이 분명한 사람에게 의미가 있는 것이지, 가야 할 방향을 찾지 못한 화자에게는 단지 어제에 이어서 또다시 반복되는 힘겨운 유랑의 시작일 뿐이다. 때문에 고독한 나그네의 마음은 아침이 되어도 여전히 비애로 가득 차 있다. 안개가 자욱하게 깔린 부두의 시계(視界)는 정처 없이 떠돌아다니는 나그네의 심정과 마찬가지로 매우 불투명하다. 구름 덮인 산도 뚜렷하게 보이지 않고, 다만 잿빛 허공에 떠 있을 뿐이다. 한 번 날아간 새도 그가 가야 할 목적지로 날아가 다시 돌아오지 않지만, 화자는 여전히 자신이 가야 할 방향을 찾지 못한 채 방황하고 있다. 이처럼 나그네가 느끼고 있는 비애의 정서는 이 세계

전체를 회색적인 분위기로 이끌고 간다.

　<닭 울음소리(鷄鳴聲)>는 화자가 왜 이 세계에서 비애를 느끼며 인생의 고통을 씹고 있는지에 대해 좀더 분명한 암시를 제공하고 있다.

　　　닭 울음소리
　　　진정한
　　　비애를
　　　일깨우지 못하네
　　　어디가 집인지
　　　어디가 고국인지
　　　어디에 애인이 있는지
　　　어디로 돌아가야 할지
　　　난 모르겠네
　　　아 가물거리는 등불이 퇴폐적이다
　　　목목천 <닭 울음소리(鷄鳴聲)>

　위의 인용시에서는 화자가 달려가고자 하는 지향처가 어느 정도 윤곽을 드러낸다. '집', '고국', '애인'으로 표현되는 지향처는 화자가 '영원한 잿빛 가느다란 길'을 걸어가면서 향하는 궁극적인 목적지이다. 그러나 화자는 이 시에서 오히려 자신의 목적지를 향하면서도 '어디로 돌아가야 할지' 모르는 방향감각의 상실을 보여주고 있다.

　나그네는 어딘가를 향해 걸어가고 있지만 정작 자신이 가야 할 목적지도 모른 채 방황하고 있는 것이다. 따라서 '어디가 집인지', '어디가 고국인지', '어디에 애인이 있는지', '어디로 돌아가야 할지' 모르는 방향감각의 상실은 집과 고국, 애인이 존재하는 세계에서 홀로 떨어져 방황하고 있는 화자의 내면세계를 비애로 가득 채운다.

결국 화자의 이러한 방향감각의 상실은 화자의 내면세계를 '가물거리는 등불'처럼 어둡고 몽롱하게 하여 비애로 가득 차게 만드는 근본적인 원인을 제공하는 것이다. 그러기에 잠자는 사람들을 불러 깨우는 아침 닭의 울음소리조차도 홀로 떨어진 자신의 비애를 깨우지 못한 채 절망적인 상태로 빠지게 되는 것이다. 그러면 목목천이 이토록 비애에 휩싸인 채 찾고 있는 곳은 구체적으로 어디인가?

나는 멀리 산산이 흩어진 구불구불
한 불빛으로 달리고 싶어
홀로 적막하게 해변의 잿빛 길을 거닐고 싶어
나는 담담하게 흩어지는 벼의 향기를 가득 맛보고 싶어
나는 조용히 금빛 모래언덕에서 들려오는 가벼운 물결소릴 듣고 싶어

나는 멀리 산산이 흩어진 구불구불
한 불빛으로 달리고 싶어
홀로 적막하게 해변의 잿빛 길을 거닐고 싶어
나는 담담하게 흩어지는 벼의 향기를 가득 맛보고 싶어
나는 조용히 금빛 모래언덕에서 들려오는 가벼운 물결소릴 듣고 싶어
나는 저기 길옆 솔밭에 가로놓인 돌 위에 앉고 싶어
나는 저기 바위둥지에서 소용돌이치며 굽이치는 물결을 마주하고 싶어
나는 돌 겉껍데기에 스치는 쉼 없는 상전벽해를 생각하고 싶어
몽롱하게 그리워하네 저기 저기 저기 저기 허무한 고향
나는 조용히 저기 고목 아래 마른 잎 가리는 천 년의 석상을 향하고 싶어
나는 사립문 가리는 찻집 앞에 놓인 빈 의자를 응시하고 싶어
나는 연기도 뿜지 못하고 노래도 할 수 없는 미동하는 배를 마주하며
말없이 저기 하늘가의 외로운 섬에서
소와 양을 몽상하며 미소 짓고 싶어

아 도대체 나의 고향은 어느 산 어느 모퉁이런가
어느 바람 속에 어느 구름의 고향에 숨었나
아니면 개굴거리는 개구리의 울음 속에
아 나는 쓸쓸하게 한밤이 지난 뒤의 해변을 거닐고 싶어
나는 저기 머나먼 불빛까지 뜨겁게 달리고 싶지만 달릴 수 없네
　　　목목천 <나는 원하네……(我願……)>

　1919년부터 고향을 떠나 타국에서 유학생활을 하던 목목천에게
있어서 귀향의식은 늘 그의 무의식 속에 잠재해 있었다. 본래 목목
천의 고향은 중국 동북의 길림(吉林) 이통현(伊通縣)이다. 그곳은 장
백산(長白山)의 지맥인 대흑산맥(大黑山脈)의 남쪽에 위치하여 대자
연의 태곳적 원시림을 고스란히 간직했다.
　이처럼 어린 시절을 아름다운 원시림 속에서 자란 목목천에게 있
어서 길림은 자신이 출생한 고향인 동시에 어머니의 품과도 같은
따스한 보금자리였다. "나는 우리 북국의 눈 덮인 평원을 표현하려
고 했다."라고 말했듯이, 하얀 눈이 쌓인 길림의 드넓은 평원은 목
목천의 가슴에 무의식적인 고향으로 자리잡았고, 그의 가슴속에 내
재된 귀향의식은 ≪나그네의 마음≫에서 자연스럽게 표현되고 있다.
때문에 <마음의 욕심(心欲)>에서 '작은 배 저어 강 따라 흘러 동쪽
으로 가서', '밀림을 향해 길게 날아가서'라는 표현이 나타내는 '동
쪽'이라는 구체적인 방위가 중국의 동북쪽에 위치한 길림을 지칭한
다거나, '밀림'이 중국의 태곳적 원시림을 고스란히 간직하고 있는
그의 고향을 의미한다는 사실은 의심할 여지가 없다고 하더라도,
이 <나는 원하네……(我願……)>에서는 이미지로서의 고향, 즉 거기
에 대한 그리움을 암시하고 있다.
　제1연에서 목목천이 그리워하는 대상인 '구불구불한 불빛', '해변

의 잿빛 길', '벼의 향기', '물결소리'는 모두 화자가 고향의 이미지
를 구체화하기 위한 묘사이다. 즉 고향에 대한 화자의 원초적인 그
리움을 표현하고 있는 것이다.

불빛은 화자가 현재 서 있는 장소에서 멀리 떨어진 곳에 있다.
불빛의 속성상 밝은 곳에서는 불빛이 본래의 기능을 발휘하지 못하
고, 다만 어두운 곳에서만 그 기능을 제대로 발휘할 수 있다. 때문
에 현재 불빛을 바라보고 있는 화자의 위치는 상대적으로 어둠으로
덮여 있다는 사실을 알 수 있다. 여기서 불빛은 화자가 현재 서 있
는 '어둠'과는 대립적인 이미지를 가진다. 이 불빛은 어둠과 대립적
인 개념으로서 '밝음'을 지향하며, 따스함 혹은 포근함을 전달해 준
다. 따라서 화자의 의식은 불빛이 상징하는 따스함이 고향의 따스
함으로 치환되면서 그리운 고향으로 향하는 것이다.

고향에 대한 이와 같은 이미지는 제2연에서도 '돌', '물결', '천 년
의 석상', '빈 의자', '소와 양' 등 자연경물을 통해서 불빛의 이미지
와 동일한 양상을 띤 채 그의 내면에 투영된다. 특히 이 시에서 화
자가 그리워하는 대상은 모두 조용하고 아름다운 자연경치이다. 이
러한 자연경치는 현실세계에 존재하는 실제 경치라기보다는 일종의
현상이며 상징으로서, 고향에 대한 그리움이 만들어 낸 허상이자
이상적인 공간이다.

사실 목목천의 고향인 길림은 일본에서 생활하던 그가 돌아가고
자 하면 얼마든지 돌아갈 수 있는 곳이다. 실제로 그는 일본 유학
시절에 여러 차례 자신의 고향인 길림을 다녀온 적이 있었다. 그럼
에도 불구하고 제2연에서 '저기 허무한 고향', '저기 하늘가의 외로
운 섬'이라고 하여 자신이 위치한 현재의 장소와 고향과의 심리적
거리를 무한히 확장시키며, 제3연에서 '아 도대체 나의 고향은 어느
산 어느 모퉁이런가?'라고 질문하면서 '달려가고 싶지만 갈 수 없

네.'라고 스스로 대답한 것은 화자가 말하는 고향이 차나 배로 갈 수 있는 지리적인 위치로서의 고향이 아니라, 비현실적인 공간으로서의 고향임을 암시해 준다.

때문에 이 시에서는 현실적인 공간으로서의 고향을 표현하기보다는 오히려 고향으로 향하는 소망을 본능적으로 노래하고 있는 것이다. 그러므로 이 시에 나타난 목목천의 고향은 출생지로서의 구체적인 장소가 아니다. 단지 화자가 과거에 체험했던 고향에 대한 기억을 통해 떠올린 이상화된 공간으로서의 고향이다.

이처럼 화자가 고향을 향해 달려가고자 하는 마음 이면에는 고향과는 대립적인 의미를 내포하는 도시적인 문명공간에 둘러싸인 자신의 고립된 현실이 존재하고 있었다.

> 저 멀리 높은 담장 신비한 사립문을 닫고
> 뜰 안엔 쑥 가득하고 황폐한 무덤 빽빽하네
> 진흙을 내뿜는 자동차는 영원한 개선가를 부르고
> 하늘가의 굴뚝 쉬지 않고 뿜어 대는 짙은 석탄재
> 목목천 <안개비 속에서(烟雨中)>

도시문명을 상징하는 굴뚝에서는 쉬지 않고 짙은 석탄재를 뿜으면서 그 위력을 자랑하고, 자동차는 영원한 개선가를 부르고 있다. 반면에 사립문으로 상징되는 고향은 도시문명이 내뱉고 있는 석탄재에 둘러싸여 황폐한 무덤처럼 영원한 패배의 노래를 부를 뿐이다. 때문에 이 문명공간은 화자가 현재 위치해 있는 현실공간인 동시에, 화자를 늘 비애로 가득 차게 만드는 세계이자, 생존투쟁으로 지치게 하는 세계이다. 그러므로 '돌', '물결', '천 년의 석상', '빈 의자', '소와 양' 등 자연경물로 이루어진 자연공간은 화자가 현실세계에서 느끼는 허위와 비애로 인해 만들어진 가공의 세계이다. 한마디로 화자는 비애로 가득한 현실세계에서 탈출하여 자신이 지향하는 고향을 향해 달려가고 있는 것이다.

목목천의 전기적(傳記的) 사실에 따르면 그의 고향에 대한 기억은 두 가지 형태로 나타난다. 한 가지는 행복했던 어린 시절의 추억이 서린 포근한 보금자리로서의 고향이며, 또 한 가지는 가정의 몰락과 봉건적인 구속으로 인해 고통받고 방황하게 하는, 그래서 기억에 떠올리기 싫은 비애 어린 고향이다. 즉 전자는 목목천이 그리워하며 지향하는 고향이며, 후자는 그가 벗어나고자 하는 고향이다. 동시에 전자는 목목천이 다시 되돌아갈 수 없는 회상공간이며, 후자는 지금도 다시 되돌아갈 수는 있지만 돌아가고 싶지 않은, 자신의 기억 속에서 지워 버리고자 하는 현실공간이다. 때문에 목목천은 현실적인 공간으로 존재하고 있는 후자의 고향을 지향하기보다는 오히려 현실세계에서 받고 있는 고통에서 벗어나 안식할 수 있는 보금자리로서의 이상화된 전자의 고향을 지향하고 있는 것이다. 그러나 이상화된 고향은 현실적으로는 도달이 불가능한 가공의 세계이므로, 다른 상징적인 매체를 통해서 자신의 고향으로의 회귀를 시도한다.

결국 목목천이 찾고 있는 고향은 이상세계에 속하는 공간인 동시에 화자가 현재 서 있는 '여기'에 존재하는 것이 아니라, '여기'에서 떨어진 '저기'에 존재하는 피안의 세계가 된다.

2) 고향으로의 초월의지

고향을 지향하면서도 달려갈 수 없는 좌절을 경험하게 되는 화자는 다른 매개체를 통해 현실세계에서 벗어나 고향으로 달려가고자 하는 초월의지를 드러낸다.

> 나는 한 마리 나는 새가 되어
> 구름 끝을 향해 높이 날아
> 붉은 자줏빛 하늘을 쫓아가서
> 세계로 날아 떨어지고 싶어
>
> 나는 한 마리 나는 새가 되어
> 밀림을 향해 길게 날아
> 비취빛 버들의 끝에 머물면서
> 조용히 목동의 노랫소릴 듣고 싶어
>
> 나는 한 마리 나는 새가 되어
> 조용히 돛대 끝에 앉아
> 촛불 켜고 마주앉아 술 마시는 어부를
> 바라보며 천천히 긴 밤을 보내고 싶어
> 목목천 <마음의 욕심(心欲)>

헨더슨은 인간이 지닌 초월의지에 근거하여 '초월상징'이라는 용어를 쓰고 있다. 그에 따르면 초월상징이란 "어떤 목표를 향해 달성하려는 인간의 능력을 대표하는 상징"이다. 그는 또한 초월상징은 의식과 마음의 무의식적인 내용이 결합되고, 이 결합으로부터 마음의 초월적 기능이 생기고, 그로 말미암아 개인적 자아의 잠재력을 최대한으로 성취하는 상징이라고 한다. 이런 초월상징에서 초월의 가장 대표적인 매개체는 '새'이다. 상징 문제에 있어서 이미 새는 해방과 자유의 상징체로 자주 논의되어 왔다.

인용시에서 화자는 한 마리 새가 되어 자신이 달려갈 수 없는 고향으로의 초월의지를 보여주고 있다. 일반적으로 새는 하늘로의 비상을 통한 상승의지를 보여준다. 지상과는 무관한 하늘에서 존재하는 새는 구속에서의 탈피를 의미하기도 하며, 나아가 자유로운 시인의 영혼을 의미한다. 새의 상승의지는 바로 화자의 상승의지이며, 새의 지향처는 바로 목목천 자신의 지향처인 셈이다.

화자는 제1연에서 새가 되어 구름 끝을 향해 높이 날아 하늘을 지향하며, 제2연에서는 밀림을 지향하고, 제3연에서도 화자는 돛대를 지향하고 있다. 이 돛대 역시 강이나 바다를 전제로 한 상징물이다. 이처럼 화자가 지향하는 하늘과 밀림, 돛대는 모두 현실에서 벗어난 대자연으로의 개방성을 의미한다. 이 개방성은 화자를 비애로 가득 차게 하는 폐쇄적인 현실로부터의 개방인 동시에 고향을 향한 개방이다. 이와 같은 화자의 초월의지는 《나그네의 마음》 전체에서 다양한 형태로 전개되어 나타나고 있다.

① 나는 저 멀리 회색 천의 뜬구름을 사랑한다
　 오팔 같은 하늘의 어렴풋함을 어루만지며
　 멀리 멀리 멀리 멀리 지나간다
　 뽕밭 나무 끝을 지나간다 저 언덕을 향해
　 목목천 <비온 뒤의 이노카시라(雨後的井之頭)>

② 나는 작은 돌멩이를 집어 들어
　 가볍게 물보라를 일으킨다
　 물보라가 출렁인다 물보라가 출렁인다
　 마치 내가 위에 앉아 먼 나라로 가는 듯이
　 목목천 <물보라(水飄)>

③ 저 멀리
　 밭 주위 길가에
　 온화한 시골 사람 기댄 채

아득한 하늘가 끝없이 이어진 산의 출렁거림
바라보며 가늘게 이어진 회색의 선 위에
천천히 미끄러지는 흰 돛을 생각하네
목목천 <해질녘 향촌(薄暮的鄕村)>

화자는 인용시 ①②③에서 '뜬구름', '물보라', '흰 돛'이라는 매개
체를 통해 '저 언덕', '먼 나라', '하늘가'로 표현된 고향을 지향한다.
이처럼 인용시에서 나타나는 뜬구름과 물보라, 흰 돛은 모두 화자
의 초월의지를 반영하는 심리적 투영물로서, 이들은 모두 유동성을
지니고 있으며 공간적인 이동을 상징한다. 즉 화자는 고향으로 향
하는 자신의 간절한 소망을 이들 심리적 투영물을 통해 암시하고
있는 것이다.
화자가 고향으로 가는 길에는 여자의 형상이 자주 나타난다. 목목
천에게 있어서 고향이 그가 달려가고자 하는 장소라면, '그녀', '누
이', '소녀', '애인' 등으로 표현되는 여자의 형상은 그가 달려가고자
하는 구체적인 대상이다. 이 여자는 목목천이 달려가고자 하는 장소
가 고향으로서의 의미와 가치를 지니게 되는 이유이기도 하다.

① 난 눈부신 태양이 되고 싶진 않아
난 은백의 달이 되고 싶진 않아
난 그녀의 머리 위를 비추는
희미한 빛이 되고 싶어
목목천 <난 희미한 불빛이 되고 싶어(我願作一點小小的微光)>

② 그녀로구나 출렁이는 물보라를 깊이 생각하네
그녀로구나 부드러운 새 옷이 흔들리는구나
그녀로구나 지주연 곁에서 옛일을 회상하네

> 그녀로구나 수풀 끝을 보면서 마음의 고향을 생각해 낸다
>
> 아! 어디서 불어오는 그녀의 노랫소리인가
> 잿빛 어스름한 강가 저녁 바람 속에서 심하게 흔들린다
> 목목천 <이토의 강가에서(伊東的川上)>

    화자는 자신의 시각과 청각 등 감각기관을 통해 오로지 '그녀'에게 모든 신경을 집중시킨다. 인용시 ①에서 화자는 온 세상을 밝혀 주는 태양이나 달이 되길 원하지 않는다. 왜냐하면 화자에게 있어서 그녀가 없는 세상은 설령 태양과 달이 밝게 비춘다고 하더라도 밤과 같은 어둠이기 때문이다. 그는 태양이나 달처럼 눈부신 빛이 아니더라도 다만 그녀를 비출 수 있다면 기꺼이 희미한 빛이라도 되겠다는 심정을 보여준다. 빛은 그녀를 비춤으로 인해 그 존재적 가치가 있는 것이지, 그녀가 존재하지 않는다면 제아무리 눈부신 태양이나 달빛이라도 화자에게는 무의미하기 때문이다.

    인용시 ②에서도 화자는 그녀에 대한 생각으로 가득 차 있다. 화자의 의식은 그녀가 입고 있는 옷에서부터 행동, 심지어는 그녀의 생각에까지 미치고 있다. 이러한 모든 행동과 의식은 바로 그녀에 대한 화자의 지향성으로부터 시작된다. 그럼에도 불구하고 화자는 그녀의 노랫소리가 어디에서 전해 오는지 알지 못한 채, 다만 강가에서 저녁바람과 함께 배회하고 있을 뿐이다. 그녀를 향한 화자의 의지와는 달리 그녀는 자신의 곁에 존재하는 것이 아니라, 자신이 알 수 없는 저 멀리 존재하고 있는 것이다. 따라서 ≪나그네의 마음≫에서 나타나는 '여자'의 형상은 형이상학적인 상징을 띠고 있다.

① 맞은 편 아득한 언덕 위 붉은 치마 입은 소녀
　녹색 우산 받쳐 들고 하늘 끝을 바라보네
　목목천 <시노바즈노이케에서(不忍池上)>

② 말없는 소녀 멍하니 녹색 우산 가볍게
　받쳐 들고 비스듬히 물가를 향해 바라보네
　목목천 <안개비 속에서(烟雨中)>

　인용시 ①에서는 붉은 치마 입은 소녀가 화자가 서 있는 장소에서 멀리 떨어진 맞은편 아득한 언덕 위에 서 있다. 언덕은 하늘로 상징되는 이상세계와 땅으로 상징되는 현실세계의 경계지점이다. 이상세계와 현실세계가 맞닿은 곳에서 소녀가 받쳐 들고 있는 우산은 땅에서 하늘을 향해 치솟은 상징물로서 지상에서 천상으로의 상승을 의미한다. 그러므로 소녀가 우산을 받쳐 들고 하늘 끝을 바라보는 행위는 이상세계로의 상승을 의미하며, 동시에 화자 자신이 이상세계로의 초월의지를 암시하는 것이다. 이런 측면에서 소녀는 천상세계로 향하고자 하는 화자의 심리적 투영물인 동시에 그를 천상세계로 인도하는 매개체의 역할을 한다.
　인용시 ②에서도 소녀는 녹색 우산을 받쳐 들고 비스듬히 물가를 바라보고 있다. '물가' 역시 바다나 강이 땅과 맞닿은 장소로서 이상세계와 현실세계가 서로 맞닿아 있는 경계지점이다. 그러므로 물가를 바라보는 행위는 현실세계의 외로움에서 오는 영혼의 갈증을 해소하고자 하는 잠재의식에서 비롯된 것으로 볼 수 있다. 물은 모성(母性)의 상징이자, 목마른 영혼을 포근하게 감싸주고 감미롭게 적셔 주기 때문이다. 이런 의미에서 물은 생명의 고향이라고 할 수 있으며, 화자가 달려가고자 하는 고향의 내면을 형성하는 정신적인 상징이 된다.

3) 생명공간으로의 회귀

≪나그네의 마음≫에서는 여자가 물과 동일한 이미지로 받아들여
지고 있으며, 물의 이미지가 전체 시의 중심 이미지를 구성하고 있
다는 사실은 의미심장하다. 물은 ≪나그네의 마음≫의 중심 이미지
일 뿐만 아니라, ≪나그네의 마음≫ 전체에 일관되게 흐르고 있는
시적인 생명력이다.

> 우리는 물소리를 찾아 어부의 그물코에 가야 한다
> 우리는 물소리를 찾아 산간 샘의 근원에 가야 한다
> 우리는 물소리를 찾아 바다 입구의 백사장에 가야 한다
> 우리는 물소리를 찾아 거기 강의 물굽이에 가야 한다
>
> 우리는 물소리를 찾아 논도랑으로 가야 한다
> 우리는 물소리를 찾아 긴 대나무 있는 호수에 가야 한다
> 오세요 우리는 썩은 노를 들고
> 밤에 우리의 그 외로운 작은 배를 함께 움직인다
> 누이여 물소리는 당신의 눈 끝에서 노래하나요
> 누이여 물소리는 당신의 가슴에서 노래하나요
> 누이여 물소리는 당신의 머리칼 끝에서 노래하나요
> 누이여 물소리는 당신의 살쩍머리 곁에서 노래하나요
> 목목천 <물소리(水聲)>

화자는 누이와 함께 '외로운 작은 배'를 타고서 생명의 고향을 일
깨워 주는 물소리를 찾아 나선다. 물소리는 '어부의 그물코', '산가

의 샘', '바다 입구의 모래사장', '강의 물굽이', '논도랑', '호수' 등 곳곳에 충만해 있다. 이처럼 온 우주 공간에 충만해 있는 물소리를 들으면서 화자의 의식은 누이에게로 향한다. 화자는 누이의 '눈 끝', '가슴', '머리카락', '샅쩍머리'에서 흘러나오는 물소리를 듣는 것이다. 여기서 화자는 '누이 → 물소리 → 물'로 상상력의 변형과정을 거치면서 고향의 내면적 가치를 부여하는 누이의 형상을 물의 이미지로 승화시킨다.

> 졸졸 흐르는 저기 물의 근원이여 멈추지 않고 흐르네
> 뚝 뚝 뚝 뚝 뚝뚝 떨어지는 너의 눈물방울은
> 인류의 마음의 기름이네 너는 어쩔 수 없이 흐르네
> 다리 위 붉은 치마의 소녀여
> 환락 환락 환락 근심을 모르네
> 목목천 <비온 뒤의 이노카시라(雨後的井之頭)>

물은 만물의 생명을 발아시키는 무한한 능력의 소유자이며, 동시에 수태의 능력을 지니는 여성을 상징하기 때문에 일반적으로 물은 여성과 동일한 이미지 선상에서 인식되고 있다. 인용시에서도 화자는 물이 흘러나오는 물의 '근원'을 '여자'로, 거기서 졸졸 흐르는 '물'을 뚝뚝 떨어지는 여자의 '눈물방울'로 인식하고 있다. 이러한 상상력을 근거로 하여 '여자=물'의 등식관계가 성립되는 것이다. 즉 뚝뚝 떨어지는 여자의 눈물방울은 물의 근원에서 흘러나오고 있으며, 그녀는 다름 아닌 물의 이미지 그 자체인 것이다.

이와 같이 물은 모성을 상징하며, 창조의 근원 또한 생명의 근원으로서의 승화된 의미를 지니게 된다. 인간은 태아 때부터 어머니의 양수(羊水), 다시 말해 물속에서 성장하고, 세상에 태어나서도 물

로 이루어진 젖을 먹고 자란다. 이러한 물은 인간이 평생토록 마셔야 되는 생명수인 동시에 인간 자신이 물로 이루어졌다고 해도 과언이 아니다. 그러기에 물로 상징되는 모성은 인류가 영원히 기댈 수밖에 없는 안식처이다. 때문에 화자는 안식의 의미를 지닌 물이 흘러나오는 근원처를 향해 찾아 나선다.

> 누이여 당신은 아나요
> 어디가 물의 고향인지를
>
> ……
>
> 오세요 달빛이 몽롱하고 하늘빛이 옅을 때
> 우리 저 썩은 노를 잡고
> 강 위에서 우리의 작은 배를 가볍게 출렁이며
> 공간의 잿빛 작은 꽃을 바라보면서 직접 물의
> 고향이 막다른 곳을 찾아보네
> 목목천 <물소리(水聲)>

그러나 세속이라는 현실공간에서 생활하던 사람이 곧바로 성스럽고 신비로운 영원의 세계로 들어갈 수는 없다. 왜냐하면 화자가 살던 현실세계와 그가 지향하는 물의 고향은 차원을 달리하는 공간이기 때문이다. 그래서 이 영원의 세계, 즉 물이 흘러나오는 최초의 근원처에 도달하기 위해서는 그 선행조건으로서 현실세계에서 묻은 때를 씻어야 하는 통과의례를 거쳐야 한다.

난 어린아이가 되어
강가의 사주에서 발을 씻고
가득한 환희의 웃음으로
가슴속 깊은 정을 다 없애고 싶어

난 어린아이가 되어
뗏목 곁 물속에서 헤엄치며
마음 내키는 대로 몇 번이고 헤엄쳐
가슴속 깊은 정을 다 씻고 싶어
목목천 <마음의 욕심(心欲)>

위의 인용시에서 나타나는 '어린아이'의 이미지는 화자의 동심(童心)을 상징한다. 풍내초가 "고향에 대한 목목천의 인상은 대개 행복했던 어린 시절에 남겨진 것이다."라고 말했듯이, 어린아이는 바로 어린 시절 행복했던 고향에서의 기억 속으로 돌아가고자 하는 의식의 상징인 동시에, 때 묻지 않은 순수한 동심의 세계로 돌아가고자 하는 의식의 상징이다. 제1연에서 화자는 순수한 동심을 가진 어린아이가 되어 비애의 때가 묻어 버린 세속적인 현실세계에서 벗어나고자 한다.

제1연에서 화자가 강가의 사주에서 '발을 씻는' 행위는 세속의 때를 씻어 주는 정화(淨化)의 의미를 지닌다. 제2연에서 나타나는 물속에서 헤엄치는 행위 역시 기독교에서 말하는 세례의 의미를 지닌다.

이처럼 물로 인한 형태의 해소는 새로운 탄생으로 이어지는데, 이는 물에 들어가는 행위가 삶과 창조의 잠재력을 증식시키기 때문이다. 즉 물 안에는 모든 잠재력이 통합되어 있기 때문에 물은 생명의 상징, 즉 성수(聖水)가 된다. 그런 의미에서 화자는 어린아이가 되어

강가의 사주에서 발을 씻고 물속에서 헤엄치는 행위를 통해 세속에
서의 때를 씻는 동시에 새로운 생명의 탄생을 희구하는 것이다.

　그래서 세속에서 묻은 때를 정화시킨 화자는 세속적인 현실공간
에서 성스럽고 신비한 이상공간으로의 이동을 추구한다.

　① 오세요 우리 썩은 노를 들고
　　 나란히 놓인 배를 출렁이며
　　 잿빛 갈대 중간으로 가네
　　 목목천 <물소리(水聲)>

　② "쨱쨱 쨱쨱 쨱쨱" 무슨 물새인가
　　 이처럼 슬픈 울음 이처럼 슬픈 울음
　　 마치 베틀 북처럼 잿빛 마른 갈대
　　 숲을 뚫고 들어갔다가
　　 마치 베틀 북처럼 뚫고 나오네
　　 아 저쪽으로 가네
　　 목목천 <비온 뒤의 이노카시라(雨後的井之頭)>

　인용시 ①에서 화자는 썩은 노를 들고 출렁이는 배를 타고 잿빛
갈대의 중간으로 향하고 있다. 화자가 들고 있는 '썩은 노'는 통과
의례에서 요구되는 상징적 죽음이다. 비애로 가득한 과거의 모든
의식형태를 썩은 노를 통해 상징하고 있는 것이다.

　인용시 ②의 제1연에서 물새로 투영된 화자는 슬픈 울음소리를
내고 있다. 마치 사람이 죽었을 때 죽은 사람과 현실세계와의 결별
을 의미하는 슬픈 장송곡을 부르는 듯하다. 그러나 화자는 현실과
의 결별을 조금도 아쉬워하는 태도가 아니다. 오히려 그는 베틀 북
처럼 매우 빠른 속도로 마른 갈대숲을 뚫고 들어간다. 여기에서 화

자가 뚫고 들어가는 '갈대 숲'은 세속적인 현실공간에서 신비스러운 이상공간으로 들어가는 문지방과 같은 곳이다. 일반적으로 문은 건물의 외부와 내부의 경계가 되는 지점이며, 사원에서는 성(聖)과 속(俗)의 경계지점이다. 문지방을 넘어서는 것이 새로운 세계와의 결합을 의미하듯이, 이 시에서 화자가 통과하는 갈대 숲 역시 하나의 세계에서 차원이 다른 또 다른 세계로 들어서게 되는 경계지점이 된다.

이처럼 갈대숲의 '이쪽'에서 '갈대 숲'을 통해 '저쪽'으로 가는 공간적인 통과는 정신적인 통과를 의미한다. 화자는 갈대숲이라는 매개체를 통해 세속의 세계에서 신비스러운 세계로, 즉 생명이 유한한 현실세계에서 영원한 생명의 이상세계로 들어가는 것이다.

> 저기 썩어 버린 풀 저기 말라 버린 배……
> 아시나요? 이것이 어느 해의 가을인지……
> 아시나요? 일꾼들이 왜 흙을 들어올리는지
> 당신들 말해 보세요 "고민과 환락이 이처럼 두서없이 흘러가는지"
>
> 허위의 광명이여! 그녀를 더럽히지 말아요—
> 나의 애인—음침한 물의 고향—몽롱한 그녀
> 밤의 장막이여 너는 숲의 끝에 걸렸구나
> 밤의 장막이여 너는 연못 중간을 덮었구나
> 밤의 장막 너는 나를 덮었구나
> 아! 그녀와 함께 포옹하네
> 목목천 <비온 뒤의 이노카시라>

화자가 도달한 영원한 세계는 이미 현실세계에서 느끼는 시간과 공간의 개념을 초월한 세계이다. 때문에 '썩어 버린 풀'이나 '말라 버린 배'가 언제부터 존재하고 있었던 것인지, 그리고 지금이 '어느 해의 가을'인지는 중요한 의미를 띠지 못한다. 다만 자신이 태어나고 자란 흙으로 다시 돌아갈 뿐이다. 즉 영원한 시간의 흐름 속으로 자신을 내어 맡겨 영원한 세계로 회귀할 뿐이다.

이 영원한 세계에서는 화자가 그토록 찾아 헤매던 대상과 장소인 '여자'와 '고향'이 동시적으로 나타나며, 이 '여자'와 '고향'은 물의 이미지로 승화된다. 때문에 화자는 '음침한 물의 고향'에서 물의 이미지를 지니고 있는 '나의 애인'과의 포옹을 통해 자신도 물속으로 침잠한다. 즉 화자는 우주 만물의 원천이자 창조의 근원인 생명의 공간으로 회귀하여 평안한 안식을 찾게 되는 것이다.

V. 글을 맺으며

중국의 상징파는 1920년대 초 신시(新詩)가 창작의 부진 속에서 벗어나고자 하는 노력과 중국 현대문학이 20세기 세계문학의 조류에 합류되는 과정에 발생했다. 물론 중국에서도 상징이라는 개념이 이전부터 존재하고 있었지만, 그것은 문학의 표현수단으로써 인식된 것이지, 문예사조적인 측면은 아니었다. 진독수(陳獨秀)의 <현대유럽의 문예사 이야기(現代歐洲文藝史譚)> 이후 중국에 소개되기 시작한 서구 상징주의는 ≪신청년(新靑年)≫, ≪창조계간(創造季刊)≫, ≪창조주보(創造週報)≫, ≪소년중국(少年中國)≫ 등 정기간행물을 통해 중국에 유입되었지만, 수용과정에서 다른 문예사조와 혼동되는 무질서한 경향을 드러내기도 했다.

상징파가 본격적으로 활동하기 시작한 시기는 이금발이 ≪가랑비(微雨)≫를 발표한 1925년부터 목목천(穆木天)과 왕독청(王獨清), 풍내초(馮乃超) 등 구성원들이 상징주의에서 이탈하기 시작한 1920년대 말까지이다. 이금발은 ≪가랑비≫와 ≪행복을 위한 노래(爲幸福而歌)≫, ≪식객과 흉년(食客與凶年)≫ 등을 통해 생명에 대한 야유와 비애의 미를 표현했다. 그는 서정이 주체가 되는 내면감정에 대한 포착에 주의하여 항상 구체적으로 느낄 수 있는 상징물을 가지고서 추상적인 관념을 전달하거나 내면세계를 암시하는 예술수법을 운용했다. 그러나 사용된 상징의 방법이 괴이하고 시구가 모호하며 비약이 심하여, 독자는 자신의 연상을 활용하여 내포된 의미를 추측하거나 깨달아야 하므로 전체적으로 시가 난해하다는 비판을 받았던 것도 사실이다.

이금발이 외재적인 음악성과 형식미를 무시하고 지나친 생략과 비약 그리고 암시로 시의 형식이 고르지 않고 지나치게 난해한 반면에, 후기 창조사(創造社)에 참여했다가 낭만주의에서 상징주의로 전향했던 세 명의 상징파 시인들은 공통적으로 음악성과 형식미를 추구하여 신시의 산문화 경향을 극복하고, 상징시가 예술적으로 성숙된 현대시의 한 영역으로 자리잡는 데 중요한 역할을 했다.

목목천은 형이상학적이고 신비주의적인 철학본질을 파악하는 데 치중했다. 따라서 그의 ≪나그네의 마음(旅心)≫은 절대 피안의 세계를 지향하고 있으며, '자연(自然)'과 '내면(內面)'의 자연스런 조응(照應)을 추구했다. 이는 그의 시가 다른 상징파 시인들에 비해 시적인 건강성을 유지하고 있는 이유이기도 하다. 형식적인 측면에서도 첩운자(疊韻字)의 운용 등을 통해 율동감 있는 언어를 사용하고, 정제된 시형의 배열 및 구두점의 삭제 등을 통해 시의 음악미와 조형미를 강조하고 있는데, 이는 궁극적으로 순수시를 지향하는 상징주의 시론과 그 궤적을 같이한다.

왕독청은 음악과 색채의 조화를 통해 시를 음화(音畵)의 경지로 끌어올리려 했다. 그의 ≪성모상 앞에서(聖母像前)≫와 ≪죽기 전(死前)≫에는 감상적이고 퇴폐적인 정서가 가득한 낭만주의적인 경향이 상징주의와 공존하고 있어, 풍내초나 목목천보다는 상징주의 색채가 옅다.

풍내초는 예민하고 섬세한 감각으로 우울한 정서를 표현하고 있다. 목목천이 음악미를 강조한 반면, 풍내초는 색채의 묘사에 치중하여 색채미를 강조했다. 그는 ≪홍사등(紅紗燈)≫에서 색채를 통해 퇴폐·음영·몽환·선향을 표현했으며, 특히 그의 시에서 색채는 감정의 외적인 변화와 이념의 물화(物化)를 이루고 있어, 현대시의 심미의식을 더욱 강화하고 있다.

상징파 시인들의 공통적인 미학관념은 순수시의 추구이다. 이들에게서 순수시의 추구는 5·4 초기 신시단의 산문화 경향에서 벗어날 수 있는 중요한 관건이었다. 그래서 목목천은 시의 통일성과 지속성이야말로 순수시의 구체적인 실현이자 현대시의 차원 높은 경

지로 여겼고, 왕독청도 음악과 색채의 조화를 통해 순수시의 미학
원칙을 실현하고자 했다.

　이와 같은 미학원칙을 바탕으로 상징파 시인들이 표현한 주제를
살펴볼 때, 인생과 운명의 비애, 애정의 추구와 실연의 고통, 현대문
명에 대한 거부와 도피, 세계에 대한 병적 인식, 영원한 안식의 추구
라는 구조적인 배열 양상으로 이루어져 있음을 파악할 수 있었다.

　즉 상징파 시인들에게서 현대인은 인생과 운명에 의해 '버림받은
여인'의 모습으로 투영된다. 어느 곳에서도 정착하지 못하고 떠돌아
다녀야 하는 이들의 인생과 운명은 사회와 현실로부터 소외되고 버
림받아 자신이 위치하는 최소한의 영역마저도 빼앗겨 버린 데서 오
는 인간적인 고통이 깔려 있는 것이다.

　인생과 운명에 의해 버림받아 상처로 얼룩진 상징파 시인들에게
애정은 자신의 상처를 치료하고 고통을 위로받기 위해 추구했던 하
나의 피난처였다. 이금발과 목목천에게는 이상적인 경향이, 왕독청
에게서는 감상적인 경향이, 풍내초에게는 환상적인 경향이 내포되
어 있지만, 애정의 환락보다는 실연의 고통에 더 큰 무게 중심이
실려 있다.

　현대문명이 발달할수록 그 현대문명에 의해 가려진 황량한 대도
시의 구석진 모습은 추하기 그지없다. 자신의 본능적인 욕망을 만
족시키기 위해 여념이 없는 현대문명은 물질적 진보라는 구호와는
대조적인 현대세계의 역설적인 모습을 드러내는 동시에, 신조차도
더 이상 의지할 수 없는 존재가 되어 버린 데서 오는 세계에 대한
실망감은 상징파 시인들을 절망의 심연으로 떨어뜨린다.

　이와 같이 인생과 운명에 의해 버림받고, 애정으로 인해 고통받
으며, 타락한 현대문명 속에서 방황하던 상징파 시인들은 추악한
현실세계에서 벗어나기 위한 감정의 도피처로서의 비현실세계로 열

광적인 도약이 이루어지며, 그것은 '꿈'과 '밤'이라는 가공적이고 비실재적인 공간으로 집중된다. 그러나 여기에서도 안식은 주어지지 않는다.

자신들이 존재하는 고통스런 현실세계에 더 이상 탈출구가 없다고 하는 현실상황을 인식할 때, 절망감과 공허감은 극단적인 상황으로 치닫게 되고, 그로 인해 세계 전체를 병적 상태로 인식하게 된다.

그리고 세계에 대한 이러한 병적 인식은 상징파 시인들에게 새로운 피안의 세계로의 조망을 가능케 한다. 죽음은 이들에게는 일체의 우울과 근심으로 가득한 생명으로부터의 해방이자 영원한 안식의 세계로 인식되며, 목목천에게서는 이 절대적인 세계가 고향이라는 이미지로 치환되지만, 궁극적으로는 모두가 이 세계 너머에 존재하고 있는 절대적 평안의 세계로 그들의 시선이 모아지는 것이다.

이상에서 살펴본 바와 같이 중국의 상징파 시인들은 현대인의 복잡 미묘한 내면의식을 바탕으로 한 개인의 내적 체험으로 창작의 시선을 돌려 병적이고 추악한 현대사회에 대한 퇴폐적이고 우울한 정조를 표현하는 데 고심했다. 이들의 시에는 인생과 운명, 꿈과 죽음의 신비적인 색채가 충만하여 추(醜)의 미학이라는 독특한 미(美)의 정의를 제시했다. 이는 1920년대 중국 현대시가 전통적인 고전시가 다루던 제재의 범위에서 벗어나 시의 현대화된 표현형태를 추구하면서 현대시의 새로운 영역을 개척하게 했고, 아울러 문학의 다양성 확보와 중국 현대주의 문학의 첫 시도였다는 점을 인정할 때 1920년대 상징파가 중국 현대시에 끼친 영향이 반동적이라는 기존의 일방적인 매도나 부정적인 평가는 다시금 고려되어야 할 것이다.

· 저자 ·

정수국
(鄭守國)

•약 력•

저자는 경북 문경에서 태어나 건국대와 단국대를 거쳐 성균관대에서 문학
박사 학위를 취득했다.
성대, 홍대, 건대 등에서 강의하다가 현재는 서일대 겸임교수 및 전문번역
가로 활동하고 있다.

•저서 및 번역•

『중국현대문학개론』(공역)
『중국 현대시와 산문』
『중국현대문예사조사』(공역)
『난세를 이긴 중국인의 100가지 지혜』
『중국 문화예술의 이해』
외 다수

중국의 상징주의 시문학

• 초판 인쇄 | 2008년 5월 26일
• 초판 발행 | 2008년 5월 26일

• 지 은 이 | 정수국
• 펴 낸 이 | 채종준
• 펴 낸 곳 | 한국학술정보㈜
경기도 파주시 교하읍 문발리 513-5
파주출판문화정보산업단지
전화 031) 908-3181(대표) · 팩스 031) 908-3189
홈페이지 http://www.kstudy.com
e-mail(출판사업부) publish@kstudy.com
• 등   록 | 제일산-115호(2000. 6. 19)
• 가   격 | 28,000원

ISBN   978-89-534-9158-8 93820 (Paper Book)
        978-89-534-9159-5 98820 (e-Book)